外国人
写作中国
计划

U0898888

外国人写作中国计划

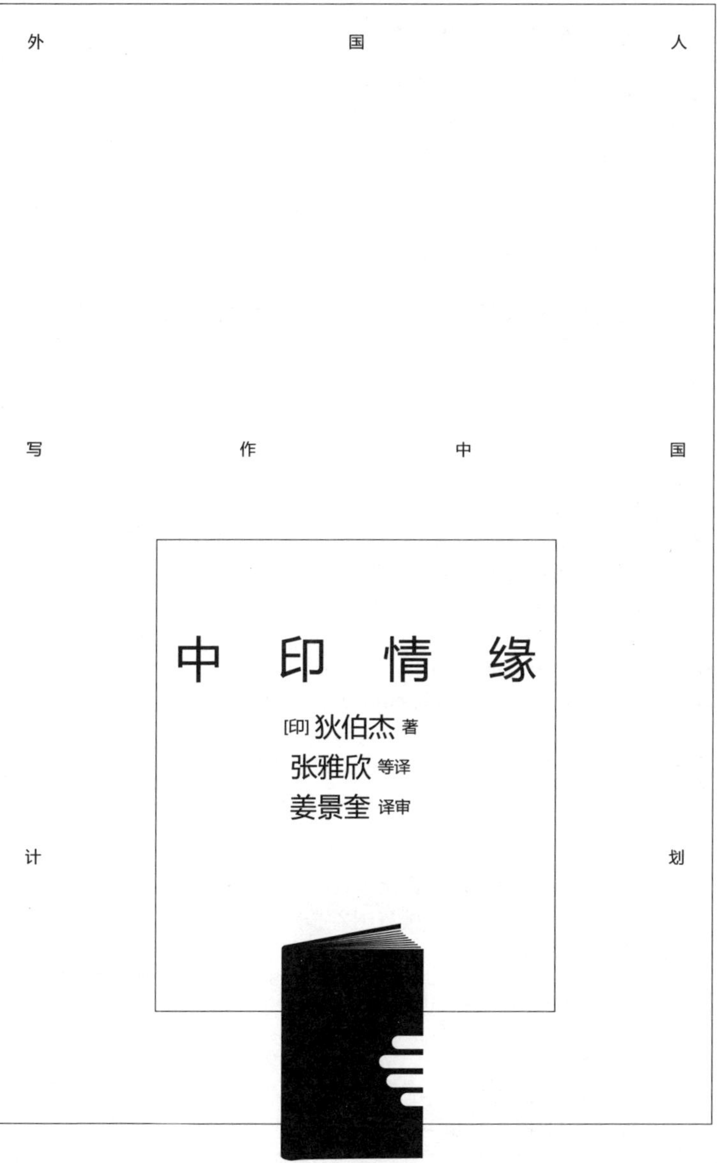

中印情缘

[印] 狄伯杰 著

张雅欣 等译

姜景奎 译审

中国出版集团
中译出版社

图书在版编目（CIP）数据

中印情缘 /（印）狄伯杰（B.R.Deepak）著；张雅欣等译.
—北京：中译出版社，2017.5

ISBN 978-7-5001-5163-0

Ⅰ.①中… Ⅱ.①狄…②张… Ⅲ.①纪实文学—作品集
—印度—现代 Ⅳ.① I351.55

中国版本图书馆 CIP 数据核字（2017）第 036502 号

出版发行 / 中译出版社
地　　址 / 北京市西城区车公庄大街甲 4 号物华大厦 6 层
电　　话 /（010）68005858，68358224（编辑部）
传　　真 /（010）68357870
邮　　编 / 100044
电子邮箱 / book@ctph. com. cn
网　　址 / http:// www. ctph. com. cn

出 版 人 / 张高里
策划编辑 / 刘永淳　范　伟
责任编辑 / 范　伟　李佳藤

装帧设计 / 视觉共振设计工作室
印　　刷 / 北京顶佳世纪印刷有限公司
经　　销 / 新华书店

规　　格 / 880 毫米 ×1230 毫米　1/32
印　　张 / 11
字　　数 / 269 千
版　　次 / 2017 年 5 月第一版
印　　次 / 2017 年 5 月第一次

ISBN 978-7-5001-5163-0　定价：**50.00** 元

中 译 出 版 社

童年时光

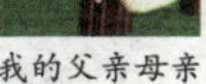

我的父亲母亲

蒂尔小学

蒂尔村

青年求学

库鲁学院

十一年级同学合影

中国研究中心合影（1988）

“铁三角”——我、塔库尔（右）与马努基（左）

妻子王瑶的全家福 (1969)

婚礼现场

我与王瑶

四口之家

中印文化交流

我与季羡林（1991）

我与谭中教授、谭夫人

第五届中华图书特殊贡献奖颁奖仪式 (2011)

《论语》印度语版首发式 (2016)

我与莫言(2010)

“我们”，
包含了佛学发展巅峰及之后喜马拉雅山两侧的诸多高僧……持续照亮着两种文明的对话之路。

目　录

序

《中印情缘》，值得品味的一本书。

原想，“序”嘛，翻翻书稿，敲敲键盘，加之我与作者是老朋友，少时即可写就。但翻了几页，就搁不下去了，竟至在一天半之内读完全稿，尽管对有的章节确有“翻翻”之嫌。而写序，竟一连两三天也不见几行文字！

作者B.R.狄伯杰教授是印度新一代汉学家代表。他是中国的女婿，夫人王瑶女士是土生土长的中国人；两人相识相恋于北京大学。所以，狄伯杰与王瑶的中印恋情及亲情是该书重要的“情缘”之一，其孩子汉斯和杰伊是这一情缘的完美体现。不过，作者的“中印情缘”并非只是这些，他还论及了学习工作中的师生情和友谊情，遥想了中印文化交流的历史和伟人，探讨了中印研究的过去和未来，内容可谓丰富，叙述可谓感人。

狄伯杰教授以时间为序，从出生开始，一直叙述到当下。其中有童年的欢乐，小学的趣事，中学的艰辛，大学的忐忑，还有刚入职场的不如意以及留学中国和从事中国研究的愉悦和充实。全书一气呵成，感情充沛，犹如说唱。也许和作者具有几乎相似背景的缘故，书中不少地方令我动容。狄伯杰属印度教刹帝利种姓，但生于印度北部山区，出身贫寒，大学期间还时长担心会因为没有学费而不得不辍学。好在一路走来，有惊无险，现在已然是印度汉学家中的佼佼者。狄伯杰的家乡库鲁就是玄奘在《大唐西域记》中提及的屈露多国，著作正文由这一记载开始，之后便是童年、小学、中学、大学以及留学中国、就职尼赫鲁大学等，终笔于对中国经济快速发展及“一带一路”倡议实践的认识和畅想。全文分“血脉与童年”“库鲁学院和贾瓦哈拉尔·尼赫鲁大学”“在北大的日子”“排球场上的浪漫”“马拉松爱情的开始”“返京见证中国崛起”“欧洲，婚姻与家庭”“印度‘中国热’”和“中印跨文化交流”等九部分。除第一部分外，其它部分都与中国有关，学习中有中国，工作中有中国，感情中有中国，感慨中有中国，畅想中有中国；自己是印度人，夫人是中国人，孩子是中印结晶，对中国情至深，对印度情至厚。在中印关系长期并不十分和谐的情况下，狄伯杰能走“中道”，能爱印度爱中国，这份中印情缘委实自然、纯洁、美好。

总体说，该书主要包括三方面的内容：第一，对中印古代交流史的追溯，述及了“丝绸之路与佛家渊源”“南方丝绸之路与跨喜马拉雅遗产”“海上丝绸之路和物质联系”“跨文化交流——双向往来”“印度文学在中国”“印度对中国经典的翻译”“殖民时期的中印关系”等，论及了摄摩腾、竺法兰、鸠摩罗什、玄奘、法显、义净、郑和等中印古代文化交流中的重要人物。第二，对当代中印关系及中印研究的理解，其中包括对中国快速发展和当今中印落差的剖析，对中国热及印度出路的探讨，对中印学者季羡林、师觉月、谭中、刘安武、林承节、耿引曾等的尊崇，以及对自己中国研究的总结和展望。第三，对自身中印婚恋的思考，其中有对中国家庭的依恋，对中国文化的热爱，对从事中国研究的自豪等。贯穿全书的就是这样的“中印情缘”，爱出于它，恨出于它，焦虑也出于它。奔波于中印之间，怀揣割舍不掉的中印情结，作者自豪高兴之余有隐隐忧虑。这一忧虑堪比念大学期间的忐忑心理，那时，作者担心的是学费不到位问题，现时，作者忧虑的是中印信任缺失的现状。作为老朋友，也作为从事印度研究的同龄中国人，我对狄伯杰教授深表理解和敬佩。

想前几日受中华书局之托，为狄伯杰教授所译印地语版《论语》写评语之事，又记起他在电话中告诉我，自己已然完成了《四书》汉译印工作，很是叹服。我在“评语”中写到，狄伯杰“确是翻译中国经典的不二印度学者”。现在看来，更以为然。以下是我“评语”中的部分内容：

通读狄伯杰教授的印地语《论语》译本，可以发现：

1. 语言流畅。读来上口，看来易懂。印地语平实，不矫揉，不晦涩。

2. 文字优雅。印地语受英语影响很大，日常使用中英语词汇司空见惯，但该译本中基本没有英语字词，也少见本土语言乌尔都语和旁遮普语等的身影。译本中文字与印度古代语言梵语一脉相承，属典雅式标准印地语，文化韵味深厚。

3. 内容充实。《论语》好比一座文化宝库，蕴藏丰富，往往字词意味宽泛厚重。该印地语译本也做到了这一点，译文所用字词意味深长，寓意不一而足。

4. 创新可圈。和中华文明一样，印度文明源远流长，其字词句型并不能与汉语对应，此乃翻译之最大难点。译文在这方面做得很好，对某些内容的处理恰到好处。译者对“学而时习之，不亦说乎？”“诗三百，一言以蔽之，曰‘思无邪’。”“三十而立，四十而不惑，五十而知天命，六十而耳顺，七十而从心所欲，不逾矩。”“人而不仁，如礼何？人而不仁，如乐何？”“父母在，不远游。游必有方。”“兴于诗，立于礼，成于乐。”“君子和而不同，小人同而不和。”“人无远虑，必有近忧。”“年四十而见恶焉，其终也已。”等中国人耳熟能详的词句的翻译似娓娓道来，仍可作为警句类内容诵读，通而不俗，美而不艳。

总之，译文做到了信达雅，属上乘译作。

借用“评语”末句并重复“序言”首句，狄伯杰教授的这部《中印情缘》属上乘，值得品味。

是为序。

姜景奎

2017 年 2 月 27 日

于北京燕尚园

前言

我与中国出版集团公司的合作始于2014年，《中印情缘》就是我们合作的成果。2015年，为响应“一带一路”倡议（Belt and Road Initiative, BRI），我参加了在北京召开的中国文化交流论坛，并从一个印度人的视角为论坛作主题发言。同年10月底，我收到一封来自北京中译出版社（China Translation and Publishing House）的总编辑助理刘永淳先生的电子邮件，他代表总编辑张高里先生向我询问是否可以写一本关于我与中国之间故事和情感的书。我的第一个反应是，不，不是现在！回忆录通常是在退休后有充足的时间而又没有很多事情可做时才写！当我进一步读这封邮件时，我知道他们考虑的是一件大事。

刘永淳先生告诉我，中译出版社计划出版一套“外国人写作中国计划——‘一带一路’中国情，那些难忘的中国故事”丛书，因为他们相信这两个经济带沿线国家有很多人和中国有着深厚的交流和感情，因此想尝试从不同的角度和维度生动而现实地阐释这些人和中国之间的故事和情感。他们告诉我这个项目已从“一带一路”沿线国家选择了20位最有代表性的研究中国的学者，而我是其中之一。这真是一个令人愉快的惊喜。然而，当我得知须在2016年5月底交稿时，我全然手足无措了。

当然，这既是个机遇也是种挑战。这个主题围绕印度和中国，很贴近我的心，所以机会可遇不可求，尽管我不得不全部取消上半年我在国内和国外的各种事务。这也意味着我的叙述不仅会告诉读者中国的社会政治、经济和文化状况，而且会给他们提供关于印度的第一手资料，并借此促进两国人民之间一定程度的理解。换言之，在某种程度上这也会推动两国人民之间的交流。2015年11月我们签订了最后的协议。

这本书回顾了印中两国之间过去与现在发生的一些事件以及我对它们的看法——那些曾与我紧密相连、未来也会与我息息相关的事件。叙述的核心是印度与中国，而不是个人，虽然其中也有我自己在印度学习汉语和从事中国研究的回忆。从我的库鲁家世直叙到当今，一条清晰的脉络说明了印中两国的交流与连接。例如，早在公元7世纪玄奘拜访印度时就留下了对库鲁的描述；中学时我曾大声给父亲朗读过的印度史诗里也有对中国的描写；我在塔克拉玛干以及泉州游历时曾见到过与印度有关的景致与风物；从季羡林到姜景奎，我与众多研究印度的中国学者的交往，以及印度和中国之间最高层级的访问等等，都表明两国之间交流渠道的发展轨迹。虽然有两章分别讲述了印度国内的中国研究现状，以及中印跨文化交流现状，但并不会全面展现任何一国的面貌。此书难免会漏掉许多不仅是两国之间也包括个人层面的重要事件，也可能不会表现所有的观点，有时或许还会有些以自我为中心，我希望读者能原谅我的任性。然而，我相信此书会给读者提供进一步了解事实的必要背景。

我一直坦诚地谈论自己的一些导师和同事，季羡林、林承节、耿引曾、谭中、雷易（H. P. Ray）和叶书君（Yap Rahman）。我有幸和他们一起学习和工作多年，对他们十分尊敬。我的学术成就很大一部分归功于这些人，他们给我留下难以磨灭的印象，而且在很多方面塑造了我的思想。仅在这里提及，确难回报他们对我慷慨的思想馈赠。

书中一些内容可能已是十年或二十年前的事情，肯定与现在印度和中国的社会现状不同。但是，过去和现在具有连接纽带，为了解现在而了解过去是有价值的。也许这是一本个人叙述，但我亲眼看见了这些年印度和中国的变化和发展，而且和这些发展紧密相关，可能也代表了许多其他人的感情。我希望此书能让喜马拉雅山两边的人民更好地理解彼此，并加强印中两国之间友谊的联结。

最后，我要祝贺并感谢中译出版社构思"'一带一路'中国情"这个项目。感谢他们的鼓舞和激励，如果没有他们，我是不会考虑在职业生涯的这个阶段写回忆录的。同样也感谢我的妻子王瑶（Yao Deepak），两个儿子王印德（Hans Deepak）和王铭德（Jay Deepak），他们允许我周六工作，有时周日也要工作。我的确怀念这几个月和他们共度的珍贵的周末时光。但是，我亦盼望着能弥补那些失去的亲子时光。

狄伯杰（B. R. Deepak）
贾瓦哈拉尔·尼赫鲁大学
新德里，2016 年 5 月 16 日

血脉与童年

屈露多国，周三千余里，山周四境。国大都城周十四五里。土地沃壤，谷稼时播，花果茂盛，卉木滋荣。既邻雪山，遂多珍药，出金、银、赤铜及琉璃、鍮石。气序逾寒，霜雪微降。人貌粗弊，既瘿且尰，性刚猛，尚气勇。伽蓝二十余所，僧徒千余人，多学大乘，少习诸部。天祠十五，异道杂居。依岩据岭，石室相距，或罗汉所居，或仙人所止。国中有窣堵波，无忧王之所建也。在昔如来曾至此国说法度人，遗迹斯记。从此北路千八九百里，道路危险，逾山越谷，至洛护罗国。此北二千余里，经途艰阻，寒风飞雪，至秣逻娑国（拉达克）。自屈露多国南行七百余里，越大山，济大河，至设多图卢国（萨特日）。

祖先和亲缘

643 年，伟大的中国高僧玄奘从印度回到中国后写下了鸿篇巨作《大唐西域记》，曾其中这样描述了我的故乡喜马偕尔邦屈露多（现在的库鲁）。1874 年，J. B. Lyall 在拉合尔中央监狱出版社出版的《康格拉地区旁遮普土地收入结算报告（1865—1872）》指出，玄奘提到的屈露多国，除现在的库鲁外，可能还包括本格哈尔（Bangahal）、希拉杰（Seraj）、毗塞哈尔（Bisehar），以及至少曼迪（Mandi）和苏格德（Suket）的部分山区。[1] Lyall 推测小镇居民是卡内特人，时至今日他们依然生活在那里。当然，玄奘描述的是七世纪时我的先祖生活之地。虽然他提到了库鲁人，却没有详细描述他们的起源。没有任何可靠的文字记载，因而很难确定我祖先的起源。在后世的吠陀文学，以及《罗摩衍那》《摩诃婆罗多》和“往世书”中，可以看到一些关于库鲁的史学参考。那时诸多小共和国并存，它们相互攻伐，争夺霸权，之后逐渐被难陀王朝、孔雀王朝、希腊－印度王朝、巽伽王朝、迦腻色迦王朝、笈多王朝、戒日王朝以至波罗王朝这样更强大的帝国征服，而到了近代又被马拉塔人和锡克人统治。

由于缺乏历史记载，我的祖先历史难以探知，不过却可以通过流行于库鲁和西姆拉交界处蒂尔村（Teel）的口述文学传统

---

1 Lyall J. B., *Report of the Land Revenue Settlement of the Kangra District*, Panjab, 1865-72. Central Jail Press, 1874, p.7.

略知一二。我的祖先杜马赫(Dumachs)氏族从其他地方迁移而来。他们打败当地各个首领后最先定居在距离蒂尔几公里远的巴楚特村(Bachhoot)。这也可以从杜马赫人的银马图腾中推知，这种代表勇气、胜利、长生、隽秀、繁育和世代繁衍的动物并不存在于附近地区，时至今日也是如此。至于作为图腾的马，让人联想到凯尔特人、希腊罗马人、印度人、美洲印第安人和许多其他部族，而杜马赫氏族和氏族图腾与其中哪个部族相关，这又是一个难解的谜题。

不过，根据新的真实情况可以看出，杜马赫人逐渐实现了与土著居民和平共处，当地土著人在记载中有不同的称呼，如：卡内特人(Kanets)、库内特人(Kunets)、卡奈特人(Kanaits)和库奈特人(Kunaits)。他们通过联姻被同化，并且接受了土著人的社会习俗。显而易见的证据就是杜马赫人图腾与土著居民神祇并置一处，他们还接受了一妻多夫和一夫多妻的习俗，这种习俗一直延续到二十世纪初。卡内特人自称是不同拉吉普特部落的后裔。《喜马拉雅部落的人种百科全书》提到，卡内特人是一些不信奉印度教经文的拉吉普特人或刹帝利人，他们并不严格遵循社会规范，特别是那些关于婚丧仪式和鳏寡独居的社会规范。[1]有时他们也被当成卡萨人(Khasas)。他们在相貌上类似高加索人，英国历史学家将其极为细致地归类为希拉杰山谷人。Lyall 这样描述这些人：

1 Bisht, Narendra S., and T. S. Bankoti (ed.) *Encyclopaedic Ethnography of the Himalayan Tribes*. Global Vision Publishing House, 2004, pp. 827-828.

男女服饰如画般精美别致，完全不似东方风格。男人们头戴红黑色呢帽，乍看上去好像苏格兰帽，身穿灰色或棕色宽松羊毛束腰外套，用一根绳子或腰带束在腰间，胸部和肩头搭一条类似苏格兰方格呢的条纹或网格图案披肩。如果穿得隆重一些，他们会再加上一条在脚腕处收紧的宽松款羊毛长裤。有些妇女戴着和男人们相似的帽子，长长的头发编成精致发辫垂下来。不过多数女人是不戴帽子的，她们把头发高高挽起扭成一个斜斜的发髻，很像后来英国妇女中的流行风尚。对于妇女，取代束腰外套的是一条用簪子固定的方格披风或披肩。女人们非常娴熟地把这些披风或披肩穿在身上，除了脖子和手臂以外，全身直到膝盖以下都被小心地遮蔽起来。腿部裸露或是缠着绑腿：时兴的宽边脚镯更衬托出腿部纤细娇美。手臂上通常戴着层层叠叠的手镯。不管男人女人，大都赤脚穿着草编或麻编的凉鞋，也有为数不多的人穿皮鞋。人们喜欢在帽子或发髻上扎上一束花，特别是在过节的时候，脖子上也要戴上花环。有些人的肤色并不比西班牙人更黑，面颊上还透着红润；而其他人则是和普通的旁遮普人一样黝黑。他们个子不高，看上去强壮活跃，通常身形健美。许多妇女眉目清秀，面容温润柔和，但总体而言男人更能体现规律性特征。最杰出的男性当属希拉杰山谷人。女人承担了除犁地以外的大部分农活，不过相较于印度其他地方，她们也拥有更多的自由。

或许因为毗邻拉吉普特，在喜马偕尔许多人都姓塔库尔。每个村子都有一座高于一般房屋的巨大的多层木石结构建筑，被称为塔库尔艾德（Thakuraid），相当塔库尔村首领居住的哈维利。这样的建筑在希拉杰山谷许多村子里仍然可以看到。塔库尔人有自己的语言系统即塔库尔语，属于印欧语系的一种，后来逐渐被人们称为腾格里（Tankri）。中世纪大部分资料都是用腾格里文字记录的。遗憾的是，自莫卧儿帝国和英国统治以后，塔卡里语被乌尔都语取代，现在已近乎绝迹。

狄伯杰是杜马赫氏族第五代中某个人的笔名，此人属于塔库尔家族，刹帝利人或武士阶层。据杜马赫氏族中的年迈长者称，这一氏族的历史最远可追溯到130至140年前。这意味着没有人了解我的祖先在第一次鸦片战争（1840）以前的历史。据说蒂尔村曾七次毁于大火，最后一次是在1980年。因此即使有任何记载，可能也已经被烧掉了。过去蒂尔是一个由杜马赫人经营的小农庄。大约在1840年，一个名叫马尼·拉姆的人在这里定居，为塔库尔村和塔内达尔人（Thanedars）（附近山上法塔赫布尔要塞的守护者）提供蒂尔盛产的粮食和酒，并借地契赚取微薄收入，由此把农庄的范围扩大到了几千公顷。马尼·拉姆也成了蒂尔的新地主，而塔库尔因羞愧迁居到了班贾尔其他地方。至于赛尼达人则衰落成了一些小地主。

马尼·拉姆有四个儿子，其中两兄弟名叫贾斯图和苏尔图。两人有一个共同的妻子拉菊，她为兄弟俩分别生下了儿子阿特马·拉姆和南德·拉姆，后者就是我的祖父。一妻多夫制和一夫多妻制可以被视为一种手段和一个土地问题。因为大农场需要很多妇女来照管，而小农场则希望土地不要再进一步分割，或者也有可能在一妻多夫的情况下，第二个或其他丈夫会外出打工不在家里。令人惊讶的是，我没听说马尼·拉姆娶了多个妻子。据我的父亲和叔叔说，南德·拉姆是一个非常诚实正直的人，他遭受了阿特马·拉姆和他的三个儿子对他的精神和身体虐待，特别是大儿子和二儿子，因为他们更强壮也更富有。阿特马·拉姆和他三个儿子背信弃义，篡夺了我祖父的几亩土地，还侵占了大部分祖传金银。我的父亲曾对我说，这“四人帮”在占有土地的同时还一再地打击我的祖父，抄走或破坏他的农具，残忍地赶走公牛。阿特马·拉姆的大儿子帕拉斯·拉姆在班贾尔镇税务部门谋到了一份工作，他伪造土地文书，假借和解之名强迫我的祖父在法律文书上按下了手印，从此被非法剥夺的土地变成了合法土地。正因为如此，从我祖父那一代起，两个近亲家庭的怨仇至今未消。

似乎从我祖父那些年开始，一些杜马赫人的命运日渐衰败，他们单纯靠劳力谋生。这也体现在我的曾祖父认为没必要送祖父去上学，其中既有贫困的因素，也是对教育缺乏认识。因为附近地区直到1927年才由英国人建立了第一所学校，其他学校都远离蒂尔村，对父母而言，那是一个不小的经济负担。

我从未见过的我的祖母内戈努，据说她是一个非常漂亮、勤快的女人，生了三个儿子和一个女儿，普兰·钱德、基 绅·

钱德，第三个孩子夭折，拉尔・辛格和莫卢。我父亲普 兰・钱德是家里最大的孩子，祖父觉得田里的农活迫切需要人帮忙，也更有可能是因为可以预见的经济负担，祖父在我父亲刚上二年级的时候就让他辍学了。父亲的老师一次又一次地劝说祖父不要让父亲辍学，觉得这样聪明孩子离开学校太可惜了，可是祖父对这些建议不予理睬。

父亲帮着祖父放牛放羊，这些牲畜是整个家庭和田地的命脉。他对我说那时他还很小，光是耕牛扫一下尾巴就能把他从一边给甩到另一边去。很快，他长成了一个俊秀青年，赢得了周边无数女人的芳心，或者也让无数女人心碎。我的母亲曾说，父亲的魅力、吸引力、智谋和风趣无人能及，他毫无疑问是一个多才多艺、令人着迷的人。父亲是一个出色的民间舞者，还有着非常动听的嗓音（1963年，印度第一任总理贾瓦哈拉尔・尼赫鲁主持修建了巴克拉楠格尔水坝，他是参加水坝揭幕仪式的民间舞者之一）。父亲做家务、干农活样样在行，编织、上织布机织布、耕田犁地、爬到高大松树上从上到下地修剪树枝，用来烧火、饲养牲畜或者铺垫圈舍。父亲拥有极其高超的沟通技巧，他的观点总是掷地有声，让远村近邻有不同意见的人不得不信服。他的领导能力在当地无人可比，最开始他被指定为当地神祇的会计，不久又被选为潘查（panch），也就是村民委员会的成员之一，到最后成了希拉杰地区委员会的主席。对于一个小学二年级辍学的人来说，这简直是成就非凡！

17岁时父亲迎娶了邻村一位姑娘，没过多久这段婚姻就因两人性格不合而终结。也有传言说父亲离开她是因为发现她患有白癜风。看来婚姻并非如印度教传统主流文化所宣扬的那样神圣，男女在选择生活伴侣方面享有绝对自由。与有过婚史的女性结婚并非禁忌，但却需要极大的勇气，因为那可能导致争斗、敌视，而且你还必须为抢夺他人之妻支付巨额金钱补偿。包办婚姻极为少见，大部分情侣私奔后结婚，并最终与父母和解而被接纳。男女平等，在根据田间劳作和家务劳动的性质而进行劳动分工方面，妇女也拥有近乎平等的地位。此外，还有很多在晚间举行的传统乡村集市，让男男女女们有机会与自己的准新娘或准新郎在一起载歌载舞，加深感情。

大概在我父亲第一次婚姻一年后，一支惹人注目的婚礼队伍从蒂尔村招摇而过，一个年轻女孩盛装华丽地嫁给邻家男孩，我父亲和其他村民一道挤在欢快起舞的人群当中。令人难以置信的事就这样发生了，新娘和那个快乐幸运的家伙一见钟情，在所有人的震撼惊惧中私奔了。我的祖父吓得目瞪口呆，新郎家和新娘家的强烈反应让他害怕不已，两家人都是当地财大气粗的名门望族，所有人都担心他们会报复。不出所料，新郎和他的家人来找我的父亲和祖父，祖父鼓足勇气在自己家里和这些闯入者谈成了交易。他同意用 70 只莫卧儿时代的银币作为对方受到侮辱、折损颜面的赔偿。

至于我父亲和那个新娘，也就是现在我的母亲，他们逃到了英国的夏都西姆拉。在那里，两人在英国人经营的橡木炭窑做工谋生。仅仅过了几个月他们就返回家乡，两个愤愤不平的家庭也接纳了他们，而这对年轻夫妻的归乡最终却以家庭悲剧收场。当时我的祖母怀了她的第五个孩子，当她得知儿媳也有身孕时，极为忧郁，整夜无眠。她觉得这是令人憎恶的羞耻行为，或许比自身“羞耻”更甚的是她担心成为村里甚至整个地方的笑柄，被人指责不知廉耻。村里的老女人们鼓动并说服她实施人工流产，然而在没有助产士并且村子附近也没有医疗设施的情况下，她们试着用钩针从宫颈伸入子宫刺穿胎儿。就这样，我的祖母在 35 岁风华正茂时撒手人寰，那一年是 1941 年。我的母亲则幸运地生下了一个男孩，但是由于缺少产前护理，也可能是因为营养不良，这个孩子也没能活下来。

不管怎样，生活还要继续。祖父此后一直独自生活。而我的父亲母亲又生下了四个儿子和两个女儿，我是最小的孩子。我的大哥赛斯•拉姆是个胖胖的健康男孩。二哥谢 尔•辛格身材高挑，脾气有点急。下面是两个姐姐克里舍那和高夏丽亚。排行第五的是熙拉•辛格，最后是我。据说在我二哥出生时，母亲请求娘家假以援手。直到那时，我的舅舅们才接受现实并原谅了这个叛逆的妹妹。他们把母亲的妹妹帕杜里送了过来，她不仅帮着做家务，还照顾刚出生的孩子。巴杜里跟着母亲住了一段时间，与我的父亲互生好感。后来在母亲点头同意后，她很快嫁给了我父亲。他们结婚时，巴杜里也就十六七岁，只比我母亲小五岁。父亲的第二位妻子给他生下了一个儿子迪纳·纳特和三个女儿哈拉、普什帕、苏尼塔。童年时候甚至到现在我也不认为这两姐妹之间有什么分别，而且我们也不觉得自己是异母所生。我的兄弟姐妹们称呼母亲的妹妹为小妈，而小妈所生的姊妹们则叫我的母亲大妈。

两姐妹都非常单纯、正直和勤奋。大部分时候是我的母亲在操持家务，比如为一个有 25 个人的大家庭做一日三餐，还包括每天给二三头奶牛挤两次奶，通常都是在清晨和晚上睡觉前。而我的小妈则是一个走出家庭的女人，非常勤奋，能熟练地机织、编织、用大麻纤维和山羊或绵羊毛做鞋。她们两个人强强联手、互为知己，与我父亲共同奏响了令人羡慕的三重奏。我的家庭看上去是一个和睦之家，父亲掌舵，母亲们则是他的左膀右臂。

作为家里最年长的人，父亲肩上的重担不仅是要喂饱十几个嗷嗷待哺的孩子，还要供养他的两个幼弟读书，这是他辍学时立下的誓言。我的大叔基绅·钱德性格内向，少言寡语，大部分时候都一个人待着，除非灌下几杯本地酿造的发酵酒才能放得开，和大家一起唱歌跳舞，自娱自乐。他对学习没什么兴趣，六年级时主动要求退学帮我父亲分担家庭负担，也免得我父亲和祖父失望。我们在距离蒂尔村不远一个名叫贾德瓦利 (Jadwali) 的僻静地方有七比加土地。他可能也是在很年轻的时候就结了婚，不久有了三个儿子和一个女儿。其中一个孩子叫亚什万特·辛格，与我同龄，不管在校内和校外，我们总是形影不离。在我大叔辍学时，我父亲曾经发誓要让他最小的弟弟接受最好的教育，不过那个时候最好的教育就是把孩子们送到离家很远的公办学校。尽管村里每户人家都有足够的粮食，主要是小麦、大麦、荞麦和小米，但是人们没有现金。人们觉得从祖上继承下来的不论是少量金银还是其他什么东西，只要卖掉就是不孝，是社会败类的行为。因为我父亲有在西姆拉山炭窑工作的经历，在我祖父点头同意之后，他就动员我大叔、大婶和小妈步行（将近百公里）去西姆拉做劳工挣钱，资助我二叔上学。他们是幸运的，我二叔善于学习，他在班贾尔念完了高中，又被送到曼迪大学，成为整个地区第一个文学学士。后来他成了老师，家里所有人都喜出望外，尤其是我父亲，他觉得二叔会给予这个大家庭很大的帮助。父亲还给我二叔牵线拉媒。那是一场盛大的包办婚礼，可是我二叔在离家很远的地方工作时爱上了另外一个职业女性，可怜的“婶婶”还没和我二叔离婚就回了娘家，后来嫁给了一个政治活动家。尽管这桩包办婚姻没有实现，但是我二叔还是在一定程度上像我父亲预期的那样快活地生活，他资助了我好几个兄弟上小学或中学，不论被派到哪里都带着他们。不过我的兄弟和表兄弟们说，二叔在距蒂尔村 25 公里的地方买了一块地，他们不得不像驴一样在地里干活，或者在库鲁他的新房工地上干活，他们还因为一些小小的叛逆而挨打。所幸我没有遇到这样的倒霉事。

出生和童年

我必须承认，不仅我家这一氏族，而是在整个地区时间观念都很淡薄。某种意义上超越了《道德经》所说的“使人复结绳而用之。”包括我父母在内的先辈们会用他们自身以及身边发生的一些重要事件记事，而不是结绳。但是他们记住的是印度农历日子，而不是非常明确的公历日子。比如我父亲告诉我们，在这个地方发生毁灭性地震那年我的祖父大概四五岁，那时人们都离开自己的房子，在空地上搭建的临时帐篷里住了好几天。我父亲指的是 1905 年在康格拉发生的里氏 7.8 级地震，地震导致这一地区 2 万多人丧生，当时它还属于旁遮普的一部分。

我的出生也有类似的故事：我父母甚至我的嫂子们都告诉我，邻村的甲或乙和你同一天出生或者前后不差几天，又或者说到底你们一定是同龄人，但就是说不出具体的出生日期！村里一个大嫂跟我说，我和她女儿同岁。我问她怎么知道？回答是，“你妈不在的时候我给你喂过奶，我要忘了谁还会记得！”有些村民甚至说，“你哪年生的？就是我们买那头棕牛的时候生的啊。”其他人说，“你肯定跟我家红牛一个岁数，那牛在最冷的那个冬天死了。”还有别的人说，“哦，我记得你妈生你的时候是咱们村最冷的一个冬天，那雪厚得都快到你家老房子的阳台了。”讲述持续不断，但却没有一个人能准确地说出我是哪年哪月哪日出生。不管怎样我父亲曾经还坚持写过日记，可惜在1980年烧毁整个村子的大火中毁掉了。我二嫂是个文盲，但是记忆力特别好。她根据印度农历记起了我的生日，而且我相信那是真实可信的。照她所说，我出生于1967年10月15日，也就是公历1967年1月10日，而毕业证书上我的生日是1966年10月14日。

一大帮孩子成群结队是再寻常不过的事了，甚至于我大哥、二哥的孩子都和我同龄。虽说家里孩子多，人们还是习惯请婆罗门（祭司）来给孩子起名。祭司根据出生时间计算星斗位置，不过很多时候他们起名也都是心血来潮、天马行空。我祖父的中间名是拉姆，我父亲的是钱德，而到了我的兄弟们则变成了拉姆、辛格和纳特。那个时候人们把祭司的话奉若圣谕，他们害怕如果改了名字，这个人或者整个家庭都会遭遇厄运，虽然事实证明纯属无稽之谈。我的兄弟姐妹们都是根据自己的喜好给自家孩子起名的。

在印度教中，人的一生从出生到死亡要经历很多次净身仪式，就是所谓的祭仪（sanskaras）。命名仪式之后，男孩子们都会剪一个印度教法规定的发型。因为我们家是一个共同生活的大家庭，类似这样的重大仪式都是把家里的孩子们聚在一起来举行。据说我三哥和他的两个堂兄弟一起举行了初次剃发仪式。同样，我的初次剃发仪式也是和我的一个堂兄弟一起办。我隐约记得自己坐在一头大公羊背上，还听到当地铁匠自造的那种鸟枪的枪声，延绵不绝的宴席持续了好几天。我父亲在距离祖屋不远的地方建了新房，而我的剃发仪式碰巧赶上我们家乔迁新居，献祭的公山羊有十几只之多。这些都是按照惯例，有二三头是我舅舅送来的。参加庆祝活动的人绝对不止千人，光近亲就有几百人，那几天这些亲戚们会在我家多待些时间，白天还能帮我父亲和其他家人干些农活。

我并不是一个从小含着金汤匙长大的孩子。和家里其他孩子一样，我也是留在家里由大一点的孩子们照管着，没有玩具、没有书、没有幼儿园，也没有学前教育。我的童年就是和村里的一群同龄人打打闹闹度过的。等稍微长大一些，我记得我喜欢的娱乐活动是在村里水源附近玩泥巴、捉迷藏、跳房子和弹珠。大一点的孩子们会带来自制的板球拍和棉布球，打板球比赛。像我一样的小孩子是不能上场比赛的，不过我们特别愿意当球童。

蒂尔（Teel）求学

在我五岁多的时候，父亲把我送到了政府办的蒂尔小学，这所小学最初是由英国人在 1927 年创办的。学校距我们村步行 5—10 分钟。上学意味着我会得到新书包、新书、笔记本、默写板、墨水瓶、铅笔盒等等，为此我兴奋不已。可是当父亲告诉我，他从一个朋友那要来了课本，因为人家的女儿要上二年级了，那时我真是失望透顶。至于其他的，几根铅笔也是我哥哥姐姐用剩下的。从此我就知道不要指望父亲会给我买新文具，也不用费心惦记他或叔叔们会给些零用钱，不管怎样那时这个大家庭名义上还是一家人，但其实我的叔叔们已经各自成家，在不同的地方独立生活了。

从那时起我更加懂得父亲的节俭，再也没要求他买过什么新东西。在他身上体现了中国先哲老子所宣扬的三种美德——恭、俭、让。他相信儒家等级制度，家里奉行一套完整的秩序，虽然他对儒家思想一无所知。一大家子人要吃饭穿衣，同时孩子们还要上学，他也的确不得不这么做。尽管他爱孩子们，并且尊重他们的看法，但他也同样相信中国的一句谚语“不打不成器”。我记得有一年 10 月收获之后，我的一个小妹和侄女想从农地里收集一些剩下的土豆。于是我们就在上学路上捡了满满一袋子土豆，再卖给另一个村里离得不远的一家商店的店主，店主给了我们大概 100 克甜鸡豆。我们几个高高兴兴、优哉游哉地去上学。学校晨会早已结束，学生们都回到了教室。当时父亲在离学校不远的地方犁地，看见了我们。于是他追上我们一顿痛斥，作为其中年纪最大的孩子我更是因为上学迟到而被狠狠责骂，特别是我没有以身作则。后来他问起迟到的原因，妹妹和侄女说漏了嘴，结果我们又挨了一通骂，不仅是因为瞒着大人卖土豆，也因为自甘受骗。或许这是父亲唯一一次动手打我。

从吉皮（Jibhi）到哥达古塞因（Gadagusain）修建了一条约 20 公里长的公路，道路穿过树林、山岩、峭壁和深谷，蜿蜒曲折。父亲受雇做了主管，手下有十几个工人，其中五六个都是自家人，包括我母亲、叔叔和阿姨，家里的经济状况也因此稍有好转。不过由于我父亲的正直和坚持正义，他在这个职位上并没有待很久。据我二叔说，一次早班之后父亲让工人们休息一会，一个正在检查施工工程的助理工程师看到了，就训斥我父亲失职，还恐吓威胁父亲。我父亲不在乎他的责难，但却因为受到粗暴对待而异常难过，觉得在手下人面前丢了脸面。他径直走到那个工程师面前，结结实实地给了他一耳光，然后直接就从主管岗位上辞职了。这就是我父亲的气势，当地人都很敬重他，我相信这也是他能成为蒂尔村委会主席的原因。无论如何，修路给村里带来了发展，现在村民们能把自家种的农作物，主要是土豆和豌豆，拿到附近市场上去卖钱。而在通路之前，我的家人曾经凌晨出发，拿着松木火把沿着高高低低的窄路把货物背到班贾尔低价卖出，再返回家吃早饭。幸运的是，我从来没有当过小妈所说的像她们那一代人那样的"驮兽"。

蒂尔学校只有两位老师，非常严格，不论课上课下，手里总是挥着一根教鞭。在家时我们说的都是印度方言希拉杰语（Seraji），到了学校我从一年级开始学习印地语字母表。不像现在一年级就教授英语，我们那时从五年级才开始学。所有男孩当中，我和我的堂哥亚什万特学习最好。我不清楚是事实果真如此，还是因为当时已经是村委会主席的父亲在当地颇有威望，又或者兼而有之。晨会上，我和亚什万特带领男生们祷告，祷告词大概是"你是这宇宙的主人，你的秘密隐藏在果园的花朵中。”晨会的内容非常繁杂，先是做操，然后由我和我堂哥轮流唱晨祷，有时也有女生，之后再唱国歌，以及宣誓做真正的爱国者，不以种姓、信仰、宗教或语言歧视任何人。

坦率地说，我一直无法理解像多样性、宗教、语言这样的词，因为我们生活在一个同质的生态系统中，不存在也难以理解这样的词汇。种姓是我们唯一能够理解的，因为有来自低种姓的孩子和我们一起上学。在学校里，大家一起玩，共同学习，从来没有感觉到有任何异样，有些时候我们还会和低种姓的同学成为好友。不过，在和他们一起吃饭甚至喝水的时候就会发现明显不同。果里（Koli）或低种姓人口中的塔库尔认为他们是库鲁和喜马偕尔其他许多地方的土著居民，他们从来不喝果里人提供的水，更不要说一起用餐了。这还不是全部，果里或低种姓人不能进入塔库尔的房屋，即使那里比果里人的房屋还要脏也无所谓。我还记得当塔库尔妇女从水源地取水回来，路上如果遇到低种姓人，会要求那人离远点或者走开。对于低种姓人，塔库尔绝对奉行双重标准，他们认为喝牛奶没问题，特别是果里人酿造的白酒，至少可以与其中的漂亮女孩和女士们聊聊天共度良宵。我们村里和附近的果里人不论从哪方面看都与塔库尔没什么分别，名字（除了姓氏，即使塔库尔也没有正式使用）、相貌甚至体型。听说我曾祖父的侍从是一个力大无穷的人，传说他在附近森林放牧时杀死了一头喜马拉雅熊。还有一个例子说的是来自同一群落的一个人在森林里晒太阳，被英国护林员误认为是一只熊。我也必须承认，在我们这个地方，大多数低种姓人都有着良好的体格和俊秀的白人长相，而女人们则更是胜过了那些上层种姓中的漂亮女孩。

相较于塔库尔，果里人更加贫穷，但却不至于失地。他们的房屋与上层种姓的房屋并无二致，有些民居在大小、规模或整洁方面甚至比塔库尔人家看上去更好些。我觉得或许是经济上的匮乏导致了他们现在的社会地位。在我曾祖父那个年代，附近果里村一户人家附庸于一户塔库尔人，这样的关系一直持续到我父亲那一代。到我生活的时代这个传统已经逐渐淡去。联系两个家庭延续几代人的附庸庇护关系，其最初形态可能是始于欧洲或亚洲部分地区的农奴制。不过，恩主对待侍从看起来既慷慨又大度，逐渐给予他们土地，还保护他们的利益。记得我父亲对他的侍从家庭也提供过很多帮助，借给他们粮食、或新或旧的物品、工具，甚至还有母牛或公牛。到了收获季节，也会有无偿劳动，不过他们可以随便从地里拿走几捆小麦或大麦。出人意料的是我们听说的在西方国家侍从家庭所背负的各种债务在我们这个村庄或地区从未有过。因此，我不想把这种关系归属为包身工，虽然后者在印度其他地方，特别是比哈尔邦和北方邦广泛存在。

对这些边缘化群体来说，我父亲是一位真正的恩主。人们向他抱冤诉苦，相信他能主持正义。村里有几件事值得一提，一件事与饮水有关，另一件事是在我父亲担任委员会主席期间选举低种姓人担任潘查，从不同村庄选出的五名委员会成员中有一个人是低种姓。关于饮水的事，塔库尔拥有村子里的两处水源，而住在不到 400 米远的果里村却没有水源。他们只能听凭塔库尔摆布，只等着有上层种姓的人经过时帮他们把水桶或水壶灌满。我父亲同情他们的疾苦，也看到了他们所遭受的屈辱和不公。作为委员会事务的掌舵人，父亲让他们强行到离自己村子更近的水源去取水，并且保证如果事情闹大，不会让塔库尔把怒火撒到他们身上。最初，他们犹豫不决，担心惹恼塔库尔。不过出于对父亲的信任，他们硬是取用了其中一处水源。这是我们村历史上前所未有的一次革命性举动，当然也着实惹怒了塔库尔。当村民们得知事实上是我父亲在幕后策划，有好一段时间我们家受到了几乎全村人的排斥。后来，人们在净化仪式后请婆罗门泼洒恒河圣水净化水源。然而，果里人一而再、再而三地强行取水，最终在我父亲的调停之下，那处水源永久地给了他们。

蒂尔学校是一栋两层建筑，有四间教室，每层各有一个开放式阳台。说起来是所学校，实际上没有任何基础设施，比如厕所、饮用水、适当的教室、桌椅和图书室。只有几把藤椅是教师专座。夏天，学生们就坐在大约 18 英寸宽、几米长的麻布上，上课展开、下课卷起。到了冬天，课堂就搬到室内。在我的家乡，冬天漫长而酷寒。一般冬季会降下大雪，积雪能有几米厚，气温骤降到零下 20 度。因此，每个学生早晨都要背着柴火去上学。我们曾经把一楼木质地板中间的几块板子拆掉，然后生一堆火，就这样围火上课。我们村直到 1970 年代末才通电，那是在吉皮–哥达古塞因（Jibhi-Gadagusain）公路完工并于 1971 年通车之后。由于家里不通电，孩子们只能借着灶火或者油松木火把的光学习，如果市场上有卖煤油灯的，就在煤油灯下学习。我们家可能是最后通的电，总之这事让人在整个冬天困惑不解了半年。

那个时候没有校服。大多数孩子，无论是来自塔库尔家庭还是低种姓家庭，穿的衣服都是膝盖、手肘和屁股上打着手缝的补丁，有时补丁还摞着补丁。当我看到毛泽东在延安时期拍摄的一张穿着补丁裤子的照片时，丝毫不觉得奇怪。那时没有太多的选择，新衣服只能在有庆祝活动和过节的时候穿。人们对洗衣液或肥皂这类东西闻所未闻，衣服都是用混着厨灰的开水洗的，有时也会用从班贾尔谷的无患子树上采来的洗衣果和干果洗衣服，其中含有的皂素是一种天然清洁剂，与第一种粗笨的方法比起来，能把衣服洗得更干净。自家做的麻纤维鞋子配上绵羊或山羊毛编织的彩色波纹图案特别流行。我的母亲、小妈、姐姐和嫂子都能熟练地做这样的鞋子，只是这种鞋极不耐穿，而且在寒冷的冬天也很不实用。夏季，大部分孩子都光着脚，家里的大人也是如此。我记得有一次我母亲去附近的水源取水，回家路上就被玻璃碎片划破了脚。那时既没有像今天这样的保暖内衣，也没有皮毛大衣，我们穿戴的都是纯羊毛的外套、袜子和帽子，特别保暖。在家里用的是手工缝制的被子和毯子，如果再加上手工编织的毛毯就更重了。我得承认我们是那种粗野、强壮的类型，从不屈服于自然或生活中的逆境。

蒂尔学校是一所全日制学校，只有每周六是中午放学。放学后，所有孩子都要回家帮忙做家务，通常会去附近水源取水、帮着村里的老人把柴火搬到厨房——令人惊讶的是厨房竟然建在房子的顶层，很多时候都是在三层！由于早晨天亮的很早，孩子们会在大人的带领下去树林里捡柴火和打饲料，或者去农场干活。那场景简直就是中国著名诗人陶渊明《归田园居》（其三）中描绘的画面：

道狭草木长，
夕露沾我衣。
沾衣不足惜，
但使愿无违。

播种和收获时节尤为繁忙，所有人不分老少都像蜜蜂一样围着谷仓忙个不停。储存粮食和饲料是极其重要的事，因为缺粮少食会让人还有家畜营养不良，有时甚至是死亡。到了周末，孩子们通常会和村里的大人或是邻村年纪大的或者以放牧为生的人一起去树林里放羊，顺便捡些干树枝回家当柴火。我小时候经常干这样的活，然后大人们就可以腾出手去干些更重要的家务活或者农活。

记得一个星期六的下午，我的堂哥亚什万特到我家来，另外还有侵占了我家土地那家的两个堂兄弟，我们几个人一起去附近树林捡柴火，然后装在一种多用途的背篓里背回家。当走到和树林交汇的小路时，我们把背篓丢到路上，然后去追赶经过的卡车。车一辆接一辆地疾驰而过，只留下我们在一片尘土飞扬里。四个人决定去路边的一座寺庙，背篓就丢在那附近，等到了庙里才失望地发现那根本没有路人留下功德钱。捡柴的事全被抛诸脑后，我们在黄昏下步行回家，走了快 15 公里一直到月悬当空才到吉皮。因为是秋天，夜里很冷，寒意袭人，而且我们错过了晚饭，饥肠辘辘。有那么一刻我们计划扒上往班贾尔运木材的卡车，到希特旺（Sidhwan）再下车往我二叔家去。后来我们放弃了这个想法，因为实在太冷，又饿得发慌。那会店铺和小茶摊都已经关门闭店，人们也早早溜上了床。我们蜷缩在一个茶摊门廊的火炉边，炉火闪烁着琥珀光芒。正在暖手的时候，几箱刚刚采摘的苹果引起了我们的注意。自觉或不自觉地我们打开了两箱，把口袋甚至长衫的裙兜里都装满了苹果。为了不让店主发现，我们仓促地逃走了，在月色中颤颤巍巍地往回走，直到早晨走到了一个叫巴户的地方。我们两个人在这迷了路，而另外两人爬上了一辆空车回了家。至于我，则又走回扔下背篓的地方，最后背着装满了干枯树枝的背篓，和牧羊人一起在黄昏时候回到了家。

我母亲是个善良女人，让我意外的是她非但没有体罚我，反而说我很幸运，因为那天父亲离家去了二叔那里，我们原本就是打算从吉皮走到二叔的家。听另外几个人说，他们全都在劫难逃被打红了屁股。我很高兴自己躲过了这一劫，不过失望的是第二天到学校我们还是在晨会上受到了体罚。我们被罚当“公鸡”还有打屁股。四个人哭得可怜巴巴的，不是因为受罚，而是因为缺课和离家出走一天一夜。那个时候我上三年级或四年级。这也许是我在家里和学校的最后一次轻率之举。

中学时代

1977 年春天，我以还算不错的成绩通过小学评核局考试，从蒂尔小学毕业了。最近的中学是曼迪地区的哥达古塞因公立中学。学校离我们村子有将近六公里远，得绕过大概两公里的陡峭下坡，再沿着曲折偏僻的山路走上大约四公里才能到学校。那一年我爷爷去世了，按照印度教传统家里所有男孩和男人都要削发。因为我即将进入新学校，担心被同学和其他人嘲笑，就联合堂兄弟们一起抵制削发，可惜我大叔一把抓住我，用那种通常用来剪羊毛的剃刀剃掉了我的头发。

我很喜欢在新学校的学习，学校大部分教师都是本地人，其中也有一些人来自喜马偕尔南部，主要是曼迪、比拉斯布尔或哈米尔普尔。这些人觉得学校很偏僻，冬季又寒冷异常，所以很多人不久就离开了，并且也没有什么规律可言。和我小学时候一样，所有老师都自以为傲地挥着教鞭，有时还动手打那些学习不好或者调皮学生的耳光，甚至踢他们。师生关系像是猫捉老鼠，上课时间以外学生们都不愿碰见老师。除了英语语法，还开设一些新的语言课程，比如乌尔都语、艺术和绘画、社会科学和科学，我发现这些课程非常有趣而且很容易掌握。学校的日常安排和小学时候没有什么不同，不过午休时间和晚上回家路上还是很有意思的。或许是因为我们这一家有 5 个孩子一起上学，所以没人敢在校内外欺负我们。

到了夏天，午休和晚上的时候，我们在美丽溪流汇成的天然泳池学游泳。只要午休铃声一响，我们就冲向最喜爱的池塘，一边脱衣服一边争先恐后地从周围 10 多米高的岩石上跳进去，溅起一片水花。池塘边上很浅，越往中心越深，最深处能有六七英尺。有一次我被一个小漩涡卷到了池塘深处，差点淹死。孩子们学的大都是蛙泳和自由泳，然后在池塘里排成一排比赛耐力。这样的比赛我一口气能游 22 个来回，所以后来才有信心游过贾罗利（Jalori）山关附近一个名叫赛罗勒赛尔（Sarolsar）的小型淡水湖，当时我姐姐和侄女因为担心我的安危而尖叫哭喊。中学时期我还接触到了足球、曲棍球和排球。不过这些游戏中用的都是自制的、大小形状各不相同的棉球。

晚上大家成群结队步行回家的时候更是有趣。特别是在夏天，孩子们在回家路上有时会跳进小水塘里玩水。女孩们在远离男孩的溪流上游有专属的女生水塘，而我是少数几个闯入女生水塘吓唬她们的调皮男生之一。那时裸泳是很正常的事，我完全不记得有人穿着内裤，更别说游泳衣了。我干过的恶作剧之一就是把女孩们的衣服藏起来，等到太阳落山再回家。这样行为激起了女孩们的愤怒，不过我也担心如果父母发现我的恶作剧，挨罚是一定的。日落之后温度很快降低，让女生们泡在水里瑟瑟发抖我也很后悔。为此，我真诚道歉并且保证不再犯，我想自己说到做到了。

生活如常，岁月如水，我顺利地升入八年级。大哥、二哥也都找到了工作，家里的经济状况越来越好。父亲十几岁的时候就被召去离家200公里远的达兰萨拉给一个地方官拎包，他发誓再也不让自己的孩子忍受这样的耻辱，因此在教育方面从来不计代价。我很高兴父亲遵守了诺言，包括我几个小叔叔在内，家里大部分人都受过教育，这也增进了父亲以及我的家庭与社会的接合。我大哥中学毕业后在离家四五十公里远的一所学校当了一名体育教练员。父亲很欣慰现在他可以帮忙赚钱养家了。然而，接下来几年，父亲失望地发现我二哥对学习没有多大兴趣，中学毕业以后就离开了学校。不仅如此，他还从村镇集市上领回一个新娘，让父亲更添了一层愁苦。大哥也厌倦了体育教练员的工作，一直失业在家直到参军。可是他不喜欢部队的艰苦、严格和纪律规定，让父亲又一次陷入沮丧失望。幸运的是，那时我二哥在武警部队找到了一份固定工作，能在经济上给父亲一些支援。也是在那个时候，我大哥受到了马克思主义和列宁主义思想的影响，在父亲和二哥的支持下进入曼迪的政府学院攻读大学。他白天上课，其他时间在般多哈的比亚斯河（Beas River）水库的工地上当工人。

正是在大学时代，我大哥受到左翼运动影响，变得非常激进，甚至成为了学院的学生领袖以及印度共产党在喜马偕尔邦的领导人。1973年，印度共产党选派他作为青年代表之一访问莫斯科以及东欧社会主义国家，我父亲从当地钱庄借钱替他支付了部分旅费。大哥和他的一位多年旧友——刚刚从新德里贾瓦哈拉尔·尼赫鲁大学退休的俄罗斯研究专家——在喜马偕尔邦播下了共产主义和社会主义的种子。出于这个原因，当时的喜马偕尔邦国大党首席部长Y.S.伯尔马尔拒绝让他进入任何政府部门，即使他获得了文学学士学位。尽管国大党向大哥伸出了加入该党的橄榄枝，他不但严词回绝，而且还在伯尔马尔参加西姆拉大会期间向其投掷鞋子。在喜马偕尔邦，所有就业之路都被堵死了。大哥通过他在北方邦同志的斡旋，在台拉登学习法律，并最终开始在库鲁区法院从事法律工作。事实上，我大哥在德拉敦的学习、我姐姐在查谟和克什米尔的斯利那加获得教育学学士学位，以及80年代我三哥在哈米尔普尔接受税务官培训，背后都有我二哥的支持。

双重悲剧

就在我父亲对自己以及年幼孩子们比如我和小妈所生的两个妹妹的未来相当有信心的时候，家庭悲剧接连发生。那时我才升入八年级，大概是在一个星期六，下课铃刚刚敲过，有人来告诉老师在蒂尔或者是周边一带看见有火光和烟雾升起。老师让我们赶快回家，路上一刻也不要停留。当我们爬上山看见大火的时候，我的怀疑被证实了——火焰的确是从我们村子翻腾而起。村民们眼睁睁地看着从后面150米开外的田地里燃起的大火蔓延到了村子。我看见父亲灰头土脸地拿着树枝，毫无表情地沉默着、茫然着。我觉得其他乡亲们肯定也都看见了父亲的样子，虽然我根本无暇顾及他们。我直奔向他，什么都没问。父亲也只是看着我，脸色更加黯淡、焦枯和虚弱。我听到村里一些女人们的哭声，却不敢近走她们。我找到几个小孩，问清楚了着火的事。

事情的经过是阿特马·拉姆（我爷爷的哥哥，也是僭取他土地的人）的长子萨兰达斯——此人出了名的行为鲁莽——为了处理掉那些干麻秸，就在谷仓不远处焚烧秸秆。通常秸秆都是丢弃在田里腐烂或抽出纤维后烧掉，而谷仓离村子不过几米远。秋天是最繁忙的时节，因为人们要忙着犁地，备播夏季作物，或是储存柴火、准备禽畜饲料。一般来说，干草、饲料和草堆大多储存在这些谷仓。在生活处所附近修建谷仓的想法似乎极不科学；不过，我相信这是为了方便，尤其是在冬天天气条件恶劣的时候，整个地区连续几个月被厚厚的积雪覆盖。在艰苦险阻和为取便利甘冒风险之间权衡，人们选择了后者，即使在周围几个谷仓犯过的错误已经让人们有过炼狱般的经历。蒂尔村的人们没有从自己的错误中汲取教训，又一次把谷仓建在了住所附近，而且我知道这是这个村子因为同一个原因第七次毁于一旦。秋风把干麻秸燃烧的火花吹到了附近的谷仓，谷仓一旦着火，由纯松树建造的房屋阳台也瞬间跟着起火。由于九所房屋连在一起，大火顺势烧毁了一切。一些角落里的房子可能是空的，但我们家是最先起火的，所有东西被烧得荡然无存。据说，我父亲、二哥和二嫂在几个果里人的帮助下试图撬开我母亲存放传家宝的木箱，里面也许有几百克祖传的黄金和一些白银，以免被大火吞噬，但却徒劳无果。几个月后，这些宝贝被从废墟里挖了出来，之后由我的小妈保管，多年以后，据说都分给了我的姐妹们。

从被褥、用具到衣服，我父亲失去了一切，尤其是在二楼卧房内置的两个六英尺乘六英尺大、装满了小麦和大麦的木制粮仓，他整个人被吓得呆若木鸡。当冬天日益临近，他定然忧心不已，除了绵羊、山羊和牛，其余的一切都没了。好在厄运发生在白天，要是在夜里，村子里恐怕就要有人畜伤亡了。

家里失火的时候，母亲和大哥都在库鲁，那时她大病初愈。我记得早在二月或者三月，母亲因为生病在大雪天被一群人抬走了，我在那嚎啕大哭，甚至还骂了那些抬她的人。母亲被抬着走了十公里到了巴户，人们把她抬上一辆公交车或者吉普车送到了库鲁，大概有七十公里路程。我得承认我特别恋母，家里人都笑话我是“妈妈的影子”。作为家里最小的孩子，或许母亲也的确是溺爱我，因为不论在家还是在地里，我总是围着她转。最奇异的是，我事后才知道，事实上我晚上一直都和她一起睡，她还默许我睡着了把腿跷在她身上，直到她被送到库鲁去。糗事到此为止就好了，可我竟然还有吮吸母亲干瘪乳房的劣迹，而她竟也从不拒绝。我总是哭喊着坚持她走到哪就跟到哪。有一次母亲想瞒着我回娘家住几天，被我看出了端倪。我哭闹不休谁也哄不住，愣是一副衣衫褴褛的样子走了将近二十公里跟到了我舅舅家。记得还有一次我跟着她去我家在距离蒂尔村五公里远的罗帕的一处房子，那时还是小妈在照管我。刚一进家门，她就对妹妹说，“这孩子一刻也不让我消停。”

我母亲是一个厉行规矩的人，但又不像父亲那般说一不二。她会给我足够的时间做功课，在家里学习也从来不打扰我。上学期间，她会定期或不定期地检查。记得有一次午休时候，我和同学结伴去了附近田野里摘桃子。因为成熟的桃子都在树顶，我就想爬上树去。我爬上去摘了好多桃子扔给站在树下等着接桃的小伙伴。就在这时学校传来了午休结束的铃声，所有孩子都往回跑。我也慌里慌张地爬下来，可是衬衫却被一根修剪过的树枝挂住了。我费了半天劲想要挣脱，但是无济于事，只能无助地哭了起来。

突然，我看见一个背上背着竹篓、手里拿着镰刀的女人。当她走近了我才认出那是母亲，我立刻破涕为笑。她看见我挂在树上，放下篮子和镰刀，爬上树把我拉了下来。才一下到地面，她就用粗糙的大手把我的屁股打到泛了红，狠狠地责骂我摘桃子。这时候其他人都回了教室，我试图说服她真的不是故意的，但她根本听不进去，而是警告我如果再在上学的时候爬树，会受到怎样更加严厉的惩罚。我赶紧跑回学校却没躲过体罚。这是我在上三四年级的时候。她生病时，我已经上八年级了，也更懂些事理了。

母亲离家让我一天到晚都觉得孤单、失落、压抑，感觉不到丝毫快乐。由于母亲住院，小妈从我家在罗帕的农场回到了蒂尔村。那时我二姐已经退学，家里就让她照管罗帕的房子。哥达古塞因公立中学距离罗帕不远，父亲让我和姐姐一起住在这个偏僻的地方，尽管我很不情愿，但是为了顺父亲的心意还是同意了。那房子孤零零矗立在田野当中，房子对面跨过一条小溪是一片森林。晚上能清楚地听到流水潺潺、寒风呼啸、猫头鹰嘶叫，还有豺狼嗥叫。早上如果你到农场周围转转，能发现很多趁着夜色来挖土豆的豪猪留下的尖刺或刚毛。白天，森林里的猴子们经常跑到农场里来。我们养了一只白色博美狗，虽然小狗吠叫不停，可还是抵不过那些入侵的猴子。有时如果四下无人，还会有雪豹跑到房子的门廊上来。一次我和姐姐都已经上床钻进了被窝，雪豹跑来叼走了我家的博美狗。还有一次，我家养的三只澳大利亚美利奴羊丢了一只。我和父亲找了一整晚，最后在岩石地带附近找到了被雪豹咬死的羊。可能是感觉到了我们的到来，那只雪豹跑走了。后来父亲背着后膛枪、我扛着羊，一起回家吃了一顿烤羊。我不知道姐姐觉得这个地方如何，对我而言，与喧闹熙攘的蒂尔村相比，这里总是让人感觉担惊害怕。在蒂尔村，天都很晚了孩子们还在外头村里空地上玩游戏。母亲不在身边，我觉得自己就像一个被遗弃的孩子。

由于祖屋被烧毁了，全家都搬到了新房子，我的第一次剃发仪式就是在新家办的，那一年我三岁。能有房子住我们都觉得很幸运，即使那时还没有完全翻修好。村里很多人都没有多余的房子可住，只得在临时搭建的帐篷里住了好几年直到新房建成。喜马偕尔邦政府给了每户人家一些微不足道的补偿。然而，真正为这些村民雪中送炭的是他们的亲人和四邻，在他们的帮助下，村民才得以渡过难关，特别是冬季。有些捐赠毛毯和棉被，其他厨具，还有一些粮食。虽然母亲生病加上村里遭遇劫难让父亲沮丧不已，但是他不像村里其他人那样忧心如焚，因为那时他已经能够伸出援助之手了。而我只想着自己那些事，盼望母亲早点回来。首先，我觉得只要母亲回来，小妈就会搬回罗帕，而我也就可以结束在罗帕的悲惨生活回到村子里。其次，由于我和姐姐必须承担起全部家务，这是我极其讨厌的，特别是还是在那种有无数野生动物出没的荒凉地方孤零零地做家务。

我很高兴听说母亲调理得很好，很快就回家了。她回来的那天，我没和姐姐在一起，而是一声不响地偷偷跑回蒂尔村去看她。当我看到她时，眼泪像决堤一样涌出来，哭得涕泗横流。她笑着说，“来吧，我不是和你说了会回来吗？”我哽咽着说，“可是为什么这么晚？”说到这她紧紧地抱住我，“从今以后再也不留下你一个人了。”我希望她说话算数，但是全能的神还为我准备了另外一些。

常言道祸不单行。在村里的灾祸告一段落后，父亲带着全家人去附近的森林，他在那雇了人用横切锯切割木板，用来翻修新房的地板和门廊。我记得和三哥、四哥、小妈所生的从库鲁政府学院放假回来的姐姐们，还有我的两个嫂子、小妈的二女儿和几个村民一起把木板运回我们的新家。这些木板有 4 英寸厚、10 到 15 英尺长，重量大概有 60 到 100 公斤。每天我们得往返六七趟运木板。可能是因为过度劳累和缺水，我的哥哥姐姐们都生了重病，过了好几天才恢复。当时家里一片混乱，木工、病人和孩子都要照顾到。那个时候我的嫂子们都有自己的孩子了。大概过了一周左右，哥哥姐姐们完全康复并且都返回学校继续攻读学士学位。父亲终于可以长长地松一口气，然而这只是短暂的，因为母亲又一次病倒了。

有一天，母亲想着嫂子们可能要花很长时间才能把牛棚清理干净，于是就和她们一起在早茶之前把活儿干完了。当时她还很虚弱，而且医生告诉她要休息，结果她再次卧床不起。所有人都以为这次只是发高烧，便像往常一样各自忙碌去了。同时还从当地的江湖郎中和一个村里人称之为“医生”的药剂师那里拿了些药。除了翻修新房，父亲又开始拆除离新房不远的谷仓。推倒谷仓并重新选址有两个原因，一是一朝被蛇咬十年怕井绳，二是谷仓遮挡了东边的视线和光照。对我来说，那是在学校里度过的寻常一天。放学后我早早回家，太阳还没有落山。我看见被推倒的谷仓，还有一大群人聚在我家附近，很不寻常。推倒谷仓需要这么多人吗？为什么气氛这么忧郁？难道是有人受伤或是被埋在倒塌的谷仓下了吗？为什么每个人都悲痛欲绝？当我走到自家新房的楼梯时，无数个问题在我脑子里爆炸。每个人都用可怜的眼神看着我想要告诉我什么，却又没人走近或者拦住我。当我走上通往二楼壁炉的楼梯时碰到了父亲，他立刻紧紧抱住我，在我的脸上亲了一次又一次。我不记得父亲曾经这样子亲过我。这时我觉得一定是发生了什么可怕的事情，眼泪倾泻而下。我慌慌张张地冲上楼，只看到母亲的遗体停放在壁炉边，四周人群围绕。我放声痛哭起来，呜咽着要母亲起来看看我有多痛苦，对她说，“你不是答应了永远不留下我一个人吗？妈妈，你怎么能再也不管我了呢！”我知道她已经离开这个世界再也不会回来了，而我所有重新回到蒂尔村的计划也就此终结了。此后的二三年，我和姐姐住在罗帕，偶尔回蒂尔村看看。父亲有时也会来看望我和姐姐。但从那时候起，生活对于我而言已经全然不同。对父亲来说，他已经精疲力竭，我可以看到他脸上的痛苦和绝望。

我继续在哥达古塞因上中学。这里也和小学时候一样，好老师都通过政治关系调走了，因为地理位置实在偏远，冬天气候又过于严酷。留下的老师中没有一个人拥有理学学士学位。其结果就是，在我接下来的人生中从来没弄明白代数和三角的概念。算术也是一个问题，不过我从同龄人那借来了几本数学指导书，凭着这些书在一定程度上解决了这个问题。我喜欢历史、社会科学、生物、印地语、乌尔都语和绘画，对普通科学也有些兴趣，因为这些学科都是可以自学的。八年级也有一次中学评核局考试，父亲让我的大叔护送我和亚什万特（大叔的儿子）去离我们学校38公里远的巴利·觉格参加考试。我们吃住在一个亲戚达斯米·罗姆叔叔家。他是喜马偕尔邦林业部门的护林员，有二儿一女，和我家的大家庭相比这是一个小户人家，但是对我们非常热情，好几次叫我们一起吃饭，虽然我们总是在小镇上一个小饭馆吃饭。

在这里度过的时光给我留下了美好记忆。小学评核局考试后我离开家和学校，并努力摆脱我接连目睹的两次悲剧的阴影。护林员叔叔的儿子哈南·塔库尔比我们低一年级，是个特别善良的男孩。我们都羡慕他和他弟弟有非常高超的骑车技术。在这之前我从来没见过自行车，更不要说骑自行车了！我们很高兴成为后座乘客，觉得特别自豪和快活。有时我们也试着骑一骑，但是发现太难了。此外，哈南还是一个游泳好手，这里的河流比我学游泳的小溪要大得多。春天，高山融雪汇成的激流奔腾而下冲刷着大大小小的卵石。我事后才知道在这样的激流中游泳有多危险，不过在哈南的鼓励下我们还是做到了。他还能在河里游泳时捕捉鳟鱼。哈南的姐姐萨拉是一个出色的歌手，她演唱的宝莱坞电影歌曲让我们印象深刻。到了星期六或者没有考试的日子，我们就和哈南一家去附近的森林里捡木柴和掉落的松针给牛舍堆料。我一生永远感谢护林员叔叔一家。

我以优异成绩通过了考试，可能只有数学是勉强及格。考试结束我回到了罗帕。学校来了位新校长，老家在蒂尔村，是我二叔拉尔·辛格的同学。他是个酒鬼，有时醉醺醺的就来上课了。他的两个儿子和一个女儿也在我们学校上学。这几个孩子尽管心地善良，却也喜欢摆架子。有时受他们父亲的鼓动，甚至敢于惩罚高年级的差生。那个时候体罚主要是关禁闭、打耳光或者踢屁股，校长和他的孩子在实施体罚时总是一副趾高气昂的样子。他们的母亲为人慈善，与我母亲无话不说。只要在蒂尔村，她总是邀请我去她家，并用传统的库鲁食物招待我，还劝说她的儿子们待人要尊重。正是她在当中调和，她家大儿子也是我的同学泰杰·辛格才肯把数学指导书借给我。有几次，我就在他家住一二天复习数学。

参加十年级评核局考试的时候，我又一次到巴利·觉格去，还是住在护林员叔叔家。到了休息日我们还是会去做和以往类似的事。我考的不错，除了数学。可我还是有点担心，当成绩出来时我的分数在所有考生中排在第二批，数学只得了46分，是所有科目中分数最低的。不管怎么说，我很高兴通过了考试，特别是我在没有老师教的情况下自学了一些科目。能离开罗帕也让我觉得开心，我和姐姐一起在那里住了三年。父亲为我感到高兴的同时也有些担忧，如果他所有的儿子都离开村子，谁来种地？我的几个哥哥都离开了蒂尔村，两个人已经成家立业，其他几个人大学毕业也都在找工作。父亲的顾虑我完全没放在心上，只是乐观地希望离开这个地方，到库鲁政府学院去上十一年级。我热切地等待着登上第一辆开往库鲁的公交车。公元634年至635年中国高僧玄奘曾经踏足的库鲁，1347年后我也即将前往，多么令人激动！

库鲁学院和
贾瓦哈拉尔·尼赫鲁大学

十一年级即大学预科已经开始入学了，可是六月大麦作物的收获一直没完没了，也可能更多的是因为我自己的心理状态。最后，父亲让三哥陪我一起去库鲁。他把两个人的车费交给三哥，并且叮嘱他在离库鲁 10 公里远的沙姆什停留一下，我二哥在那任职。除了毕业证书和成绩单我小心保管着，其他的就都随便了，穿着拖鞋，也没带什么行李。因为下雨又走了 2 公里的下坡路，我的拖鞋掉了一次又一次，实在烦了，干脆把鞋拿在手里光着脚走在路上。我们坐上了第一辆公交车，中午时分到了沙姆什。在那里，二哥直接把我们带到了布店，选好了给我做裤子的布料和颜色，然后目送我们去了库鲁。

刚到库鲁我们就把布料送到裁缝那，说是两周以后来取成衣。因为我的堂兄亚什万特也被同一所学院录取，所以我们商量好和一个在警察部门工作的亲戚一起合住在邻近库鲁萨尔瓦里的一间出租房里。我们在附近的杂货店里赊账买了些日用品，每月月底结账。至于厨具和被褥，我就接着用哥哥们毕业时剩下的，他们曾经和我大哥一起在库鲁租房住。一天傍晚，我们一起去看我大哥，告诉他我已经被学院录取了。可他问的第一句话是父亲有没有给我学费？他的脸色看起来相当苦闷，因为那个时候他立足未稳，还在为维持生计而挣扎。我的哥哥姐姐们都是刚刚毕业，跟着他住在一起，经历过种种的艰难。不过大哥和住在同一所房子里的另一个带着儿子和一个外甥的租客发生了婚外情，这让哥哥姐姐们觉得不满。几年后，他的第一任妻子起诉索要赡养费，并且打赢了官司。也许是出于这些原因，我三哥不愿意让我和大哥住在一起。

非医学的梦魇

第二天二哥来到库鲁，他和大哥、三哥一起决定——我应该学非医学类专业，换言之就是去学工科，因为我的中学考试成绩排在第二批。在那个年代考出好分数是相当困难的，第一批人数少之又少。我告诉哥哥们我的数学只是勉强过关，可惜根本没人听。二哥替我缴了学费，大概不到150卢比吧。

我高高兴兴地开始了学院生活。然而，第一次上数学课我就完全懵了，课上讲的全是向量，我听得一头雾水。我把自己遇到的困难告诉哥哥们，可是他们都不相信，反而觉得我在编造借口不想努力。于是我尽己所能地去学，可是因为基础太差，也没取得什么进步。好在哥哥们看到了我的问题，并且也同意或许应该放弃非医而转向医学专业。记得我二哥买了一个解剖盒和一些植物学、动物学的书，其他的书还是诸如物理、化学和英语这些。尽管我发现生物学很有趣，并且对解剖动物标本抱有极大兴趣，但是物理和化学仍然是个问题。现在转换专业的期限早已过了，我别无选择，只能一边上课一边去啃读那些我从来没有看过的厚厚的大书。我很用功，堂兄亚什万特也是如此。然而，结果出来我因为二三门功课不及格而栽在了物理和化学上。我真是心碎绝望，父亲和哥们也很难过。

我坚持以为如果转到人文学科，我会学得更好，而他们却固执地认为学人文就意味着失业。这一次大哥让我和亚什万特住到他那去，希望我们俩能在他的监督下好好学习。搬到大哥的出租房后，相比以前只做两个人的饭、洗两个人的碗，现在要干七八个人的活。去学校之前，我们要打扫房间，厨房正对着的是一条脏臭的、没有遮盖的污水沟，还要去邻近的公共部门招待所或者是去达尔浦靠近喜马偕尔邦旅游自助餐厅的一个水箱取水，陪我哥的同伴一起去附近的牛棚帮忙干各种活。周末更忙，要洗衣服，有时还把一大摞毛毯拉到比亚斯河去洗，因为那需要很多水。我们还坐公交车去罗戈谷达利卡德附近一个古董木工机器设备厂捡上满满几麻袋柴火，来来回回得走好几趟才能把几个大麻袋搬到公交车顶上，回到家再肩扛背驮地运到我们的新住处。下午没课的时候，我就和同学们一起去看当时的宝莱坞电影，有时也去其他朋友租住的地方做客，大家东拉西扯地闲聊。一次，两个同学在课上做鬼脸被化学老师抓了正着，事实上那是一个同学在给另外一个刚刚刮了胡子的同学画小胡子。因为我挨着他们坐，结果也被从教室里赶了出来。过了一会儿，这些家伙从后面的窗户发出怪叫，干扰老师上课。我记得老师怒气冲冲地大喊，“谁在捣乱？别以为我好欺负，你们这些乳臭小儿有种就出来！”他一边说着一边回到课堂，可那几个男孩又故技重施。这下老师被彻底激怒了，他开始追赶我们。不过，当他追出教室的时候，我们已经下了一层。他从楼里出来以为肯定能在外面找到我们，不过我们选择了一条更有难度的逃跑路线——从楼后面的二楼跳下去。这一跳，一个人直接掉进了长满荆棘的灌木丛，另一个人脚趾严重受伤，而我则撕扯了新做的裤子。不知怎么着，我们避开人群回到了家，这才松了口气。后来，除了我们三个人，即便调查也没弄明白那叫声到底是怎么回事。我们的确花一些时间在外面学习，我常去附近的苹果园，以免被人打扰。就这样又一年过去了，结果没什么变化，我还是物理、化学不及格。

“回家种地”

父亲非常不安，哥哥姐姐们也责骂我没出息，浪费了他们的经济援助。我的堂姐更是建议哥哥们赶紧送我回家，照她的说法，我应该回去帮着年迈的父亲种地。我别无选择地回了家，和父亲说了我遇到的困难。在选择学科这件事上，父亲似乎比哥哥们更能理解我。他给我了单程的车费并让我估算一下哥哥那还给我留着多少。父亲说，如果实在不行，就把厨具和被褥带回家。我知道他不希望我就这样放弃学业，但是因为指望着哥哥们的接济，而他们已经对我的前途下了定论，所以也不好强迫他们听从自己的意愿。二哥当时不在，调到德里去了。大哥则因为一起赔偿案件去了西姆拉。只有我大哥的伴侣在家，现在我们叫她大嫂。她有一个优点——独立，不同于我其他的嫂子，她自己的事情自己决定，可能是因为在经济上不依赖别人吧。她靠着在街坊四邻中卖牛奶挣钱，有时也卖乡村酿造的烈酒。她有二个儿子，大儿子跟着父亲，小儿子当时大概六七岁，和她一起生活。她和丈夫分开已经八九年了。她的父亲经营着一家肉店，可能也给了她一些支持。那时我认识她有一年多了，和她分享自己的想法让人觉得很舒服。她问我是不是真的愿意上学，我回答是。那好像是入学截止日的前两天，如果这两天内不登记入读，我就只能卷着行李回蒂尔村了。幸运的是就在那一天，她收到了牛奶钱。她给了我大概 175 卢比，让我选择自己喜欢的学科报到入学。我径直奔向学校。当我跑到招生中心的时候，老师们立刻认出了我，几乎所有人都打着哈欠说，“不是吧，又来了！”我告诉他们我决定学人文，他们说我应该再回去待上一段时间，我反驳说“迟到总比不到好”，这让其他人哄堂大笑。我高兴地选择了历史、公共管理、地理和英语，对其他科目则视而不见。我很开心也很感谢我的这位新大嫂，此后总是尽可能地帮助她。我相信在我入学就读这件事上，她也有自己的私心，因为我总是在方方面面给予她帮助，包括给她儿子和外甥当家教。我堂兄没和我一起报到，他被召回去在班贾尔高中读医科并在那度过了几年。最后他成为一名英语老师，而不是医生，这让所有人都觉得有些失望。

这也许是我最后一次证明自己不是差生的机会了。我选择的科目都非常有趣，没花费太大力气就掌握了。我恢复了以往的自信，也受到了老师们的青睐。期中考试我出人意料地得到了 70 以上的高分，这在我所经历过的考试中也是绝无仅有的。因此，我在学习上完全没有什么压力，有充足的时间通过图书馆的书籍去探索我周围的世界。我加入了空翼全国青年团，在喜马偕尔各处参加了许多训练营。学院颁发年度优胜奖时，我不仅功课第一，还被宣布全国青年团最佳学员。全国青年团是某种晚间课外活动。在我参加青年团的这两年，通过训练营，我更多地学习了纪律、团队合作、与他人分享，操作大小武器一直都很有趣，还有自我管理，不得不说后者是我得到的最大收获。有些学员在滑翔和飞行方面学有所成后最终选择了飞商用飞机。还有些人加入全国青年团成为学员是为了皮鞋、袜子、天蓝色牛仔裤、衬衫，以及带有黄铜飞鹰的帽子和鞋，尤其是这些东西质量上乘、经久耐用。

我与中国的最初联系

由于我选择学习历史和地里科目，自然对中国的历史和地里也颇有兴趣。中学时代，我对中国历史的了解仅限于中国的长城和玄奘。此外，在我为父亲大声朗读印度史诗《摩诃婆罗多》和《罗摩衍那》时还把大中华默认为中国。我隐约记得其中提到了般度族和阿萨姆王之战的故事，后者得到了中国人的帮助。般度族隐匿森林期间曾经提到游历中国。《罗摩衍那》一脉相承也描述了中国。在所有人上床睡觉前读上一二章厚厚的史诗是我的任务。除了这两部史诗，我还朗读过《薄伽梵歌》，不过那时觉得实在无聊。

然而，最有趣联系是通过两首专门描写中国的流行歌曲。一首大概在是印中关系亲和密切的时候，中国被视为一个富饶繁荣的文明。歌词是：

拉胡尔来的年轻姑娘，
请你诚实地告诉我，

怎样才能去中国？

口袋里装满白银，
口袋里装满宝石，
拉胡尔来的年轻姑娘，
请你诚实地告诉我，
怎样才能去中国？

拉胡尔和斯皮提现在是喜马偕尔邦的一个区，正是玄奘前往库鲁时所说的，（从库鲁）沿跨越高山峡谷的险途往北1800至1900里的地方。这里以及现在的拉达克曾经都是西藏的势力范围。即使到了今天，这一地区大部分人仍然信仰藏传佛教，他们所说的语言也大都属于汉藏语系。贸易关系活跃兴旺，并且人们往来没有任何限制。一些连接中国西藏地区的通道包括喜马偕尔科努尔的什普奇拉以及拉胡尔和斯皮提区的伯楞格拉山口，交易的商品通常是羊毛、羊绒、牦牛尾、黄油、黄金、白银和宝石。一年一度的拉比商品交易会是拉姆普尔和布什尔商人们云集的盛会，闻名遐迩。过去和现在的民谣对集会的描述几无二致。

我在童年时代学的第二首歌和上一首描述的截然相反。它反映的是1962年边境冲突前后，印度与中国仇恨和敌意。歌词是：

哦，老巴库！

让我们奋起打败中国，

拿起来复枪，

让我们奋起打败中国，

这两种对印中关系的描述都可以从文明国家的范畴以及从后威斯特伐利亚民族国家的范畴来审视。为了更多地了解中国，我读遍了在库鲁达尔布尔新建的单层区图书馆里所有的报纸和杂志，但是关于中国的报道太少了，事实上完全是一种封锁。学院图书馆略好，你还能找到几本关于邻国历史和文化的书。我拿到了一本标题为《东亚历史》的书。不但有生以来第一次粗浅地接触到了中华文明，而且还了解了其对诸如日本、韩国等一些国家的影响。我对秦始皇、大唐、蒙古人、大清王朝，以及民族主义者和共产主义者革命有了最基本、最初始的认识，可能也是第一次知道了长江、黄河。我着迷于铭刻在牛骨龟甲贝壳上的文字、中国的众多民族，以及中国历史上的一些重大发现。我就像走进了一座金矿，一口气读完全书，之后又到处搜寻类似的书，但是一无所获，只得一读再读。

到了十二年级，我有两种选择。一是继续学业，两年后获得文学学士学位。二是到十二年级以后寻找其他一些途径离开库鲁去别的地方。由于痴迷中国的文字系统及其文明，我想知道是否有研究中国的可能性。大哥向他的朋友瓦亚姆·辛格询问此事，他是贾瓦哈拉尔·尼赫鲁大学（尼大）研究俄罗斯的教授，答案是肯定的。不过，瓦亚姆·辛格教授告诉大哥有一个只招十几人的国家入学考试。当时我二哥在德里上班，他买了考试报名表寄给我。那个时候大哥对我的学业还是很满意的，但是他只愿意替我支付考试费，却不愿在五月陪着我一路到德里去，那里的热浪着实让人不堪忍受。

初到德里

大概是在1986年4月底，我收到了尼大入学考试的准考通知。那时年度考试已经结束，我把所有时间都用来复习准备考试大纲所包含的综合学科、通用英语、时政和一些心理素质问题。我欢欣鼓舞地期待着我的第一次印度首都之行。尼大在西姆拉没有设考试中心，但是在旁遮普的首府昌迪加尔有一个。可能大哥在那个城市没有熟人吧，所以更倾向于他的好友瓦亚姆·辛格教授所在的德里。我们从库鲁坐上了曼迪至德里的普通夜车，经历了十五六个小时漫长崎岖的旅程后在德里的邦际汽车站下了车。一路上真是既颠簸又孤单，司机晚上狂按喇叭，惹得车上几个欧洲乘客非常不悦。

当我到达邦际汽车站时，太阳已经高高升起，明晃晃的阳光让人感受到了它的灼热。我发现这个地方非常混乱，极其嘈杂、肮脏。人们随地小便，很多人睡在人行道上，乞丐从各个方向蜂拥而来。我想象中的首都城市应该是干净、整洁有序的，坦率地说这是一个文化冲击，我彻底失望了。无论如何我们匆匆登上了因为路怒而臭名昭著的德里运输公司620路公交车。我第一次见到载人黄包车、无门的公交车和三轮车，乘客们跟着开动的公交车奔跑着上车下车，这不是宝莱坞，这是现实生活！马车、自行车、出租车、摩托车，还有占满道路每一寸空间的行人。公交车上拥挤不堪，有时司机或售票员会大喊："你这个蚊子！如果不想死就走自己那边去！"我不太明白什么意思，后来问过才知道，"蚊子"是粗暴的德里运输公司公交车司机称呼三轮车的行话。有那么一刻我想到如果考上的话，这里就是今后几年我将要生活的地方了。我立刻想要回家，家乡是如此地接近自然，那么宁静、美丽，人也淳朴正直。总之，在公交车上好一阵推搡之后，尤其是有乘客下车时，我们终于到了穆尼尔卡，那时是尼大郊区的一个小村庄。为了节省几个卢比，我们步行走到考试中心。在到达尼大老校区外的中心学校之前，我们肯定已经向一百个人问过路。时间已经到了下午，阳光炽热，连道路和碎石小路都反射着热量，微风吹过更是一阵烘烤。我想雇一辆三轮车或其他什么交通工具尽快到达目的地，洗个冷水淋浴，再睡上一个午觉，但那只能是一个美好的愿望。我们继续往前走了将近五六公里，从Katwaria Sarai拐了一个弯到了尼大东区1318号瓦亚姆·辛格教授的住处，但门上着锁。经询问，我们失望地得知，教授和家人去老家班贾尔了，过一两天才回来。

我们又走回中心学校附近的公交车站，坐上德里运输公司618路公交车，到了德里北边距离尼大大约22公里远的Shadipur站。昨天晚上在家就没吃什么东西，到现在我的肚子已经饿得咕咕叫了。鲁普·钱德叔叔，一个远房亲戚，住在Shadipur。他很小的时候就离家外出谋生，现在在德里最大的牛奶供应商母亲乳业当司机。我们在去鲁普·钱德叔叔家的路上遇到了他。见到我们他很高兴，一路寒暄着很快就到了他居住的单间公寓。一进屋我立刻冲了个澡，喝了一升水，接着就开始打盹。傍晚我哥把我叫醒，鲁普·钱德正用一瓶威士忌和自家做的鸡款待他。吃过晚饭我们去拜访了德布家，他是我大哥的连襟，对我们非常热情，完全不顾及他妹妹已经和我大哥分居多年的事。他让他的小弟多利第二天陪我去入学考试考场，多利也是我在库鲁学院时的学长。第二天一早，我和多利坐上618路公交车，提前一个小时到了考场。他跟我说考试一结束就回来接我，而他也的确按时出现了。我们坐同一路公交车回到他哥哥家。所有人都问我考得如何，我回答“还不错”。我不确定是否能考得上，因为毕竟名额有限。那天晚上我们整晚都和德布一家在一起，受到了慷慨的款待。这一家人都非常可靠、随和、乐于助人。第二天我们仍旧坐夜车回了库鲁。后来，多利获得了喜马偕尔邦司法服务资格，成为了一名法官。

当时学校正值暑假闭校，我想正好可以回蒂尔去看看父亲。他见到我喜出望外，迫不及待地抛出一连串问题，问我在库鲁的学习，特别是最近去德里的情况。尽管他听我大哥、二哥说起过德里，但还想知道更多。他问我“看到红堡了吗？”我说没有。又问“看到印度门和议会了吗？”还是没有。“那你都看到了什么？”我告诉他我很开心在一辆移动的公交车上匆匆看了一眼红堡，而且去德里是为了考试而不是观光。我对德里的描述显然没能让他满意。其他村民向我问起德里的道路、建筑和人，对于这些问题，我自己也是相当困惑，想要寻找答案。假期里，我帮着父亲犁地、收割大麦小麦、把庄稼背到新谷仓、帮着小妈和其他家人打谷、晾晒，最后再把粮食储存进木质粮仓。偶尔也去树林里放羊，我意外地发现现在的羊群小了很多，因为所有山羊都已经卖了。父亲说他计划把牛羊都卖了，也可能会留下几头奶牛，因为这活儿实在是太难干了，尤其是根本没有足够的人手来饲养它们。我还发现和我一起在罗帕住过几年的姐姐已经出嫁到邻村去了，并且生了一个女儿。现在是我二哥家在打理罗帕的事，二嫂吃苦耐劳，让父亲很是欣慰。至于我大嫂，由于大哥有了婚外情，她抛下两个年幼的孩子出走了，其中一个孩子才一两岁。一时之间我有些说不清楚家里的状况。这次回家我有点担心父亲，他看上去非常苍白、虚弱，为孩子们的命运而自责，因为是他包办了大儿子的婚事，让他娶了自己朋友的女儿。

假期即将结束，我提前在六月底回到了库鲁。我急切地等待着十二年级的成绩，比这更让我心急的是尼大入学考试的结果。时间一点一滴地捱过，等待结果的日子一天过得比一年还长。最后终于尘埃落定。记得那天晚上我正在厨房忙活，大哥手里拿着一袋甜点进了房间。他走进了往我嘴里塞进一块点心，祝贺我金榜题名。我以为一定是尼大入学考试出结果了，可惜令人失望，他说的是十二年级考试的成绩。不过，得知和去年一样，我以63分的成绩再登榜首还是令人兴奋不已。每个人都为我感到高兴，更让人高兴的是第二天大哥带回喜讯，我被尼大录取了。我前所未有地满怀信心，这是我人生的转折点，我急不可耐地期待着在尼大开始新的生活。

毫不夸张地说，我有一种身在九霄云外的感觉。哥哥们很开心，却也担心我的学费问题，没人知道远离家乡外出求学需要花费多少。父亲手里现金不多，而且是在土豆、豌豆收获的季节，这一年剩下时间基本上都要靠哥哥们供养了。我三哥在喜马偕尔邦税务局找到一份工作，但是目前还要在二哥的经济支援下度过整整一年的培训期。四哥也加入了武警部队，不过收入一般，而且他爱赶时髦，挥霍无度，几无积蓄。父亲是一个知足的人，除了最小的两个孩子和我以外，其他子女们都有了着落。可是现在，他渐渐开始烦恼儿子们给予他的经济支持越来越少，因为每个人都觉得其他人应该往家里寄钱，而且还有人觉得已经为家里付出够多了，现在该换其他人来承担责任了。当时我不明白这些烦难的关系，只是关心自己的大学教育。

尼大入学日期日渐临近，可是我还在等着大哥的指示。其他几个哥哥都远离库鲁，而且相比现在，那时的通讯非常不便。最后，大哥让我去看望父亲，并告诉他考试通过的好消息，看看父亲能不能给我一些钱让我入读尼大。我高兴地坐上车，下午到了家。父亲一言未发，不过我看到他的眼睛里闪烁着喜悦和幸福。他想说些什么却又不知从何说起。后来他婉转的问我，

“你哥知道这事吗？”

我说，“知道，是他让我回家来看看你能不能出一些学费。”

他的喜悦瞬间变成了焦虑，

“他怎么能不知道我的难处！”

我告诉他马上就要入学了，我必须坐第二天早上的车回库鲁。我相信父亲那一晚都没有睡好。第二天我们醒得很早，我喝了早茶，吃了昨天晚饭剩的一片烤面包。父亲和我说，

“咱们去罗帕吧，去看看你二嫂能不能拿些钱出来。”“现在你哥都不给我钱了，都是直接给你二嫂了。”他又说。

我一直在听父亲说话，过了一会儿他还在不停地说。很快我们到了罗帕。我向二嫂行触脚礼，她也同样向父亲行礼。她早饭准备了煎饼，配上纯黄油或酥油和蜂蜜。我狼吞虎咽了好几个，而父亲只吃了一二个。吃早饭的时候，父亲跟她说，

“瓦吉尔（父亲习惯这样叫我或者叫小名巴达尔）通过德里的入学考试了，很快就要去德里了。为这事他大哥让他回来找我，看能不能给他凑些钱。你也知道，这些日子谢尔·辛格不再给

我汇钱了，我想你是不是能有点钱。”

从二嫂的额头就能看出她的不安，她回答，

“最近他也没给我寄钱，让我想想。”

她一边说着一边下了楼，回来的时候手里拿着一百卢比，递给了父亲。

过了一会，我们从二嫂那出来，爬上山坡走到土路上。父亲对我说，

“等车来还得一会时间呢，我们走一走吧。”

父亲为了节省车费让我步行几十公里，类似的记忆依然留存着。走了一会儿，我们看见汽车出现在下山的斜坡上，不过，等车开到我们所在的位置还需要 15 到 20 分钟。父亲把手伸进他最常穿的羊毛大衣里面的口袋，拿出一些钱递给我。

他说，“一共一百八十六，你数数。”

我数着钱，除了一张百元钞票，其他的都是 10 卢比、5 卢比、2 卢比的零钱，厚厚一沓 5 卢比、2 卢比、1 卢比的钞票。我的泪水涌出眼眶，哽咽着对父亲说，

“爸，你留着吧，用得着。”

他对我说，“我知道你需要的比这多得多，不过至少足够你的车费了。”“等土豆、豌豆收获了我再给你寄钱，我估摸着能有个好收成，别担心。”我不幸的父亲说道。

我能理解父亲的心情、感受他的无助，可是除了想到我不应该首先跑回家来，也没有别的办法。我们看着汽车驶近，父亲紧紧地抱了抱我，对我说着照顾自己、好好学习的话。

我怀着沉重的心情告别父亲上了车。汽车开动，只留下父亲站在轮胎碾过满是尘土的小路荡起的一片灰蒙中。

下午回到库鲁，大哥大嫂随即带我去布店选料做一件白色棉睡衣和一身衬衣长裤。买好布料送到附近裁缝那，承诺两天就能做好。回家路上，大嫂还给我买了一个皂盒、一个小圆镜和一把梳子。我和他们一起住了三年，头一次觉得他们如此大方。后来才知道，大哥打赢了那起赔偿案件，委托人给他一笔丰厚的佣金。我终于放下心来，至少到目前为止，我不用再发愁那笔 1750 卢比左右的学费了。大哥给了我一个中号的人造革箱子，是他在俄罗斯买的。我收拾好随身物品，两天后坐上喜马偕尔邦公路运输公司库鲁至德里的汽车。因为之前已经去过德里，所以库鲁的另外两个学生泰杰·辛格和贾格迪什·卡托齐和我同行。出发前大哥给了我 2200 卢比现金，让我路上一定要保管好钱和行李。1986 年 7 月 22 日，我离开了库鲁，尽管对德里没有多少兴趣，但是建在德里偏僻绿化带中的尼大吸引着我。那里有着群山之间的宁静，只有大声呐喊的学生和头顶上日夜飞过的航班偶尔打破这份宁静。

贾瓦哈拉尔·尼赫鲁大学

7 月 23 日早上，我和泰杰·辛格和贾格迪什·卡托齐一起来到尼大校园，我们直接去了尼大东区 1318 号瓦亚姆·辛格教授的大学公寓。辛格教授和他的妻子塔拉以及八九岁的儿子萨莎（真名罗希特）住在那里。这家人给了我们很大的帮助，加上大家又来自同一个地方，因此觉得叨扰他们也在情理之中。接下来的二三天我们一直住在辛格教授家，享受着塔拉做的饭菜，直到给我们分配好了宿舍。7 月 24 日，我缴纳了大约 1750 卢比注册费和宿舍费。25 日，我开了一个银行账户，把剩下的 400 卢比存了进去。可能因为碰巧是周末，我被分配到了沛绿亚楼 18 号，在那住了一学期。室友韦德亚纳 什·米什拉和我同一级，日语专业的。一个学期后，我换到了同一栋楼的 221 号房间，一个单人间，之后一直住到我念完中文硕士学位。

尼大跟我想象中的完全不同。在库鲁学院，学生们都非常重视自己的仪表，我记得自己仅有的裤子和衬衫熨烫了一遍又一遍。可是在尼大，学生们穿库尔达（长衫）配牛仔裤和拖鞋，虽然有些人穿着也很入时。所有学生不论种姓和信仰都在宿舍楼一楼的自助餐厅一起吃饭。这个地方还经常用来举行辩论、讨论、研习会、学习小组、公开集会等等。不像其他院校，在这里从不捉弄新生。2009 年，警醒于医学学生哈曼·卡契罗之死，印度大学拨款委员会通过了《关于遏制高等教育机构中欺凌的条例》，以此禁止这种恶习。我非但没有遇到任何欺凌，当时的各种学生组织，主要是印度学生联合会、全印学生联盟和自由思想家，对新生们都非常友好，为他们提供了各种帮助，从填写入学表，到引导他们到学校、图书馆和宿舍楼各处的收费处。显然这些组织也获得了归属利益，它们借机诱导学生们，这样后者就会成为它们的成员、会员，或者大学生联盟选举中的支持者。选举时，左翼（印度学生联合会与全印度学生联盟）与走中间路线、被视为有自由民主倾向的自由思想家竞争激烈。我也被三个组织的人簇拥着得到了各种帮助。我发现宿舍设施非常好，有一张床，一个柜子，书桌椅子和一个固定在墙上的长方形小书架。还有一个便于使用的小阳台，我可以把湿衣服挂在那里晾晒。

八月的第一周或第二周学校开课了，我也熟悉了这 1200 公顷的巨大校园。所有的教学楼、图书馆、印度国家银行、邮局、自助餐厅等等分别坐落在老校区，现在这些建筑里安置的是诸如秘书处培训和管理研究所、对外事务研究所、中央后备警察部队军官食堂等设施。由于校园较大，666 和 615 路公交线路穿过老校区直到尼大东区宿舍。从尼大东区终点站人们可以步行到达 12 世纪的古迹顾特卜塔。我花了 12.5 卢比办了一张对德里所有公交车有效的学生月票。我更喜欢乘坐 666 路车，因为路程较短，也不太拥挤。有时我们宁愿选择杰赫勒姆宿舍公寓后面一条穿过岩石和灌木的狭窄通道一路走下去。

当时没有多少学生选择汉语，因为印度对于中国的研究非常薄弱。不像美国和欧洲，关于中国的研究已经有很长历史。印度虽然与中国相邻，但直到诺贝尔奖获得者罗宾德拉纳特·泰戈尔在1921年创立国际大学后才开展了中国研究。而英国出于对中国本土和西藏的兴趣，早在1809年就开始研究中国了，当时诸如约书亚·马希曼等一批传教士翻译了《论语》的前九章，只是没能坚持做下去并且很快失去了动力。1924年罗宾德拉纳特·泰戈尔访问中国之后，因其个人对中国的浓厚兴趣，于1937年在位于圣蒂尼克坦的国际大学设立了中国学院。1928年谭云山教授来到圣蒂尼克坦，并为开展和加强印度的中国研究奉献了毕生精力，直至1983年辞世。

1950年代末、60年代初，印中关系恶化。此后近三十年，两国关系进入冰冻期，使得印度的中国研究进一步被忽视。然而，冲突不仅暴露了印度在防御能力上的种种弱点，而且显露出其对中国认识的粗浅，特别是其战略和安全利益。因此，1962年溃败见证了一个新机构——德里大学东亚研究中心的成立，1967年贾瓦哈拉尔·尼赫鲁大学也设立了东亚研究中心。关于印度的汉语和中国研究将在第八章中详述。

1986年我入读该中心时其名称是亚非语言中心，即后来人们所知的东亚语言中心，最终更名为中国与东南亚研究中心。汉语作为一门学科进入尼大始于1973年。论及中心成立两年后的命运，罗易教授回忆说，尼大的整个汉语学程“曾难以为继”。

唯一的汉语教师蔡汉生先生，因部分学生惹出的麻烦而离去。只剩我跟同僚维姆拉·萨兰女士在维持这个学程……没有中国大陆或海外华人愿意来这儿；德里大学也没有师资。我们得不断奔走，从印度广播电台和内阁秘书处找兼职 教师。[1]

创立43年后的今天，尼大的中国和东亚研究中心已经成为在印度学习汉语，以及从事中国语言、文学、文明和其他相关领域研究课题的最佳研究中心之一。在1970年代后期，谭中教授和叶书君教授的加入强化了中心。此后，中心已培养了41届研究生，并有许多杰出学生加入教师行列。在我进入中心时，共有5位教师，谭中教授、叶书君教授、H. P. 罗易博士、维姆拉·萨兰女士和马尼克·巴塔查里亚博士。现在中心已有12位教师，学生人数也增至170人。

就中心提供的课程而言，新生和二年级学生的首要训练是培养语言技能，如听力、口语、阅读和理解能力，不过，我们也有机会接触少量文言文诗歌和散文。通过主要是现代的作品摘录以速览中国文化与文明，主导了文本学习的教学，特别是在大学学习的最后一年。此外还有诸如作文和翻译等其他课程。中心还提供一门综合性的工具课，旨在培养学生对中国文化、文明、政治与经济的兴趣。为了更好地理解印

1 Haraprasad Ray, "Reminiscences and Suggestions" in Madhavi Thampi (ed.) *Review of China Studies in India: A Colloquium*. Delhi: Institute of Chinese Studies, (2007:17).

度和欧洲的历史，我选择历史作为语言学的选修课程。学期评价的方式是学生必须通过三次期中测试中的两次，才能参加最后的期末考试。如果测试不及格，则有可能被学校除名。研究生阶段的课程设计有文本批评和赏析两个方面：文言文，以及现当代长短篇小说。除此之外，同时提供口译及笔译 课程。

校园生活

我发现了尼大校园令人惊讶的不同之处，它让你有一种“生而自由”的感觉。除了宿舍手册或大学条例中规定的规章制度外，你和你的生活不受任何约束。你就是自己命运的主人。或许这也是我第一次接触到多元文化。学生们来自印度各个地方，尽管在随后的几年中来自比哈尔的学生占据了多数，特别是在 21 世纪头十年实施其他落后阶层配额的时候。在校园里看见外国人也令我大开眼界，虽然在人数上与我 1991 年第一次访问中国时在中国大学见到的留学生人数相比少之又少。由于独特的招生政策，尼大为来自社会贫困阶层或落后地区的学生提供加分，因此我发现既有来自贫困家庭的学生，也有出身中产阶级和富裕家庭的学生。没有任何种姓和阶级之间的区别，尽管这种差异在 1991 年实行曼德尔决议之后有所抬头。彼时，我正在攻读硕士学位。于是，我目睹了代表各种群体利益的团体和学生政治派别。尼大的小食店和茶社，比如恒河、尼尔吉里和萨巴马提，都是开门营业到深夜；在这里展开了许多讨论、思想辩论，街头戏剧和示威，可以看到学生们在四下活动直到凌晨。也许是因为围绕这些小食店所产生的震荡，尼大的无产者们在2000年代关闭了时髦的雀巢咖啡店。尼大的安全状况今时不同往日，我上学的时候，只有宿舍或教学楼有学校聘用的保安员24小时值班。在有些宿舍，男女学生们喜欢一起在自助餐厅搞活动，女生可以不受任何限制地进入男生宿舍。情侣关系有时盛开，有时凋谢，性生活在一段关系中也算不上大忌。深夜，牵手甚至接吻的情侣们在尼大环路上随处可见，稀松平常，没人多加关注，虽然这对来自保守封建背景的学生来说确实有些困扰。不过，这些人也逐渐融入校园文化，蜕变若非即时也称得上迅速。首先，教学楼和公交车站的各种海报和涂鸦迫使你对所处时代重要的国家和国际问题做出反应。我必须承认，校园是一个在政治上充电的地方，像印度学生联合会和全印学生联盟这样的左翼学生组织占据了主导地位。校园里剩下的言论选择就是自由思想家了。校园里的绝大部分思想活动都表现为政治辩论、关于时事的演讲、宿舍餐厅和教学楼里的讲座和研讨会、国内外影片观影、街头表演和戏剧，以及古典音乐会等等。许多联邦公共服务委员会的支持者也参与其中。所有这些因素结合在一起形成了独特的充满活力的尼大文化，使其声音能够在国家主流纸媒和电子媒体中得到响应。这种文化开创了尼大自由、解放、平等、智慧、辩论和讨论的形象。

然而在此后的五十年中，许多事已是物换星移，今非昔比。往昔的团结一致、师生友爱、政治辩论和讨论的标准、两性平等、学生的非暴力斗争，尼大的精神气质，甚至学生和教职员工的素质都在快速削弱。校园暴力事件时有发生。2013 年发生的被抛弃情人企图在教室杀害女学生事件；三个青年学生因醉酒驾车，在校园超速导致死亡；越来越多的性骚扰案件，我也认为其中许多是虚假的；校园 DJ 派对；宿舍内猖獗的烈酒消费，这些都表明一种新的文化正在试图取代早期的校园文化。近年来诸如国家学生联盟和右翼派别全印学生联盟这样的学生组织，尤其是后者，在校园内出现也就不足为奇了。尽管有一些衰落倒退，但尼大仍然在印度高等教育机构中名列前茅。

在我进入中文系时，情况完全不同。我定期上课并且很幸运地在尼大一年级时受教于叶书君教授。她是新加坡华侨，中文基础非常坚实。由于我大哥的左派倾向，我在政治上也是左倾。1975 年，当他从莫斯科、柏林和古巴回来后，曾向我们描述在这些社会主义国家人们的生活。他还讲述了英勇的越南人民如何在胡志明的领导下与美帝国主义斗争。我在高中时期就已发现社会主义和共产主义的魅力，参加了大部分学习小组，像瓦亚姆·辛格教授这样的知识分子也参与其中，他对苏联共产主义的评价很高。不过我是来到尼大之后，才更加积极地参与学生政治，并且认真读了一些书。我读了诸如列宁的《国家与革命》、马克思和恩格斯的《共产党宣言》、恩格斯的《家庭、私有制和国家的起源》、马克思的《印度的第一次独立战争》、奥威尔的《动物庄园》、斯大林的《辩证唯物主义和历史唯物主义》，以及后来中文版的《毛泽东选集》。这些著作很好地解释了共产主义哲学、阶级斗争、资本主义的作用、资本主义和共产主义生产方式有何不同、国家作为一种镇压工具、毛泽东在中国革命中的作用等等。全印学生联盟在尼大的小组认为我是一个优秀的“战友”，除了善于学习还多才多艺，因为我是一个相当不错的排球运动员、一名优秀的田径运动员、一个好的组织者、一个小册子专家——因为在校园里常有小册子之战、海报作家等等。因此，认为我被认为是尼大学生会选举的最佳候选人。有些人试图劝阻我不要参与学生政治，因为有很多学生因考试不通过而被学校开除。另一方面也有人飞黄腾达进入印度政坛和政府，比如印度共产党（马克思主义）现任总书记西塔拉姆·耶楚里、前总书记普拉卡什·卡拉特、现任议会议员及总理拉吉夫·甘地曾经的受托人、政治顾问 D.P 特里帕蒂、尼泊尔前总理巴布拉姆·巴特拉伊等等。在官僚机构中，来自尼大的有前内阁部长阿吉特·塞斯、前外交部长拉利特·曼辛格、现任外秘苏杰生、印度国家转型委员会首席执行官阿米塔布·坎特、印度总统媒体顾问维努·拉贾摩尼等等，不胜枚举。还有许多人被任命为驻外大使，以及担任印度顶尖大学和教育机构的校长。

进入校园一年后，我的学业进展顺利，汉语等级“As”，是同级学生中最好的。我还是一个不错的运动员，这一年在排球、举重和田径比赛中赢得了不少奖项。不得不说，校园里没有任何体育文化可言，校内的体育场所只有可怜的区区数人。在这样的氛围中奖牌不仅势在必得，而且还可以赢得漂亮。我是排球俱乐部的召集人，有时还是校队队长。或许在尼大历史上是我们第一次在德里发起了校际联赛，结果次于德里大学屈居第二，但与前者超过10万的学生人数相比，尼大只有3000多人。我还参加了1987年的学生选举，轻松获得了语言学校辅导员的岗位。事实上尼大学生会选举是严格独立的，学生们根据尼大学生会章程通过选举委员会自行组织选举。2008年，尼大学生会选举被叫停，因为学生们拒绝达到林多委员会[1]设定的界线。2011年12月印度最高法院放宽了林多委员会建议的一些规定，一切恢复如常。这是学生们顽强抵抗的成果，而尼大在其中发挥了带头作用。

选举获胜后，同学们要我开庆祝派对。有件事值得一提，我们的一个兼职老师向谭中教授抱怨我们故意逃她的课。而事实上，我们等了老师大概15分钟，她还没有出现。同学们问我为什么不先去取些冷饮来，我们决定快去快回。出人意料的是老师就在这个时候来了，而且还投诉了我们。我们告诉谭教授大家等了那位老师15分钟才去取些冷饮的事实。谭教授相信了我们的话，事情的确如此。他让我们离开他的房

1　林多委员会是印度政府人力资源发展部2006年根据最高法院改革学生会选举、去除学生政治中的金钱和强迫势力而设立的。

间，并且严厉斥责那位老师的说谎和违纪行为。我们听见她痛哭失声，并且匆匆离开了房间，可能那是我们最后一次见到这个老师。尽管我积极地参与学生政治活动，参加各种示威、静坐和绝食活动，以抵制尼大管理层的反学生政策，但是这些丝毫没有影响我的学习、运动或者其他课外活动。

谭中教授

正如前面提到的，谭中教授是我在尼大读书时候的老师之一。从学生时代起我一直与教授们保持着私人联系。谭教授 1929 年 4 月 18 日出生于马来西亚，1931 年至 1951 年在中国长大，1955 年至 1999 年选择印度作为他的职业地。1928 年，谭中教授的父亲谭云山应泰戈尔的请求来到了圣蒂尼克坦的国际大学，显然父亲对他的一生产生了重要影响。泰戈尔钟情于东方文明。最初他认为日本将拯救亚洲其他被压迫民族，然而当他 1916 年访问日本后这一想法彻底改变了。他亲眼目睹日本同其他西方列强一样成为一种扩张势力。1929 年泰戈尔在最后一次访日期间公开表达了对日本的不满，谴责其在朝鲜滥用权力。几年后，日本发动对中国的进攻并占领了中国东北，泰戈尔称日本为侵略者并同情中国人民。1937 年 7 月 7 日卢沟桥事变之后不久，他于 9 月 21 日给中国中印学会主席蔡元培发了一封电报，转达印度人民对中国人民的同情和支持。他支持印度的抵制日货运动。在中国学院奠基之时，

泰戈尔说，

“侵略者妄图破坏印中数百年来的友好关系，因为他们知道这表明印中两国是团结一致的。”[1]

因此，我认为谭云山教授与泰戈尔关系密切，而后者又备受甘地、尼赫鲁等印度国家领导人的尊重。谭家人尤其是谭中教授必定受到这些人思想观念的影响，即便不是从一开始就耳濡目染，其在国际大学读书时期——1957 年获得学士学位——也一定有所浸润。此后，谭教授继续在德里大学求学，分别于 1963 年和 1971 年获得了哲学硕士和博士学位。1950 年代末印中关系恶化，印度政府利用了他作为浦那市卡达瓦斯拉国防研究院（1958—1959）和新德里国防部外语学校（1959—1963）讲师所拥有的专业知识。谭家在印度的政治背景可以想见，特别是当 1962 年边境战争爆发时，许多中国人被边缘化和受到排斥。很多人遭到围捕并且被关进了位于拉贾斯坦邦代沃利的监狱。即使后来战争结束，仍有数千人被强行遣返回中国。尽管谭家有着密切的政治联系，但是谭中教授始终认为他的家庭处在危险之中，在印度，他们仍然被视为“外来群体”。他的父母作为外国人必须年复一年地延长签证，并且和所有外国人一样受到刑事调查部门的监视。谭中教授回忆起发生在 1960 年的一件事，一位刑事调查部门的官员非常无礼地威胁谭云山教授，要“起诉”他居住在新德里。后

1 魏凤江:《我的老师泰戈尔》1986 年版，贵州出版社，第 129—130 页。

来尼赫鲁总理得知此事，向谭教授受到的限制道歉，但也表示“不能采取任何改变规则的行为”。据谭中教授回忆，1963年谭家的问题还被提交到了印度议会。据称谭云山有两个儿子，一个在印度军队，另一个则在中国军队。

谭中教授说，“1962年战争后，印度觉醒并采取了‘了解你的敌人’的认识中国战略。”在这样的背景下，谭教授在印度就变成了一种机会。与此同时，1963年德里大学利用福特基金会的一大笔赠款启动了“中国中心”。1964年，谭中教授获得了德里大学的任命，不过若是没有尼赫鲁给他父亲的一封信，此事也很难说。谭中教授在2006年中国和东南亚研究中心的一次演讲中承认了这一事实。他说，“德里大学校长戴什穆克博士握着我的手说，‘你能来我很高兴。’但是他没告诉我为什么学校一次又一次地让我拿出尼赫鲁给我父亲的信的副本。”1964年至1978年，谭中教授担任德里大学中文系副教授及中文日文系主任。1978年至1994年，他担任尼赫鲁大学中文系教授、亚非语文中心和东亚语言中心主任。退休后，或许是应时任会员中心秘书的卡毕拉·瓦兹雅扬的请求，他作为教授顾问加入了英迪拉·甘地国立艺术中心（IGNCA）。

中国−印度斯坦人

1971年谭云山教授刚刚从国际大学退休，谭中教授即子承父业地被奉为印度的中国问题权威。他一直统领局面直到离开英迪拉·甘地国立艺术中心去美国。用他的话说，他“继承了父亲的信任以及印度政府及其附属机构如联邦公共服务委员会、大学教育资助委员会和教育部给予的任务。”他帮助筹划了印度的中国研究小组，并且是现今中国研究所的先驱。1964 年中国研究小组出版了名为《中国述评》的期刊，此后该出版物一直延续至今。谭中教授说，他因坚持其专注文化的使命，远离以地缘政治和地缘战略为主导的非文化争论，从而得以在冷战环境中生存下来。印中关系的地缘文明视角则可恰当地归功于谭教授，正是他本人及其学生推进了这一观点。

谭教授认为自己是一个中国－印度斯坦人或中印混血儿。他说作为中国人，其所具有的中华民族精神一直在努力地从难以捉摸的命运中攫取一点一滴的幸福。而作为印度人，他倾向于顺其自然、安于天命。不过他坦承，和他的父亲一样，相较于印度人，他更像一个中国人。谭教授是一位杰出的老师。他有着“湖南公牛”的精神，真正做到了儒家所说的诲人不倦。如同所有的优秀教师，他的成功体现在其对学生生活的影响。他常说，他这一生受教于学生，也得助于学生。正是谭中教授和叶书君教授引领着我接触到了中国的历史和文明。谭教授教我们写作，他选取的材料范围广泛，从《人民日报》的报道到《中国妇女与展望》的文章等等。这还不是全部，他会让我们讲述自己准备的材料，然后提出问题。“大班”的概念也是以相同方式在我们这批学生中进行的尝试。

我记得我做的案例是邓小平题为《社会主义初级阶段》的文章。在我读研究生期间，他带我们领略了中国文学史，特别是唐宋诗词。他最喜欢李白、王维和白居易，称之为中印文化交流“瑰宝”。

我非常尊敬我的老师谭中教授，在教学方面他是一位真正的儒家。他引导学生自我成长，如孔子曰，“不愤不启，不悱不发。”有件事我一直铭记在心。大概是我们中心与驻新德里的中国大使馆和外语学校第一次共同组织春节庆祝活动，活动上需要演讲。当谭教授把这项工作指派给我时，我高兴地以为他会写好发言稿给我。可是当我和他商量此事时，他说，“你自己写，写好了给我看。”我后悔同意做演讲，可我的名字已经写进了节目单，别无选择只能自己写了。我花了几天时间写了一篇演讲稿，最后我犹犹豫豫地在谭教授面前念了一遍。他怀着极大的兴趣从头听到尾，脸上带着一贯的笑容。他称赞说“很好的尝试！”尽管如此，他还是做了些修改，插入了一些中国谚语，比如“吃水不忘挖井人”“有志者事竟成”等。我在其中写的一句话让他印象特别深刻，

印中人民自古以来世代友好。遮蔽印中两国的乌云终将消散。如此众多的印度朋友、中国朋友欢聚一堂，共庆春节，即说明了这一事实。

当我用中文演讲时，礼堂中一次又一次地回荡起雷鸣般的

掌声。我记得演讲结束后，一个《人民日报》派驻印度的记者采访了我，称赞我的发音“完美”“近乎母语”。我们这一届学生中除我之外，索努·阿格尼哈崔、吉达·达布拉、巴雅拉西米和鲁帕也是他的得意门生。当我们即将硕士毕业时，他充满激情地写了下面两首诗，一首为我们，一首为自己。

第一首

漫漫征程六二春
翠板玉粉半埋名
桃李芬芳留春意
今日成材又五人

第二首

生日感怀

春花秋月时光好
六二年华是多少
大学新楼正东风
济济一堂志壮又情浓
金枝玉叶堪雕镂
教学永无休
问君生平志酬未
桃李芬芳中印学新醉

他把两首诗递给我们，又问我们是不是也能写一首诗给他。我们几人面面相觑，最后我转向谭教授说，

“我试试吧。”

我是这样写的：

五步始完前路长
基石未坚根不强
立志登天揽日月
中印携手放光芒
自知才陋学术浅
更须切磋琢磨长
但愿恩师多指点
朝朝暮暮向红阳

谭教授浏览了一遍，仍对我报以惯常的笑容。他总是积极参与学生活动，特别是文化节目。那时被选进学生会，我们发起了语言学校文化节。文化节期间，不同中心的学生通过音乐、歌曲、舞蹈、美食、电影和拼贴画的形式展示特定国家的文化。我记得谭中教授教我们中国歌曲、舞蹈，甚至和我们一起包饺子，帮助学生准备中国的拼贴画。我们的节目在学生中引起强烈反响，连续三四年获奖。他参加学生们的各种实地考察和教育旅行，有时还在与我们的乒乓球比赛中小试身手。不过，在学业方面他从不手下留情。记得在本

科最后一年，一次班里除了我和另一位同学毗舍密多罗，大多数人都得了“F”(不及格)。后来那位同学本科毕业后在中国找到了工作。

另外，我也必须承认，谭中教授偏爱女生。虽然本科期间感受不深，那是因为班里还有其他男同学，可是到了研究生阶段，我成了全班五个学生中唯一的男生。课堂讨论时，只要他发现女生们有一点点窃窃私语，即使我举手要求回答问题，他也不会点我的名。从北京大学回来后，我希望能把《太平天国起义中的印度士兵》这篇文章编入他所编辑的一本书中，但是他抱有偏见地认为这是一篇不合格的文章，即使文中引经据典、旁征博引了诸如李鸿章、左宗棠等人的奏折。后来这篇文章发表在玛妲玉教授主编的《殖民主义世界的印度与中国》一书中。虽然我没有帮忙为他编辑的书翻译中文文章，但是他也没有纳入我的研究文章，直到人们开始认可我的工作。我记得翻译过季羡林教授在1994年为其主编的《印度视野》所撰写的文章，以及与我的同事Bagyalaxami博士共同翻译他收录在1995年《敦煌艺术》文集中关于敦煌莫高窟的描述。如果不是维尼特看了一眼封面设计，可能没人想到这一特殊部分的译者会是我们。事后谭教授对我们寄予厚望，而且还提高了我的学术标准门槛，促使我发奋努力争取更好成绩。

一段时间以后，我和谭中教授共同站在各种国内外会议的讲台上，我自豪地介绍他是我的导师，他则介绍我是他能力出众的学生。在某些问题上我可以与谭教授意见相左，但我对他始终恭敬有加。在我的学生时代乃至如今，他都是我心智和专业成长方面最可信赖的人之一。在我申请尼大教授职位时，他称我是其“当之无愧的接班人”，我真是喜不自禁。以下是他当时写给尼大校长 B. B. 巴塔查亚的信件全文。

谭中教授（尼大退休）

东亚研究中心

芝加哥大学

5457 南布莱克斯通路，Apt. 2C

芝加哥，IL 60615，

美国

致

校长

贾瓦哈拉尔·尼赫鲁大学，

新德里，

印度，

2006 年 6 月 18 日

尊敬的先生，

此次致信意在强烈推荐候选的狄伯杰博士担任中文教授一职。我了解到这一职位自我 1994 年退休后一直空缺。我认为教授职位长期空缺不利于中文与东南亚语言中心的工作（原文如此）。当然，作为领导者，肩负着团结教职员工、不断提升实力的重要使命，必须判定被任命者当有能力履行职责并实现各方厚望。

我认为狄伯杰博士实为理想人选。他曾被外交部专门派往北京大学学习常规历史课程，并力争在与中国大学生的竞争中达到相当水准。他已经获得了尼大硕士学位，若再有一年时间，还将获得北京大学硕士学位。虽然他放弃学位回国，但其中文的熟练程度已非同寻常，特别是在阅读古汉语方面，这是中国史专业的学生必须掌握的（其他以留学生身份前往中国深造的印度学生无法通过如此严格的训练）。

狄伯杰博士除拥有丰富教学经验外，亦有颇多著述——既有英文，也有中文。他2004年出版的《印度与中国1904—2004：一个世纪的和平与冲突》即为他在爱丁堡大学做博士后研究时的成果，该书因内容翔实、分析卓有见地而广受好评。他是一位勤奋而多产的学者，一位胸怀壮志的作家。

推荐狄伯杰博士任职的另一个理由是他道德品质高尚，领导能力出众，与同僚及学生相处甚为融洽。

我强烈建议任命狄伯杰博士为我的继任者，出任中文教授一职。

致敬！

谭中

遗憾的是由于当时校长的既得利益，该职位仍旧空缺。甚至在谭教授退休 22 年后依然如此，实为不称职管理者实施的一次又一次学术自杀。

晴空霹雳——父亲猝然离世

我在尼大的生活一切顺利，第一学期平均成绩 A，第二学期 A−。哥哥们从不按时寄钱，所以我不得不处处俭省。有时舍管因为我没按时缴纳伙食费把宿舍房间锁起来。我写了几封信给哥哥们，那时他们都已成家立业，也有自己的家庭需要供养。事实上，我有一个嫂子也是老师。可是我的经济援助请求如石沉大海一般。由于我的花销并非几个哥哥均摊，因此每个人都觉得其他人会寄钱给我，而结果就是没人理会。不过，有时他们也会几个人同时寄钱来，我就把钱存进银行以备未来需要。那时父亲还在，所以我相信父亲要么会自己寄钱，要么就是说服哥哥们给我寄钱，因为他们都害怕父亲发号施令。父亲很关心我，总是鼓励我好好生活。他在 1986 年 9 月 19 日写给我的信内容如下：

亲爱的巴达尔，

很高兴收到你 9 月 9 日的来信。我们在家都很好，你不用担心。希望神保佑你还是那么活泼开朗。亲爱的儿子，我很关心你，你要过有意义的生活，努力实现你的目标，不要招惹不必要的危险。

我给了泰杰 100 卢比，不知你是否收到了？还有，你的大哥回家了，我给了他 500 卢比。他说他会去寄钱的，也不知寄了没有？其他人都好。希拉·辛格有了一个儿子，挺高兴的。坏消息是印历 7 月 13、14 日（10 月 15、16 日）图尔西·拉姆坐公交车从班贯尔回家，在巴户他步行去海沃勒村，喝得醉醺醺的，结果摔下了山。三天以后才找到他的尸体，事情都结束了。

其他的也没什么特别的事。土豆和豌豆早已经收完了，收成很好。冬季作物播种也快结束了，天气很不错。你一定要好好照顾自己，常给哥哥们写信，他们对你都很好。如果我们决定给我的三个孙子加甘、尼卡拉姆和迪万·辛格举办剃发仪式，到时会通知你的。

就写到这吧，父母兄弟姐妹和家里的孩子们都爱你。请转达我对泰茹的问候。

父亲

普兰·钱德

蒂尔村

整整一年后，1987 年 9 月 20 日清晨，邮递员从我的门缝下塞进一封电报：

父重病速归

看到电报我惊呆了，双手颤抖着念完寥寥数字，眼里满是泪水，全身冰凉。我一生从没收到过这样的电报，各种思绪涌进大脑。如果坐白天的车，我只能半夜在 Aut 下车。所以我决定去邦际汽车站坐夜车。上午 10 点，我到了班贾尔，在附近的公交车站坐了一会。人们都用怜悯的眼神看我，那神色就如同我母亲不幸辞世时一样。我问了父亲在哪，得到的答复是他已经在医院两个星期了。我径直奔向医院，在楼梯上遇到了大哥。他紧紧地抱着我，两人失声痛哭。这是母亲去世仅仅七年后我受到的又一次沉痛打击。父亲死时才 65 岁。我看见小妈披头散发地坐在遗体旁边。她看着我却一个字也说不出来，失去亲人的重创让她很长时间痛不能言。到了很晚的时候，父亲的遗体被带回家准备火葬，她才又一次放声痛哭，反反复复地说，“你们为什么只留我一个人在这 世上！”

我在家住了几天，但是因为第二次月考临近必须返回学校。重新回到教室后，很多时候我都陷入沉思。我很担心哥哥们是否还会赞助我完成学业，被迫中途退学的忧虑让我彻夜难眠。因为哥哥们寄钱总是毫无规律可循，现在父亲不在了，他们也许就都不再给我钱了。正如父亲在信里提到的，他们对我都很好，虽然以前汇款单也是时有时无。有时当寄出的信没有回复时，我也不得不自己去找他们。我记得有一次我去了拉贾斯坦邦冈格阿纳加尔我二哥上班的地方。到了那，二哥对我很好，给我了九百卢比现金，足够三个月的生活费。他看到我没戴手表，还建议我到德里买一只。还有一次，我坐公交车去了喜马偕尔邦哈米尔普尔三哥的工作地，走时他给了我五六百卢比。因为不想给哥哥们增添额外的负担，我从不四处观光或参加中心组织的教育旅行。在买书和穿衣方面，我也不麻烦他们，因为和其他许多贫困学生一样，我也得到了学校发放的150卢比奖学金。父母年收入在十万卢比以下的学生可以获得奖学金，为此还需要当地税收部门领导即税务官开具证明。许多人开假证明滥领奖学金，我相信这种恶意行为在尼大仍然存在。

烽火连三月，家书抵万金。

唐代伟大现实主义诗人杜甫在安禄山叛变导致民不聊生后写下了这样的诗句。就在我陷于悲伤忧郁中时，收到了各方来信。大姐克里舍那和他的丈夫鼓励我说，

不要沉溺于过去。该发生的都已经发生了，这不是人的力量和祈愿所能左右的。照顾好自己，学业是你的第一任务。当然如果你需要援助，随时告诉我，我会帮你的。

我二叔拉尔·辛格引述了印度经文《薄伽梵歌》中的梵文布道词：

你的职责就在于履行职责，任何时候都无权重视它的结

果，切莫将业果当成动因，也莫将那无为执着。

印度自由斗争的领导人圣雄甘地将其译为“行动是你的职责而非结果，不要让你的动机成为行动的结果，亦不应期望免于行动。”至于经济上的帮助，他说我可以找他，但是也表示他已经“直接或间接地”帮助过我大哥。还有其他人也写信来安慰我。

时间治愈一切

随着时间过去，一切开始恢复如常。在我的生活中发生了两件事，帮我度过了那段艰难时光。一是我与一位尼大校友 J. S. 塔库尔的友情，他曾经和他的姐夫——一位印度行政局官员——一家一起住在查纳亚普里。二是与在一个尼大留学的挪威女孩的友情。塔库尔是一个非常出色的人，他通过了公务员考试去了铁路局。不过他一想到和姐夫一家住在一起就觉得受拘束。因此，当我们经人引荐彼此认识并且他得知我住单间宿舍后，他就简单地问了我一句能不能把东西搬到我那和我一起住。我同意了，于是他开始以一个“非法访客”的身份与我同住。他搬来校园有两个目的：其一，重新参加印度联邦公共服务委员会考试，获得更好的职位；其二，利用空余时间在搬离德里之前找到一位心仪的女孩。他的第一个目标落空了，但是在多次失误之后成功地找到了灵魂伴侣。自从他进入我的生活，从不让我花一分钱，无论是一杯茶或咖啡，还是在酒吧或餐厅喝一杯，亦或是在校外吃顿午餐或晚餐。比起他正统罗陀主支派（Radhaswami）[1]的家庭，他更享受有美酒、女人和肉相伴的生活。就是他在尼大学生会主席辩论时在我耳边低语，“快看！我敢打赌那女孩绝对对你有兴趣。”我让他闭嘴。出人意料的是计票那天晚上，那个女孩跟着我并且请我去学校餐厅喝杯咖啡。这就是他对于女人的直觉。不久，我和那个挪威女孩成了朋友，并且保持了很长时间的联系。我甚至带女孩去了我们村，小妈和哥哥们大吃一惊却也没有反对。不久，从西姆拉来的马努基·杰雷特加入进来，我们三人组成了一个特别要好的铁三角。正是这些友情支持我在艰难岁月中克服了精神和物质上的种种困难，我将永远感谢他们。

1989 年夏天，我获得了中文文学学士学位，与此同时开始考虑找工作的事。那个时候私营部门几乎没有任何机会。政府部门特别是外交部、内政部和国防部有一些口译员职位空缺。我申请了内政部一个职位，通过笔试进入了面试。面试官是我在读研究生时期的老师之一 H. P. 罗易教授，他说我的表现优于其他人，已经被选中了。我告诉家里人这个好消

1　据 Radha Swami Satsang Beas (RSSB) 官网称，该非政府组织及其国际分支是一个以所有宗教精神教导为基础的哲学组织，致力于在精神导师指导下实现内在发展。哲学指引个人精神发展，包括吃素、节制饮酒、道德的生活方式，以及日常冥想练习。没有典礼仪式、庆祝活动、等级制度或义务供款，也没有强制性聚会。成员不需要放弃自己的文化身份或宗教偏好。

息，自然皆大欢喜。然而，我还想要继续深造，真希望自己没去参加这个考试。不过，内政部组织的职位面试审查救了我。事情是这样的，我被要求填写一份厚厚的表格，详细说明亲朋眷属的情况。这事真是非常荒谬，因为我对舅舅这边的亲戚几乎一无所知，倒是有关哥哥姐姐的信息让我大书特书。我如实填写了大哥是印度共产党在喜马偕尔邦的主要成员以及我加入了尼大学生会等等。后来一个公务员告诉我，傻瓜才会写上这些毫无必要、又惹麻烦的信息。事实上，哥哥的左派倾向对我来说是一种变相的利好，为此我与这个政府职位擦肩而过，继续愉快地攻读中文硕士。

这时我的中文水平已经达到了一定的熟练程度。在参与学生政治活动两年后我逐渐抽身退出，原因有二：一是各种活动占用了我大量时间；二是我不喜欢组织中出现的独裁倾向，特别是对一位非常受欢迎的"同志"采取"纪律处分"。当他被组织开除时，许多持反对意见的成员都辞职离开了组织，我也是其中之一。这样我就有了更多的时间专注于学习，这是好事。而且我还可以做一些笔译、口译和导游的工作来支撑我在尼大的生活。从我开始兼职挣钱起，就不再向哥哥们要钱了。

我所做的第一份工作是在一部电视剧里扮演一名大学生，为此得到了1200卢比的酬劳，这在当时对一个学生来说是笔巨款。笔译和口译，特别是陪同台湾游客游览阿格拉和斋浦尔挣得更多。刚开始因为我对城市之间的距离、酒店、商店的位置，以及名胜古迹的历史等等一无所知，游客们很不满意。不过，经过几次尝试、犯过几回错误以后，游客们开始欣赏我的中文和人际交往能力。年轻姑娘们发现我很有趣，甚至还有人鸿雁传书寄相思。这是我人生中一个很有意思的阶段。慢慢地我日渐成熟，也知道了如何更加有效、高效地管理自己的时间，最为重要的是每天和中文母语的人在一起使我的中文水平突飞猛进。我有很多朋友干了导游这个行当，因为收入非常丰厚，幸运的话跟几个好团就能挣上一大笔钱。而我，尽管时常捉襟见肘，却从来不为钱所动。对于钱，我始终认为那是维持生活的手段，不是目的。

读硕士期间，我更多地接触到了中国文化与文明以及老舍和其他一些作家的小说。我特别喜欢谭中教授和叶书君教授讲授的中国文学史。老舍的《四世同堂》是我最钟爱的。此外，中国古代哲学家孔子、老子、墨子、韩非子也极其吸引我。中文是联邦公共服务委员会的科目之一，因此我剪下整张大纲贴在宿舍墙上。那时我在读中文硕士一年级，已经熟读了如鲁迅、冰心、茅盾、郭沫若、巴金、老舍等中国现代文学大家的一些作品。或许是因为有了这些阅读，让我第一次尝试就通过了成为大学老师所必需的国家资格考试。我还借此获得了大约每月 1500 卢比的初级研究奖学金，希望能继续在印度开展博士研究。

1991 年，在我读硕士的最后一年通过了联邦公共服务委员会考试，得到了国防部的一个职位。当我看到聘书的时候，我对自己说，“不，这不是我想去的地方。”我去全印广播电台中文处碰运气，成了电台节目主持人，这份工作是按任务分配的，除了用中文广播新闻和评论，还放一些宝莱坞歌曲。我发现这样的工作单调枯燥，几个月后就辞职了。我以优异的成绩获得了中文硕士学位，并且分别完成了东亚研究中心和中文系的哲学硕士和哲学博士预备课程。与此同时，谭中教授建议我申请外交部中国奖学金。在我面前有了多种选择。我纠结于自己应该接受工作，还是留在尼大继续深造，或者到中国去。最终我决定去那个让我从儿童时代到大学岁月都魂牵梦萦的地方，去中国，去亲眼看一看那神奇美丽的中国大地。

在北大的日子

1991年我获得了中文专业硕士学位，在国防部有一份工作，有资格在任意一所印度大学执教，有能够支持我继续开展博士研究的奖学金，在谭中教授担任专家顾问的英迪拉·甘地国立艺术中心做研究员，还有去中国留学的外交部奖学金。我的生活中从来没有面对如此众多的选择，让我迷茫不知何去何从。某一时刻我决定读博，当时已经在中国与东南亚研究中心注册哲学博士预备了。而我的真实想法是再次准备、参加联邦公共服务委员会考试，得到一个更好的职位。也就是在这个时候，我开始去中国与东南亚研究中心，我的两个同学巴雅拉西米和索努·阿格尼哈崔也在那里帮谭中教授做事。在中心，谭教授用最激烈的言辞斥责我说，“别犯傻，一叶障目不见泰山！什么联邦公共服务委员会？你想去做个芝麻官？坐在办公室里对着一堆红头文件听你的政治领导人训话！干什么都比当芝麻官强。如果你能在印中研究上做出成绩来，将来有一百万个芝麻官围着你转！要去就去委员会的董事会，别去应什么试！”

一顿棒喝把我吓得目瞪口呆，从没想到谭教授这么鄙视公务员。我既没见过他对我发这么大脾气，也没发现他训起人来这么连贯流利。虽然谭教授是一位笔下生花、曲尽其妙的多产作家，但在言辞方面并不见长。时至今日谭教授的话仍在我耳边萦绕，这些话仿佛在我身上施了咒，让我立刻放弃了所有其他选择，准备去中国。

我随即申请护照，当时的审查相当繁琐，需要“一级公告官员”的推荐，我的朋友塔库尔欣然应允。夏斯特里巴哈旺的护照处看上去根本不像个办事处。一层到处都是杂乱堆放着文件的铁架子。处理申请表的办事员就在这寒酸的环境下办公。通过熟人关系我很快拿到了护照，不过又被告知必须再回办事处一趟，因为他们忘了在我的护照照片上加盖钢印。如果没有钢印，机场的移民官会把我遣送回来。过了这一关我又发现，尽管提交了文学学士学历，护照上还是盖了ECR（需要移民审查）的印章。不管怎样我还得去德里某个地方的另外一个办事处，写一份申请并再次提交学历。最后，终于把ECR改成了ECNR（无需移民审查）。直到最近几年持印度护照的人才不再需要护照上印有ECNR。我被告知飞往中国的机票已经订好，1991 年 9 月 6 日印度航空。印航康诺德广场（现在的黄线站）办事处通知我可以在出发前几天取票。在办完所有手续后，我决定回家乡看看。

当亲戚们得知我决定去中国而不是参加工作都觉失望。好在我经济上已经独立，他们也就没有太多的不满。哥哥们都很支持我，尽管他们也希望我不要拒绝工作机会。小妈特别沮丧和困惑。

她问我，“你去中国做什么？”

我说，“去深造。”

她反驳说，“我都听说了，你已经读到 15 年级了，这在我们家都已经是最高的了，你学这么多以后要干什么？”

我回答，“以后会去找工作。”

“你已经有一份工作了啊！为什么不干呢？虽说我是个文盲，可是明白一鸟在手胜过双鸟在林。听我的劝，上班去吧，踏踏实实过日子。除了你，其他的兄弟姐妹们都成家立业了，你还想要上学，而且还是有工作不去！真是想不通你在干什么！”

我明白她的心情，对于生活在家乡的人来说，任何一份工作都是天大的事。工作的定义仅限于谋生，如果碰巧是“铁饭碗”就更是如此了。中国研究或者我对印中关系的兴趣完全不是她还有其他人所能理解的。

虽说如此，一个乡下孩子要去中国了还是让人感到高兴，这在所有人看来都是不可思议的事。尽管我的中国之行是由印中两国政府共同资助的，亲戚们还是给了我一些现金。在库鲁德高望重的K.S拉纳叔叔给了3000卢比，我二叔给了1000卢比，哥哥们给了几千卢比。回到德里后，我把我的索尼音响以1500卢比的价格卖给了塔库尔。所有现金换成美元预备路上和在中国期间的意外支出。1991年9月6日终于姗姗而来，当晚我将登上印度航空经曼谷飞往香港的航班。同学们还有其他学校和中心的朋友们，二十多个人聚在象泉河宿舍我的房间为我送行。阿玛吉星——与我同级，在俄罗斯攻读硕士学位——带来的一箱啤酒和一瓶或是两瓶伏特加被欢乐的人群痛饮而光。泰杰·辛格醉了。塔库尔因为和阿玛吉星一起抽雪茄而跟他的未婚妻皮亚争吵不休。阿努拉格醉得东倒西歪，这是他这辈子第一次喝啤酒。郁吉达说保持联系，友谊长存。卡尔帕娜和帕拉姆吉特说会想念我的。几个女同学给我买了套头衫，甚至还录了一盘录音带，我保证一到北京就听。我的心情喜忧掺半，既高兴能留在中国进行更多的探索，又因为离开朋友而感到一丝悲伤。

航班9月7日早上5点45分起飞。大概3点，两辆黑黄相间的出租车就在我的宿舍外鸣笛。有些人就此告别，有些人骑着摩托车，大部分人坐出租车送我去机场。这是我第一次乘飞机，对于机场里入境和其他各种手续一无所知，我只想能尽早进去，可是事与愿违，已经成了空中飞人的阿玛吉星让我淡定。他点了些冷饮消磨时间，而我却因为害怕错过航班而担心不已。4点45分，我匆匆忙忙地和朋友们挥手告别，冲进了机场。我是最后一个登机的乘客，所有人都用鄙视的眼神看着我。等到终于在座位上安定下来，我长舒了一口。很快飞机起飞，我也随即坠入梦乡，直到在曼谷降落前才被空姐叫醒吃午餐。我在香港落地后进入到达大厅，两位女机场服务员举着写有我名字的标语牌走过来提供转机服务。中国国际航空的班机，晚上 8 点 20 分降落在北京国际机场。

北京和德里的机场相比而言大同小异，但与香港比起来就显得小了些，也没那么华丽。在行李传送带上没找到行李让我很是沮丧。我填了一张表，给他们我随身带着的印度大使馆的联系电话，然后等着驻北京的使馆派车来接。我在德里时就被告知使馆会派车接机，等了很长时间也没人出现。我打电话给大使馆官员，他们说确实是过了一个小时后才派车来的。在机场，我发现中国人很友好并且乐于助人，跟他们聊得挺愉快的。许多人都问我要不要坐出租车，我礼貌地拒绝了。我们乘车直奔西塔拉姆先生的住处，他是当时印度驻北京大使馆的二等秘书。晚上我和他的家人一起度过了一个非常热情周到的夜晚。

北京大学

北京大学起源于戊戌变法。1898 年光绪皇帝颁布新政诏书，史称戊戌变法。变法举措之一即建立京师大学堂。两位改革先驱及时代智者梁启超和康有为分别起草和签署了各项章程。京师大学堂的前身是1802年自强运动期间创办的京师同文馆或京师译学馆，1902年并入京师大学堂。随着科举考试废除，昔日荣耀的国子监也被关停，京师大学堂成为中国唯一官方高等学府。辛亥革命爆发结束了中国的专制统治，也改变了大学的命名方式，京师大学堂更名为国立北京大学。北京大学自创立以来培养了许多杰出的中国现代知识分子、作家、思想家和政治家，如鲁迅、李大钊、陈独秀、辜鸿铭、毛泽东、胡适等等。此外，北京大学还是新文化运动、1919年五四运动和1989年天安门六四事件学生抗议活动的发源地。这就是这座中国学术殿堂的历史，在其成立93年后的1991年9月8日，我欣喜地开启了自己与这所历史悠久的大学的不解之缘。

这是历史性的一天。我在西塔拉姆先生家吃过早饭后，大使馆的车载着我穿过了长安街上宏伟的天安门广场。人民英雄纪念碑、人民大会堂、中国国家博物馆，还有毛主席纪念堂，我一眼就认出了这个地方，在尼大一年级的时候就读到过这些内容。毛泽东站在天安门城楼上宣告中华人民共和国成立，“占人类总数四分之一的中国人从此站立起来了”的宣言一直在我耳边萦绕，我仿佛看见周恩来等这些中国的中坚力量就站在城楼之上。

9月8日大约上午10点，我在久负盛名的北京大学下了车。这是一个周日，不过让人意外的是，不但给我分配了一间宿舍，还让我预付了250元一个月的生活费。除此之外，我还得到了一黄一白两张卡片。经询问后得知，黄卡可以用来在中国以优惠价格购买商品和配给物，而白卡则可以在香港、澳门等免税港购买免税商品。这是一种特权，但是许多外国人滥用这一特权，从事相当于走私的活动来牟利。中国人的工作文化、管理技能和效率给我留下深刻印象。完全没有遇到任何麻烦。整个周日下午我都无事可做了。那天天空格外湛蓝，轻风不时拂过我的脸和头发，时而看到一朵白云倏忽而过飘向远方。秋天被认为是中国最好的季节，我迫不及待地想要探索这个地方。除我所居住的勺园以外的其他建筑都是传统中式风格，四周小径环绕，花园周围是未经修剪的整齐的树篱，道路宽阔整洁。与尼大校园相比真是天壤之别，在这里，包括基础设施在内的一切都是原生的、更接近自然的状态。西门是传统的以黄铜门钉做装饰的厚重朱漆木门，离西门不远有一座石拱桥，还有传说中的华表，未名湖畔的博雅塔，这一切都立刻引起了我的注意。

最初一段时间，我和一位日本自费留学生同住一间宿舍；不过因为我符合住单人间的条件，所以一个月后就搬到了勺园 3 号楼三层 308 房间。房间比较宽阔，有一面大大的玻璃窗，床、衣柜、书桌和椅子一应俱全，但是卫生间和淋浴房很一般。如果想要做饭，这里还有必要的炊具。一层有一个非常大的自助餐厅，用餐券可以买到种类繁多的菜品。餐券在指定地点购买，然后在柜台出示即可换取炒菜、米饭、啤酒等等。除了少数几个有小炒——少量供应的炒菜——的地方，在学校餐厅没有餐券就不能买饭。1995 年，食品券制度终于被废止了。在中国计划经济时代，包括食品、衣服在内的所有东西都是定量配给的。慢慢地，这些计划经济的产物逐渐退出了历史舞台。

我惊讶地发现在 1 号楼地下室有一个酒吧和迪斯科舞厅，在那里啤酒饮料随便喝，这在印度的大学校园里是不可思议的。当时的啤酒简直比矿泉水还便宜。北京啤酒过去只卖 3 毛钱。你总能看见有外国人坐在排球和网球场地附近横跨在路上的露天长凳上喝啤酒。现在，从这些场地通往餐厅和其他建筑的路已经铺设好了。

9 月 9 日新的一周开始了，我和其他外国同学被要求参加中文测试，题目难度不大。留学生处确认我的中文水平足以和普通中国学生一起上课，遂允许我在历史系注册并自主选择科目。我选修了中文本科生中国古代史与文言文；研究生中国近现代史、印度近现代史、中国革命史：中国与外国的比较研究；以及博士生中国近现代史研究和研究中国近现代史专题研究。同时，我也顺利地拿到学生证和居留许可证。我并没有立即开始研究工作，而是跟随留学生处去观看剧院演出、杂技表演，游览北京西南部的周口店，在那里发现了生活在大约 50 万年前的北京人。参观大名鼎鼎的卢沟桥同样令人难忘，1937 年 7 月 7 日日本袭击卢沟桥，悍然发动了侵略战争。我对中国杂技演员的高超技巧印象深刻，戏曲表演开始的时候有点无聊，因为完全听不懂，不过后来当南唐后主词人李煜的《虞美人》和苏轼的《水调歌头》的词出现在屏幕上才令我兴奋起来。1991 年 9 月 25 日，留学生处又带我们参加了一个文化演出。演出很精彩，展示了中国从商朝到最后一个王朝清朝的辉煌历史，加深了我对中国浅显的认识，不论是秦始皇统一中国，还是华丽的盛唐文化，亦或蒙古人和满人。

和所有人一样，我也买了辆二手自行车。虽然校园不似尼大的那么大，但是有辆自行车还是方便了很多，不光是在校园里，有时还要骑车去市里，特别是我的邮件和酬金都由印度大使馆代收。我发现各门课程都很有趣，其中一门关于文言文的课程要求相当高，而且早上 7 点半就开始上课。尽管如此，由于课程内容选自中国历史、文明和文化，对我来说很有吸引力，因此我从没落过一节课，甚至是在北京异常寒冷的冬季，气温低至零下 10 度。中国近现代史专题非常有意思，老师利用档案资料让我们见识了慈禧太后这个统治中国近半个世纪的女人丑陋、淫欲、专制的一生。张注洪教授的中国革命史也极具吸引力。张教授特别喜欢班里的几个外国学生，时常让我们在他的课上做有关我们各自国家革命或自由运动的报告。在张教授的课上我们热烈讨论，有时他会保持一个旁观者的姿态观察整个过程。刚开始中国学生有点羞涩，不太放得开，但是渐渐地也就不那么拘束了。张教授称赞我们带来了印度、美国和西班牙近现代史的元素。他还鼓励我们参加在 1993 年 4 月 8 日至 11 日举行的台儿庄战役五十五周年国际会议。我用中文提交了一篇《关于抗日战争期间印度人民对中国的支持和同情》的论文，在中国与会者中引起极大反响。后来这篇文章发表在山东大学出版社 1997 年出版的《台儿庄大战和中国抗战》一书中。这或许是我第一次以中文发表文章，如果没有张注洪教授的鼓励和支持这根本不可能实现。几年后我重返北京时曾去拜访张教授，感谢他在北京大学的那段日子里对我的指导。张教授的课还得到了讲授印度近现代史的林承节教授的赞誉。林教授是中国的印度近现代史权威，他对印度近现代史和当代史的见解令人折服。除中文资料外，他还参考了大量印度人的英文著作。听他的课绝对是一种享受。必须承认，正是林承节教授启发我研究现代印中关系。也是经他提示，我决定在张敏秋教授的指导下，以《印度士兵对太平天国起义的参与》为题目撰写毕业开题报告。后来我的博士论文选题对林教授关于印度的研究进行了补充，非常有幸能有林教授做我的博士考官之一。不仅如此，他还在中国帮我买了许多关于中国历史的书，我也在印度帮他买书并设法寄给他。林教授在 1993 年出版的《中印人民友好关系史》让我百读不厌。在印度文化关系委员会安排的一次访印活动中，林教授在尼大、贾瓦哈拉尔·尼赫鲁纪念博物馆、新德里国立伊斯兰大学、德里大学、拉贾斯坦大学和其他地方发表演讲，我担任他的口译员。能陪同自己的老师和导师访问印度，了解到许多新的东西，实乃幸事。我和林教授一直保持着联系，在北京只要我一有空闲就会专门去蓝旗营林教授家登门拜访，从北京大学东门步行就能走到他家。让我深受教益的其他老师还有马教授和他和蔼可亲的妻子耿引曾教授。耿教授经过艰苦卓绝的努力，分别在 1990 年和 1994 年编纂完成了《汉文南亚史料学》和《中国载籍中南亚史料汇编》两卷。二十世纪初，耿教授和谭中教授共同编纂了一部开创性著作，题为《印度与中国：两大文明的交往和激荡》。我很幸运通读过这部书的手稿。当时我在爱丁堡，谭教授把书稿给我，征求我的意见。我觉得耿教授为人特别亲切、友好和乐于助人。她告诉我，1954 年尼赫鲁访华时，她就是那个献花环的小女孩。有一次，我一大清早从勺园宿舍打电话给她，电话里她听起来特别暴躁、愤怒，不过到最后我告诉她我是谁的时候，她礼貌并且带着歉意地对我说刚才不该那样，不管我是外国人还是中国人。她的丈夫马教授是历史系主任，一位温文尔雅的绅士。我曾见到他们两个人互相责备对方像个孩子，这是在中国是比较少见的。

印度公民荣誉莲花奖获得者季羡林

尽管我从来没有上过季羡林教授的课，但如果就此认为他对我本人以及我有关印度和中国的研究毫无影响那就太不公道了。我在印度时，从尼大老师的口中听到了他的名字，也读了一些他写的关于印中文明对话的东西。季教授被认为是中国印度学研究者中的顶尖人物、一位精通 12 种语言的古汉语学者、古文字学家、历史学家、东方学者、思想家、翻译家、佛学家，获颁印度三级公民荣誉奖。季教授住在离未名湖不远的朗润园 13 号，我经常出入这位学术巨擘的住所，桌子、椅子、床，甚至地板上到处都堆满了一摞一摞的书。每次我去拜访，都只能将将挪出一个坐的地方。他总是不好意思地说，“抱歉我这屋里太乱了。”访客来自印度让他欣喜不已，殷勤接待。在我的研究论文中讨论印中文明接触时，我引用了季羡林教授的“文明对话”一词。他曾说，“印度和中国是天造地设，因此孕育了两种孪生文明。”他呼吁印中两国人民恢复以相互学习和理解为核心的文明对话。他还向我介绍了他在 1991 年 12 月出版的一本书，书名是《中印文化交流史》。我想，此书终有一天将翻译成印地文。2013 年，李克强总理和印度总理曼莫汉·辛格签署了“中印经典和当代作品互译出版项目”谅解备忘录。作为该项目的指定召集人，我想把季教授的这本著作列入译成印地文的图书书目恰如其分。我很高兴一旦这个项目完成，将有更广大的印度读者能够读到季羡林教授的杰作。

除我之外，在印度或许还有其他人也知道季羡林教授乃是北京大学的一位知名教授、一位多产的译者，在梵文、巴利文，以及印中文化交流史方面有着博大精深的专业知识。用我的一位好友、北京大学南亚研究中心主任姜景奎教授的话说，“季羡林对中印关系的贡献堪比玄奘。”难怪中国孔子基金会在山东大学的支持下设立了季羡林研究所，开展“季羡林研究”。

季羡林与印度的不解之缘

在印度很多人认为，不论是在中国还是在印度，季羡林与东方研究都有着不解之缘。然而，出乎所有人的意料，他与印度的缘分始于德国。1930 年，季羡林进入清华大学西洋文学系。1935 年，他顺利获得清华大学和德国哥廷根大学的交流项目奖学金，奔赴德国。在哥廷根，他遇到的第一个问题是课程选择。季羡林在回忆刚到哥廷根的时候这样写道，“为这个问题，我着实烦恼了一阵。有一天，我走到大学的教务处去看教授开课的布告。偶然看到 Waldschmidt 教授要开梵文课。这一下子就勾引起我旧有的兴趣：学习梵文和巴利文。从此以后，我在这个只有 10 万人口的小城住了整整 10 年，绝大部分精力就用在学习梵文和巴利文上。”[1] 季羡林认为，由于中国文化深受印度文化的影响，不懂梵文就无法理解印度文化。他在哥廷根大学梵文研究所开展梵文和巴利文研究。埃米尔・西格教授和瓦尔德史米特教授是对他帮助最大的两位老师。瓦尔德史米特教授让他研究波颠阇梨的《大疏》《梨俱吠陀》和檀丁的《十王子传》等，每周有 40 多个课时。第五学期他读了新疆吐鲁番出土的梵文佛经残本。到了第六学期，他提出以《〈大事〉偈颂中限定动词的变位》为题的博士论文

---

1 季羡林:《季羡林散文集》1986 年版，北京大学出版社，第 440—441 页。

纲要，并且在 1941 年获得哲学博士学位。

由于第二次世界大战爆发，他没办法立即回到中国，所以决定留在哥廷根。1945 年 10 月，他被安排在哥廷根大学汉学研究所执教，同时继续研究佛教梵文。战争结束后不久，季羡林于 1945 年 10 月回到中国。他在德国的留学生活是他学术生涯的一个转折点。正是在德国，季羡林决定了从事东方学研究。回到中国后，季羡林在陈寅恪教授（1890—1969）的推荐下被北京大学聘为教授，受命建立东方语文系。

季羡林与印中文明对话

我的老师谭中教授曾经慨叹“人们破坏了季羡林为推动印中文明对话所做的贡献。”[1] 我想他的论断是正确的，尤其是在印度学术界，许多人甚至没听说过他的名字。除了从事地缘政治研究的学者外，在文学领域，他的著作几乎无人提及。为了对他的贡献有所感知，我们应当一览他的著作以及他在推动印中文明对话时所处的环境。季羡林从德国回国后专注于佛教史和中印文化关系史，出版了一系列卓有见地的学术文章。以下是他在翻译和中印文化交流方面的部分代表性著作。

---

1 谭中，耿引曾：《印度与中国：两大文明的交往和激荡》2005 年版，商务印书馆，第 8 页。

译著

迦梨陀娑的《沙恭达罗》(1956年)

《五卷书》(1959年)

迦梨陀娑的《维克拉姆－优哩婆湿》

《罗摩衍那》(1980—1984年)

《家庭中的泰戈尔》(1985年)

《弥勒会见记》(1991年)

《本生经的故事》(1998年)

著作和编辑工作

《中印文化交流史论文集》(1957年)

《印度简史》(1957年)

《中印文化关系史论丛》(1982年)

《现代佛教派别》(1984年)

《1857—1859年印度民族起义》(1985年)

《大唐西域记校注》(1985年)

《中印文化交流史》(1991年)

《敦煌吐鲁番吐火罗语研究导论》(1993年)

《东方文化研究》(1994年)

《东方文学史》(1995年)

《世界文化史》(1996年)

《东西文化议论集》(两卷，1997年)

《文化交流的轨迹：中华蔗糖史》(1997年)

《敦煌学大辞典》(1998年)

《吐火罗文弥勒会见记译释》(1998年)

《禅与东方文化》(2000年)

除上述著作外，还有许多散文和其他作品。

可以看出季羡林对恢复和促进中印文化对话做出了巨大贡献。早在1956年他就花费大量时间撰写一百万字的巨著《中印关系史》。后来由于种种政治原因，中国社会科学院中止了这一项目。不过，实际上翻译《罗摩衍那》才是耗时最长的，季羡林用10年时间翻译完成了这部由2万颂组成的经典史诗。这是中国翻译史上的空前之举。他总是说欧洲的东方学研究实力强大，水平很高。在欧洲出现了一大批东方学家，他们深入研究中国、印度、埃及和美索不达米亚。但是现在，他们过去所具有的那种动力正在消失。因此，是时候取而代之了，由我们来把东方学研究推向新的高度。

1958年初，季羡林撰写了一篇题为《印度文学在中国》的文章，通过查阅中国《二十四史》中的相关记载，全面而具体地介绍印度文学对中国文学的影响。例如，在屈原在《天问》中描写神施展法器斩断恶魔头颅，类似表达源于《摩诃婆罗多》故事中的乳海翻腾，更准确地说是因陀罗在罗喉喝下不死甘露后割下了他的头。印度文学对中国神话的其他影响，例如“月兔”，在公元前15世纪的“吠陀经”中也有体现。南北朝时期，印度神话和其他文学形式对中国文学产生了深远影响。这一时期的神鬼幽灵现象有着非常丰富的印度元素。最引人注意的主题是“阴司地狱”和“因果报应”。到了唐朝，文学流派“传奇”（短篇小说或杂剧）及“变文”（交替朗诵和演唱散文及韵文部分的叙事文学）也带有明显的印度内容。新的中国风格在印度经典著作如《摩诃婆罗多》《罗摩衍那》以及其他诸如《本生经》和《五卷书》等作品中有生动的描绘。叙事中包含着散文和韵文的变文亦是如此。传奇和变文除了在风格上与印度文学有着惊人的相似，内容上也含有丰富的印度元素。季羡林认为，元朝的一些作品特别是元曲同样受到印度主题的影响。马致远《黄粱梦》的主题即借用了早些年的《枕中记》，而后者含有非常丰富的印度内容。即使到了今天，木偶戏在福建泉州仍然广受欢迎。有一种形式的木偶戏在闽南方言中叫做布袋戏，类似于梵文的“Putali”。包括季羡林在内的许多中国学者称，明清时代的小说，尤其是吴承恩的《西游记》中的孙悟空（美猴王）不完全是一个中国化的角色，而是受到《罗摩衍那》中的人物哈奴曼的极大影响。孙悟空的无边法力，包括筋斗云和七十二变以及他降妖伏魔的风格都类似于《罗摩衍那》中的哈努曼。文章还谈到了泰戈尔和普列姆昌德及其对中国的影响。

关于中印文化交流，季羡林坚决支持印中之间“双通道”理论，对此他在各种著作中已经做了详细阐述。1982 年出版的《中印文化交流史论文集》值得一提。其中有一些开创性文章，例如纸、造纸术和丝绸向印度的传播。在编纂《糖史》

过程中，季羡林研究了制糖技术及其从印度向中国的传播以及从中国向印度的传播。在查阅了大量中外史料后，他得出结论，从中国传播到印度的是“制造白糖的技术”，难怪它在印度被称为 Cheeni。更不用说从中国原产地传入印度的诸如 Chai（茶）、瓷器、Cheenibadam（花生）和许多其他的东西。

印中文化交流大使

若说季羡林为印度学奉献毕生精力绝非虚言。他曾多次访问印度，无论何时何地总是秉持着中国人民对印度兄弟的情谊，也受到了印度人民的热情欢迎。他在印度发表演讲时，对印度人民谈起中国文化以及文明交汇的辉煌阶段。回到中国后，他写下印度游记并发表多篇文章，不仅向中国人民，也向世界人民介绍了印度。《季羡林散文集》中“天竺心影”部分描述的即是他对印度的印象。在这些回忆中，人们可以看到印度灿烂的文化；还可以看到印度人民在帝国主义侵略之下遭受的苦难以及他们在反帝斗争中展现出的英雄气概。更重要的是，让我们得以窥见历史上中印友谊跨越百年代代相传，这也是季羡林一再提到的。

用季羡林的话来说，“毫无疑问友谊确确实实是存在的，但是却看不到摸不着，既无形体，又无气味；既无颜色，又无分量。成包地带，论斤地带，都是毫无办法的。唯一的办法，就是用我们的行动带。对我这样喜欢舞笔弄墨的人来说，行动就是用文字写下来，让广大的中国人民都能读到。他们虽然不能每个人都到印度去，可是他们能在中国通过文字来分享我们的快乐，分享印度人民对中国人民的友谊。”[1] 1951年季羡林第一次访问印度，他写下了这样的印象：“机场上人山人海。我们伸出去的手握的是一双双温暖的手。我们伸长的脖子戴的是一串串红色、黄色、紫色、绿色的鲜艳的花环。花香和油香汇成了一个终生难忘的印象。”[2] 1955 年和 1974年季羡林对印度进行了第二次和第三次访问，两次都是应邀参加国际会议。停留时间短，访问地区小，同印度人民接触不多，没有多少切身的感受。1978 年他第四次访问印度，这时由于印中边界冲突，整个时局都发生了变化。回顾这次访问，季羡林指出，“印度对于我就成了一个谜一样的家。我对于印度曾经有过一段从陌生到熟悉的过程，现在又从熟悉转向陌生了。”[3] 可以想像，30 多年来[4] 两国断绝外交关系已经对促进中国和印度人民之间的相互理解造成了不利影响。季羡林把 1962 年边界冲突描述成一段“不愉快的插曲”。他认为这一点小小的不愉快在中国和印度文化交流的漫长历史中只能算是一个泡沫。他还回忆道，这次访问的中国代表团在新德里机场降落，印度人民给予他们和第一次访

---

1 季羡林:《季羡林散文集》1986 年版，北京大学出版社，第 134—135 页。

2 同上，第 138 页。

3 同上，第 139 页。

4 1962 年 10 月中印边境发生武装冲突，1976 年双方恢复互派大使后，两国关系逐步改善。1990 年 7 月，中印正式发布关于恢复两国外交关系的公报。——译者注

问印度时同样的欢迎，从熟悉到陌生的感受顿时涣然冰释。在访问新德里和尼赫鲁大学时，他发表了充满激情的演讲。季羡林写道，“主人致过欢迎词以后，应该我说话了。我的心情虽然说是平静了下来，但是要说些什么，却是毫无准备。当主人们讲话的时候，我是一方面注意地听，一方面又紧张地想。在这样一个场合，应该说些什么呢？说什么才算是适宜得体呢？我对于中印文化交流的历史曾做过一些研究，积累过一些资料……我临时心血来潮，决定讲一讲中印文化交流。”“我这一番简单的讲话显然引起了听众的兴趣。欢迎会开过之后，我满以为可以参观一下，轻松一下了。然而不然。欢迎会并不是高潮，高潮还在后面。许多教员和学生把我围了起来，热烈地谈论中印文化交流的问题。但是他们提出的问题又不限于中印文化交流。有的人问到四声、反切，有的人问到中国古代有关外国的记载，比如《西洋朝贡典录》之类。有的人甚至问到梵文文学作品的翻译。有的人问到佛经的汉译文，有的人甚至问到人民公社，问到当前的中国教育制度，等等，等等。”“印度朋友们就像找到一本破旧的字典，饥不择食地查问起来了……我简直幻想我能够像《西游记》上的孙悟空那样，从身上拔下许多毫毛，吹一口气，变成许许多多的自己，来同时满足许多印度朋友的不同的五花八门的要求。”我在他的文字中丝毫没有发现对印度的任何批评，尽管事实上战争结束后印度和中国之间存在着深深的敌意。谭中教授告诉我，当季羡林先生在德里大学演讲结束乘车离开时，藏族示威者与印度示威者之间发生了打斗。作为活动组织者，谭教授等人陪同中国客人安全地离开了。不论是在他的著作中，还是在与我的谈话中，季羡林从来不曾提起这一情节。

在那烂陀寺，他写道：“在长达几百年的时间内，此地不仅是佛学的中心，而且是印度学术中心。从晋代一直到唐代，中国许多高僧如法显、玄奘、义净等都到过这里，在这里求学。”“中国唐代的这一位高僧不远万里，九死一生，来到了印度，在那烂陀住了相当长的时间，攻读佛典和印度其他的一些古典。他受到了印度人民和帝王的极其优渥的礼遇。他回国以后完成了名著《大唐西域记》。给当时的印度留下极其翔实的记载。至今被印度学者和全世界学者视为稀世珍宝。在印度人民中，一直到今天，玄奘这名字几乎是家喻户晓，妇孺皆知，我们在印度到处都听到有人提到他。”[1]

最后，季羡林向我们讲述了为什么要重视中国和印度的文化交流？他引用了以下观点加以论证。首先也是最重要的，中印文化交流史告诉我们，过去两千多年两国始终保持着文化上的交流，相互学习，发展并丰富了彼此的文化。即使到了今天，我们仍然得益于这种交流。这样的交流有着诸多优势而无损害。其次，中印文化交流史告诉我们，人类文化史是由人类共同创造的，而不是由一个特定的民族或国家

1 同上，第177—181页。

创造。认识到这一事实将非常有助于增进人民之间的友谊和相互理解。最后，中印文化交流史告诉我们，中国和印度的文化同属东方文化。季羡林认为，二十一世纪将是东方文化的世纪。东方文化将成为世界主要文化，并将使人类和文化发展达到一个更高的水平。正是基于这些观点，季羡林继续投身于他的前辈所开创的事业，毕生致力于文明对话与跨文化研究。在这一领域开辟新道路的同时，他还开拓了许多新的研究和调查领域。2009 年，这位东方学术巨匠阖然长逝，享年 99 岁。从此，印中文化交流留下了一片空白。毫无疑问，像季羡林和我的老师谭中这样的人在印中文明对话方面为我们树立了榜样。他们是中国和印度友谊和文化交流的使者，将继续激励和教育喜马拉雅山两侧和我一样的一代又一代学人。

第一次学术之旅

1991 年 11 月 8 日，历史系的留学生们登上了晚上 9 点开往西安的火车。西安史称长安，是一座有着辉煌历史的古老城市，古丝绸之路的起点，也是中国高僧玄奘西行前往印度的起点。现在西安是陕西省省会，而历史上曾有十三个朝代在此建都，包括周、秦、汉、隋和唐等。能有机会到此地一探，亲眼见证中国古代的辉煌让我极为兴奋。还让我激动的是这是我在中国第一次乘坐火车，访问北京以外的大学校园并和中国人交流。我对这次旅行充满期待。同时，我还收到了叶书君教授的信。她在信中写道：

> 不论哪个国家、哪个民族、哪个社会，都各有其优点和缺点，中国也不例外。我希望你在学好中文之外，要吸收中华民族的长处，弥补你自己的短处，使自己能够日臻完善。换言之，作为曾经教过你的一名普通教师，我希望你能成为一位德学兼备的学者。

这位不同凡响的老师所说的话一直印在我脑海中，不论身在何处。

到达北京火车站后，我发现那里非常拥挤，但却十分干净有序。印度也是一个人口稠密的国家，因此人群熙攘并不令人吃惊，让我惊讶的是人口管理以及候车大厅和站台的整洁有序。与印度火车站和长途汽车站的混乱不堪形成了鲜明对比。另一个显著特点是周围没有搬运小工，所有乘客都是自己携带行李。我希望印度也能取消这种不人道的殖民主义做法，并且越早越好。每节车厢都有一个服务员查票放行。我发现火车极其整洁，床铺更是干净，床上用品也非常好。每 6 个铺位中间有一个公用的小桌，桌上放着保温瓶。和我同行的有几个美国人、一个西班牙人、一个俄罗斯人、一个德国人和五六个日本人。我很愿意与中国旅客们聊天。我告诉他们我们是一个团队，准备去西安、延安等地实地考察；

他们也乐于与我们分享对这些地方的看法。然而，当他们知道我和几个日本人结伴同行的时候，一位中国老人立刻说“那些小鬼子在哪？”可见他对日本人的仇恨。所幸所有日本学生都去别的车厢找另外一个同学去了。这个中国老人是有他个人原因的，1930 年代末日本侵略者的暴行给他的家庭带来了深重灾难。晚上 10 点左右的时候熄灯，我们只能睡觉。早晨乘务员把我们叫醒，让我们用昨晚她给的铁牌换回车票。我觉得这是一个绝妙的主意，即使你在睡觉也永远不会错过站。

到达西安后我们直奔唐城宾馆，并且一直住到 11 月 14 日。9 日我们参观了西安新建的陕西历史博物馆。从商周的青铜器到熠熠发光的唐朝金器，各类文物数不胜数，让人大饱眼福。下午我们参观了公元 652 年修建的大雁塔。塔内存放着佛经和玄奘从印度带来的佛舍利。公元 645 年，46 岁的玄奘回到长安后即投身佛经翻译工作。当他回到中国时，都城长安盛况空前；僧人们抬着他从印度带回的 657 部佛经列队而行。此后 19 年玄奘专注于佛经翻译。在其巨著《大唐西域记》卷二中，玄奘论称印度的名字来源于中国，并且认为“印度”才是正确的译法，即现在汉语中对印度的称呼。有趣的是中国的名字是印度人给予的，而印度的名字则是中国人给予的。玄奘还谈到了以“往事书”为基础的五印度的概念（madhyadesha, uttrapatha, Prachya, dakshinpata 和 Aparanta）；印度海关、种姓制度、地理、气候等。他还详细介绍了曾经去过的与佛教传说的有关地方。

然而，最引人注目的部分是在卷五中他与北印度君王戒日王的相遇。玄奘是真正的文化大使；他向戒日王讲述了中国的风土人情，给后者留下了深刻印象，随即遣使去往中国都城长安，并于公元641年达到唐朝。中国皇帝唐太宗也积极回应，派出使者王玄策前往印度。踏上这位中国高僧曾经行走过的地方让人有一种激动人心的感受，仿佛我曾经读过的关于这位伟人的点点滴滴不仅在我的脑海中闪现，而且在我面前出现，好像我真的看见了玄奘在院子里拿着佛经。我们还参观了附近的小雁塔。

9月10日，我们参观了半坡考古遗址、秦始皇兵马俑和骊山森林公园。在半坡，我们看到了6000年前仰韶文化时期的新石器时代母系氏族社会。展品包括半坡人使用的斧、凿、镰刀、石器和陶刀。在其他展厅还展示了半坡人的陶器制作、埋藏位置和贮藏窖。被称为世界第八奇迹的兵马俑保存着在地下墓穴中埋藏了2000多年的以战斗队形排列的陶俑和陶马，并且这些陶俑和陶马大小与实物相差无几。1974年“文化大革命”高潮之时，如果不是在田地里劳作的农民偶然发现了兵马俑陶片，世界或许不会了解除司马迁代表作《史记》记载之外中国的第一个皇帝秦始皇。秦始皇修建了笔直的道路并且统一了文字、度量衡，甚至车轨宽度，他还把他的帝国分为24个郡县，以便更好地治理。同时，他还下令迫害和斩杀儒家学者，焚烧除传统医书以外的古代典籍，可能是由于他渴望获得永生。这还不是全部，他刚一登上王位即动用70

万苦力和犯人在骊山为自己修建陵寝。著名历史学家司马迁写道：

……宫观百官奇器珍怪徙臧满之。令匠作机弩矢，有所穿近者辄射之。以水银为百川江河大海，机相灌输，上具天文，下具地理。以人鱼膏为烛，度不灭者久之。二世曰：'先帝后宫非有子者，出焉不宜。'皆令从死，死者甚众。葬既已下，或言工匠为机，臧皆知之，臧重即泄。大事毕，已臧，闭中羡，下外羡门，尽闭工匠臧者，无复出者。树草木以象山。[1]

记得实地考察回来后，老师给我们布置了一些作业。我对秦始皇的评论深得老师青睐，其中不仅引用了司马迁对秦始皇的描述，还融入了毛泽东对秦始皇的看法。从 1939 年到“文化大革命”，毛泽东对史上第一位皇帝有他自己的评价，似乎很喜欢他的统一思想。

我对骊山森林公园内的著名道观老君庙、华清池、兵谏亭——1936 年 12 月 12 日西安事变时，张学良和杨虎城将军命令军队逮捕蒋介石，劝其抗日而非剿共——记忆犹新。骊山之行我们演示了蒋介石如何从后门逃跑、爬到山的高处并被抓住的。华清池得名于温泉，以唐玄宗与其宠妃杨贵妃的浪漫传说而闻名于世。历书记载，杨本为皇子妃，但当玄宗

1　齐豫生，夏于全主编：《史记（第一册）》，北方妇女儿童出版社，第 55 页。

看到她时深深沉醉于她的美丽，并将其纳为自己的妃子。公元 745 年至 755 年，每年秋天玄宗都带着他的宠妃和重臣前往华清宫，到次年春天才返回都城。唐代最伟大的诗人之一白居易根据 755 安史之乱后仓皇出逃的将士在玄宗面前处死杨贵妃的故事，在其叙事诗《长恨歌》中生动地描述了这段浪漫传奇。白居易写道：

渔阳鼙鼓动地来，
惊破霓裳羽衣曲。
九重城阙烟尘生，
千乘万骑西南行。

翠华摇摇行复止，
西出都门百余里。
六军不发无奈何，
宛转蛾眉马前死。

据说唐玄宗和杨贵妃盟誓永世相爱、不离不弃也与华清池有关。白居易这样描述他们的誓言：

在天愿作比翼鸟，在地愿为连理枝。

11 月 11 日，我们参观了位于西安西北部约 85 公里乾县境内的唐代古墓遗址乾陵，以及收藏秦朝文物的咸阳博物馆。

在这些历史悠久的地方游览了三天确让我大开眼界。12 月 12 日，我们参观了张学良纪念馆和八路军驻陕办事处。接下来的一天，我们游览了陕西省博物馆、碑林、明城墙和西安著名的钟楼。参观碑林让人既惊叹又愉快。西安南城墙内的书院门建于北宋元祐五年（1090），目的是为了保存唐代碑石。这里现存 114 块巨石板，石板正反两面共刻有 652052 个字，内容均是儒家经典。后来又增加了如汉、魏、隋、唐、宋、元、明、清等其他朝代的石碑。除了唐代石碑，其他朝代的石碑共计 2300 块，上面详细记述了中国的经济、政治、外交军事、哲学、宗教、文化和艺术。这充分表明中国有着非常强大的记录和保存历史的传统。现在，我不仅增强了已知的关于中国的知识，而且还接触到了许多有关中国历史的新的金矿。我着迷于丰富且保存完好的历史文物以及宏伟壮阔的建筑和城墙，它们构成了这个古老而又鲜活的文明。

晚上我们在德发长饺子馆吃饺子宴，各种各样的饺子配上中国白酒。这是我第一次尝试中国白酒，而酒杯之小着实令我惊讶。所有人都是只喝了几杯很快就略有醉意。餐厅里气氛非常热闹，但也嘈杂。为了能让别人听见自己说话，必须得大声喊叫。坐在其他桌上的中国朋友不断地看着我们，我起身从座位离开走到一个中国年轻人面前和他简单聊了几句。他问了我还有同行的其他外国学生的所到之处。他礼貌地说，“我们中国比不上你们国家。”我知道他想说什么，很快插了一句说，“我不同意你的看法。西方国家可能是走在我们前面，但就印度和中国而言，两个国家有许多相似之处，我们处在同一个发展阶段。我们需要很长时间才能达到西方国家的繁荣。”或许我当时的预感是正确的，因为在 1990 年中国的国内生产总值只比印度多 360 亿美元。然而 26 年后，中国的国内生产总值是印度的 5 倍，已有 7 亿人缓解了贫困，两个国家再也不能像 1991 年那样去比较了。这些年我一直希望印度的扶贫工作能走中国道路！我们谈到了苏联解体、印度联邦制、巴基斯坦在旁遮普和克什米尔煽动恐怖主义，以及可能与巴基斯坦爆发战争等等。这时候我的外国朋友们把我叫了回去，服务员端上了最后一道菜——袖珍饺子。她说一个代表一帆风顺、梦想成真，二个代表双喜临门，三个、六个、九个代表步步高升，四个代表四季安康，五个代表五福临门，七个代表七星高照，八个代表八仙过海，十个代表十全十美。每个人都展示了自己的饺子，我的碗里有四个。能有幸来到中国并且每日浸润在中国的文化传统中，足以让我感到幸福。

前往中国革命的摇篮

11 月 14 日我们启程去延安。路上在传说中的黄帝陵和洛川会议会址稍作停留。通往黄帝陵的路是一条土路，黄帝陵看着也有些破旧。听说 1993 年实施了黄帝陵修复工作，现在应该更好一些。黄帝被称为中华人文始祖。因为尊崇作为衣食之源的黄土地，因此称之为“黄帝”。传说 5000 年前，他联合炎帝打败了蚩尤部落，统一中国各个部落，建立了华夏民族。因此，中国人自称为炎黄子孙。后来华夏被称为中华民族。据说养蚕也起源于黄帝之妻。

我清楚地记得，1937 年 8 月 22 日至 25 日，在距洛川镇约 10 公里一个叫冯家村的小村子召开了中国共产党中央委员会政治局会议，会议提出了反抗日本侵略的十大纲领。洛川会议决定成立新的中国共产党中央军事委员会，并制定了由中国共产党领导武装力量开展独立自主的游击战的军事战略指导方针。8 月 25 日会议结束后，中国共产党将红军第二方面军和第四方面军整编为第八路军。毛泽东、张闻天、周恩来、朱德、任弼时、博古、关向应、凯丰、彭德怀、张国焘、刘伯承、贺龙、张浩、林彪、聂荣臻、罗荣桓、张文彬、萧劲光、林伯渠、徐向前、周建屏，共 23 人参加了会议。我还记得在村里遇到一位老妇人，她告诉我们，那个时候她还是个十五六岁的小姑娘，有幸给代表们倒茶。在她印象中毛泽东是个年轻又有魅力的人，只是她听不懂毛说的话。

当我们的面包车接近延安的时候，路上的尘土都能深至脚踝。尽管已经关上了车窗，但我们还是全身上下落满了黄土。晚上 6 点半我们抵达了中国革命的摇篮延安，入住延安宾馆。值得一提的是，红军为了摆脱蒋介石政府的围剿被迫向内地转移。这就是众所周知的长征，从 1934 年 10 月开始，到 1935 年在延安结束。艰苦奋斗、坚定不移、实事求是、为人民服务等概念就是从中共领导人所面对和经历的实际苦难和经验中总结出来的，后来被称为“延安精神”。15 日上午，在一场题为“抗日战争和解放战争”的讲座中一遍又一遍地听到了“精神”这个词，很是有趣。

延安这个地方异常干冷。15 日讲座结束后，我们参观了修建于唐朝的延安塔，这是一座高九层的地标性建筑。那里有人出租八路军的服装，我也特别想试一试，只可惜除了帽子以外没有我能穿的尺码。参观完延安塔后，我们去了杨家岭多位参加洛川会议的领导人居住过的窑洞。毛泽东和林彪的窑洞给我留下了难以忘怀的印象。毛的窑洞维护得很好，干净整洁。而林彪的窑洞已经成了杂物堆放地。我提醒导游，如果不是林彪打赢了辽沈战役，整个解放战争会朝着有利于中国共产党的方向发展吗？为什么林彪要受到这样粗暴的对待？林可能在晚年犯了错误，特别是在“文化大革命”期间，但我总觉得把他的窑洞变成一个杂物堆放地实属可笑之举。我看那个可怜女孩尴尬不已，于是换了个话题，问了她几个关于柯棣华的问题。

柯棣华大夫与延安

1938 年 9 月，印度国民大会党向中国派出了一支印度医疗队以支持中国的抗日战争，柯棣华医生是医疗队成员之一，此外还有爱德尔医生（1886—1957）、卓尔克医生、巴苏医生（1912—1986）和木克吉医生（1912—1981）。医疗队最初在长沙、汉口、宜昌和重庆等地的国民党军队医院工作，但是希望能访问延安。延安也被称为中国革命的圣地，是1937年至1947年八路军总部和中央领导集体所在地。据柯棣华医生的妻子郭庆兰回忆，国民党政府当时虽然同意了，但却制造了很多障碍。医生们和其他人一样住窑洞、睡火炕。在他们看来非常独特的火炕是一个几乎占据窑洞一半面积的二英尺高的平台，下面用柴火烧热，还可以当作一张床。

他们在延安停留了一段时间后，随即跟随八路军到晋察冀边区敌后战线去工作。在那里，柯棣华大夫参加了许多战斗，1941年他正式加入了八路军。不久被任命为白求恩国际和平医院院长。他的妻子郭庆兰说，他处处事事起模范作用，就连医院上山砍柴、开荒种地、早晨出操等，他都带头参加。

他志愿成为中国共产党的一名战士，努力学好中文，在冲突地区培养了数百名医生和护士，学习政治并且参加包括1942年“整风运动”在内的各种运动。他的十点“自我批评”现在看来有些可笑，这是郭庆兰在《我与柯棣华》一书中的描述。恰好我是此书的英文译者，书已于2006年出版。印度前总理因德尔·库马尔·古杰拉尔和后来的中国驻新德里大使孙玉玺共同发布了此书。2006年胡锦涛访问印度期间，曾到孟买看望柯棣华医生的亲属并向他们赠送此书。柯棣华在与中国人民并肩抵抗日本侵略的斗争中牺牲，年仅32岁。他被视为印中友好的象征，每当印中两国领导人谈到印中关系时都会提到柯棣华的名字。在翻译工作完成时，我有幸收到由郭庆兰和此书中文本编辑徐宝钧共同签名的信，其中写道：

印度尼赫鲁大学狄伯杰先生：

您好！

欣闻拙著《我与柯棣华》，由您担纲翻译，并即将完成译稿，对你的热情帮助和辛勤劳动，我们谨表示由衷的感谢和崇高的敬意！

2006年新年就要来临，请接受我们诚挚的祝福，祝您和全家新年快乐！合家安康！

祝中印两国人民的友谊似喜马拉雅山一样万古长青，似长江、恒河一样永远奔腾不息！

中华人民共和国大连市西岗区教师大厦7-4-1

郭庆兰，徐保钧

2005.12.10

11月16日，我们访问了延安大学。学生宿舍仍是开山凿出的窑洞。我们与延安大学历史系的师生们进行了深入的交流，针对改革开放、社会主义市场经济、延安精神等一些问题展开了热烈讨论。我们还参观了附近一个村庄，与村民们交流了我们的观点和想法。我发现村民们并不了解沿海地区正在进行的社会主义市场经济改革。有一次一个卖水果的人就把我当成了“骗子”。当时碰巧我身上的人民币花光了，只剩下外汇兑换券。那个时候美元还不能流通，外汇兑换券是用来调节外币兑换的，有时候 1 元外汇兑换券可以换将近 2 块钱人民币；正常情况是 1 比 1.4 或 1.5。外汇兑换券的需求量很大，用这些之前的货币可以在北京和上海的大城市的友谊商店购买高档外国品牌。当时我买了几个橘子，当我把外汇兑换券递给那个卖橙子的人时，他说，

“我告诉你！我们延安人可不是那么好骗！日本人骗不了我们，国民党也骗不了我们，你觉得我能让你个老外给骗了？”

我试图说服他，但那可怜的家伙从来没见过外汇兑换券。而且在偏远的延安，外汇兑换券对他来说也没什么用。最后我从我的美国朋友那儿借了几块钱买了橘子。

当天晚上我们去附近一家电影院看电影《刺杀汪精卫》。汪精卫与孙中山关系密切。孙死后，在与蒋介石争夺国民党领导权的斗争中失败。日本入侵后，他投向了日本并接受侵略者的授意担任南京日本傀儡政府的首脑，直至被杀。为此，中国人视其为叛徒。记得我和一个叫严玲的酒店员工成了朋友，后来我们做了很长一段时间笔友。第二天，我最后一个离开酒店。所有工作人员对我都非常友好，我也很感谢他们的盛情款待。我觉得延安人民特别淳朴。离开时我对他们说，“我爱延安，我爱延安人，我爱延安的一切！”不过，我也感觉中国共产党让延安人有点失望，因为那个地方仍然非常落后，甚至都没有火车。然而，一个月后我很高兴地听严玲说

12 月 26 日延安通火车了。

11 月 17 日，我们经西安返回了北京。这是我第一次离开北京去旅行，真的太让人欣喜了。我第一次感受到中国幅员辽阔、文明辉煌，希望追寻她在历史以及文化精神方面所走过的道路，无论是古代、现代还是当代。然而我也发现，要想走遍这片数千平方公里迷人的土地，自己实在是一个微不足道的渺小的人。不过，我很高兴能迈出这微小的一步，正如中国伟大的哲学家老子在其巨著《道德经》第六十四章中所说的，“千里之行始于足下。”我了解中国、加强印度的中国研究，以及推动印中友谊的决心毫无疑问变得比以往更加坚定。实际上我的中国梦变得更加宽广了，因为它与印度和中国人民的梦想联系在一起。我知道这是我一生中最艰难的一次冒险，但是我愿意也乐于让自己充满希望，一种比喜马拉雅山更伟大的希望。

排球场上的浪漫

刚刚来到中国时我心中还有一丝纠结，不是因为身处陌生之地，更多的是因为想念朋友、想念尼大、想念家。最初几天，我经常在唐宋诗词中寻找慰藉，心情随着李白的“但愿长醉不复醒”和李煜的“问君能有几多愁，恰似一江春水向东流”而起起伏伏。

很高兴你在北京一切都好。我知道你在离开印度前是克服了很大阻力才决定去北京继续深造。因此，我绝对相信你将战胜现在或未来的各种困难，继续前进。

正是叶书君教授的鼓励让我重新觉悟并自觉自愿地投入

到印中研究当中去。也是她的这番鼓励使我在了解从远古到现代依然散发光芒的中国文明智慧的过程中发现了乐趣。这让我想起泰戈尔的话：

> 在文明之火第一次被点燃的古希腊火种已经熄灭……但是，在中国和印度，以社会和一个人的精神理想为基础的文明依然生生不息。[1]

我擦掉了抄写在房间墙壁上的李白和李煜的诗句，打算就像一朵浮云般掠过中国广袤的地平线，去探寻那不计其数的被中华文明灯火照亮的人和地方。

谭中教授希望我能在北京大学攻读硕士学位，但在当时北京大学还没有开始招收外籍学生攻读硕士，方法只有一种，就是和中国学生一起参加硕士生入学考试。我决定试一试。尽管我有很多科目都是和中国学生一起上课，但还是全心全意地准备即将来临的入学考试。我报考的是中国近现代史硕士，因此除中国近现代史外，还要参加世界近现代史和中国古代史的考试。那个时候外籍学生可以免试中国政治和英语。为 1992 年 2 月 16 日至 17 日举行考试我做了精心准备，还做了前几年的试卷。我的老师们还有在中国新结识的朋友们都从各个方面给我鼓励。我在延安的朋友严玲写信说，

---

1 Stephen N. Hay, *Asian Ideas of East and West: Tagore and His Critics in Japan, China, and India*, Harvard University Press. 1970, p. 64.

关于学习，是否有人教并不重要，重要的是你是否有良知和恒心？刻苦努力，经常复习，永葆动力，竭尽全力才是起关键作用的。做到这些，如果一个人还是不合格，也没什么遗憾了。我希望你可以克服困难。

这些的确是鼓励人心的话语，但是还有一条暖心的建议是，即使做不到这些我也不必太伤心。我相信自己已经竭尽全力了；可惜在几乎所有 60 分及格的试卷中我都差了几分。我并不灰心，但是我的老师们认为校方让我和中国学生同样竞争是不公平的。大概 15 年之后谭中教授在深圳参加完一场关于印度和中国的会议后给我写了封信：

我真的很高兴在深圳与你和拉维尼在一起，虽然时间并不长。你的出现让会议令人难忘。郁龙余教授及其他参会人员对你流利的汉语印象非常深刻。我告诉郁教授你在北京大学获得一个真正的中文硕士学位的故事。他认为北京大学对你要求太苛刻了。顺便说一下，根据我的建议，让政府决定送你和苏丹西去中国学习四年取得硕士学位的人是当时外交部的联合秘书，也是现在的印度驻中国大使，尼鲁帕玛·拉奥女士。下一次你遇到她，应该特别感谢并告诉她你在北京大学的经历。

尽管北京大学对于寻求进入学位课程的外国人采取“难度

偏大”的方法，我对此没有任何的怨言。相反，我渐渐相信这所大学的学术活力和标准，难怪它被认为是中国最好的大学。我非常骄傲成为它的一名校友。在北京大学又待了一年后，我决定回到尼大，这样能像以前一样继续我的研究。同时，我在排球场内外结交了许多中国和日本朋友。其中之一是王瑶，一名在西语系学德语的学生。

排球场上的浪漫

从大学时代开始我就是一名排球迷。因此当我来到北京大学，发现中国学生在勺园对面的排球场打球，立刻手痒难耐。但是他们都是来自于各系的中国学生，除了一名看起来和中国学生差别不大的日本女孩。后来我发现她是一名“会员”，因为她有一位中国男朋友。刚开始我只是做一个旁观者，但是难抵诱惑，于是问伙伴们我能否加入。他们的表情告诉我，他们不喜欢我的加入，但同时还是出于礼貌回答“可以”。由于我没有任何语言障碍，慢慢地他们也接受我成为一名“会员”。正是在这里，我遇到了王瑶，一位出色的球员，喜欢打二号位置。一次热身练习时她问我的第一个问题是：“你是哪国人？”我让她猜一猜？她说“是巴基斯坦？”我有些惊讶，但是能理解问题所在。印中关系在中断三十多年后刚刚恢复没几年，中国公众意识中对印度的熟悉度几乎为零。也是因为这个原因，中国的印度人很少。达莫达尔·潘达和尼兰·内吉离开后，在整个北京大学就只有我一个印度学生了。

渐渐地我在排球场上赢得了中国朋友们的信任，成为一名“会员”。我参加了一些球员组织的场内外活动，例如在颐和园划船。偶尔我会和伙伴们在五号楼吃饭，那里的晚餐时间到晚上七点。但是，在这些活动中没有看到王瑶，我也没仔细考虑过她问我的问题。一次，在另一场热身练习中，我打排球有些猛，她的前臂屈肌被撞红了。她痛得大叫，并且向我投来蔑视的眼神。我立刻道歉，尽力解释我不是故意的，但是她把头扭向了另一边。这件事发生在秋天，生活一如既往。那时一些球员总问我：“你怎么看王瑶？”我常说：“她就像其她女孩一样。”我记得第二年早些时候在勺园遇到她，她评价我的发型“真难看！”我只是笑了笑就继续去上课了。我对王瑶的看法是在1992年4月21日彻底改变的。

那天，排球比赛后她走向我，问能不能到我的宿舍洗澡。我认为她一定是在开玩笑，因为中国学生是有他们自己的公共浴室的。或许是由于苛刻的时间限制和拥挤的空间，她请我帮忙，我愉快地答应了。洗完澡后，我陪她去未名湖畔的一个裁缝那里。我相信就是从那开始我们成为朋友的。那时候，并且我相信现在也是如此，大部分中国女孩在热切寻找来自西方国家的白人，尤其是美国人。它是一个新的身份象征也是一条通往西方国家的捷径，这是当时许多中国年轻人所渴望的。一些人甚至付钱请外国人提供假结婚证书，而这些外国人乐得其所。而如果一个中国女孩被发现和一个来自于南亚的小伙子有染，这是一件很丢脸的事情，南亚被认为是落后的、贫穷的、封建的。并且，女孩们无论如何都不会喜欢深色或棕色皮肤，更不用说来自非洲国家的黑人。虽然有一些大胆的中国女孩和非洲学生交往，但是女孩和男孩很难在宿舍楼一层的登记处或外边的旅馆登记。但是，日本或西方女孩同非洲或南亚学生交往是常见的。几个日本女孩也表现出对我的兴趣。事实上，她们其中的一个，聪美，爱上了我。她是一个很不错的女孩，十分俊俏，思维与我在校园里接触过的许多其他日本女孩不同。我们的确一起去过中国的一些地方，但是这段关系并没有开花结果。

我相信现在在中国这个问题还是一样。在与中国朋友的讨论中有各种各样的观点。一个人告诉我是由于中国女孩的劣势情结；另一个人认为完全是经济原因；还有一位中国女士提出西方男人比中国男人更阳刚的看法。不管怎样，只要瑶没有和一个南亚人有什么关系，我是不会被这些争论困扰的。

情感无界限

由于是亲眼所见，当瑶走进我的生活时我感到很诧异。时机非常微妙，因为她即将大学毕业，并且已经选择了几个月后去中国国际旅行社（CITS）工作。我知道定期见面会很难，所以我们充分利用一切有限时间，而很少或不去考虑未来。我发现瑶高度自律、聪明、热心、有爱心，有时候也非常冲动，但是忘记争吵吧，因为很快这些就结束了。“文化大革命”进行到第三年的时候她出生在一个筒子楼里，并在那里长大。她的父亲是一名高级电信工程师，母亲是一位体育学院的校长。虽然两个人都是中国共产党党员，但是母亲拥有更多的荣誉称号，比如劳模、杰出的共产党员以及三八红旗手等。筒子楼设施完备，包括一个游泳池和孩子们的幼儿园。一层居民有共同的厨房，共同的卫生间和淋浴房。她告诉我群居的一些特点，比如孩子们一起玩耍，老人们下围棋（中国象棋）很好找到对手和旁观者，人们患难与共，同甘共苦，和谐相处，互帮互助。但是也有弊端，像闲言碎语和不怎么顾及其他人隐私，并且喜欢询问其他人在做什么。毫无疑问，瑶继承了群居的好品质。从幼儿园到北师大附属实验中学，再到现在的北京大学，她很幸运受到了最好的教育。她的记忆里没有重创中国的“三年饥荒”（1959—1961），除了一些亲戚确实在饥荒时来向她的父亲寻求帮助。和所有孩子一样，她深受父母影响，对毛主席的评价很高，同时也继承了父亲对日本人的深恶痛绝，因为她家曾经是抗战时日本焦土政策的受害者。日本人烧毁他们的村庄，抢夺村民们的粮食和财产，甚至砍了她父亲一位小舅子的头。因此，不难理解中国人对日本人的那种痛恨。事实上，在我和一些日本学生参观南京大屠杀纪念馆时，看到1938 年日本人在南京实施的恐怖活动和战争犯罪，一个日本女孩崩溃了，另一个悲痛欲绝。她说她从来不知道日本侵略中国的黑暗一面，从那以后感到十分悔恨和歉疚。

瑶的父母接受过良好教育，能够理智地思考问题。我觉得他们很开明，但是他们的确警告过女儿跨国婚姻会产生难以预料的问题，尤其是和南亚人。第一，社会封建，女人没有地位。由于“男人比女人优越”的观念，男女人口比例失衡。还有杀害女婴、女孩的教育等问题。第二，安全很成问题。印度和其他南亚国家被认为是非常混乱的，除了恐怖主义和分裂主义外，法律和秩序也是一个问题。总之，民间对立在次大陆一触即发。第三也是更重要的，由于 20 世纪 50 年代末期的仇恨以及 1962 年冲突，印度与中国彼此怀疑，迎娶一位敌人阵营里的女儿绝对是一种危险行为。最后，即使在第三国定居，人们相信中国人与印度人在那里也会受到蔑视和歧视。因此，跨国婚姻，尤其是和一个南亚人结婚，必须被阻止。虽然这种分析有现实的成分，但是，把整个南亚或印度看做是封建的，是恐怖主义、叛乱或社会动荡的温床，是对印度现状或整个南亚的一种严重误解。我记得瑶问她的父亲：“爸爸，你说情感有没有界限？”我必须承认她父母除了表达自己的观点外从未给她任何过度的限制或压力。我总是告诉瑶这是她父母真正的关心。

记得是在五、六月的时候，瑶把我介绍给她母亲。我们在大学南门对面海淀区的一个小餐馆见面，一起吃午饭。像是审问一样，我需要回答一连串问题，家庭、居住地、大学和未来目标。我诚实地回答所有问题；但是，说到未来，我自己并不确定，只能说我有可能从事印中关系事务或其他政府工作。

既然政府工作被当成是“铁饭碗”、一生的保证，他们问我是不是能确定，对此我回答是“不知道”。我确信会追求学术事业，但在当时的中国这不是一个好的选择。因为“文化大革命”时期中国的知识分子被毛泽东蔑称为“臭老九”，而且在20世纪90年代以前他们的收入也很低微。北京大学的一位讲师告诉我，他每月工资只有80块，为买一辆心仪的自行车要攒好几个月钱。另外，印中关系方面的学术追求被认为带有高度政治性。瑶的母亲付了饭钱，然后我又回到了校园。

瑶的事情我也告诉了小妈和兄弟姐妹们。他们没有像瑶的父母那样分析跨国婚姻，但是几乎全体一致地认为一位在当地受教育的喜马偕尔邦女孩是才最佳选择。他们说乡里亲朋来求婚的人很多，如果我对当地女孩不感兴趣，他们建议最多找其他邦的某个女孩也可以。很难让他们相信印度各邦之间的差异和跨国差异几乎是一样的。不管怎样，我告诉他们别再为我做媒了，因为和未来妻子一起生活的人是我而不是他们。另外，我告诉他们，谈论婚姻还为时过早。

撇开父母的建议，我和瑶继续在校园内外约会。我们之间的关系越来越紧密，对彼此的感受越来越强烈。我经常去31号楼，在那瑶和六个其她女孩共享多个上下铺。房间只适合睡觉闲聊，读书和做研究还是图书馆更合适。我听说她们也轮流打扫卫生。宿舍晚上十点半关门，必须及时回去，所以在那个时间总能看到女孩们或情侣们飞奔着跑回各自宿舍。记得有一次瑶错过了时间，我们决定在户外瑟瑟寒风中过夜。虽然我从宿舍里拿出来一条薄羊毛毯和一件套头衫，可是这些单薄衣物所能发挥的作用微乎其微。直到早上我们才回到各自宿舍。幸运的是我们没有被那些拿着手电筒巡逻的校园保安发现，否则瑶的事业早就被毁了。保安对外国人比较宽容，但对中国学生特别严厉。他们会问各种各样的问题，比如“哪个系的？系主任是谁？哪个楼的？这么晚你在外边干什么？”如果你和他们争论，他们会告诉你：“这是大学的规定！这是中国的规定，如果你违反规定，后果很严重！”有时候我会请求他们：“朋友！都是年轻人，请理解一下。”他们会变温和，警告说：“这次放过你，但是下不为例！”我记得1992年欧洲杯足球决赛时，一名中国学生和他的外国朋友偷偷溜进勺园时被校园保安打了一顿。幸运的是，我和瑶从未发生这样的事情。

我们漫步于未名湖边；有时在湖畔垂柳下的长椅上坐上几个小时；有时坐在湖心岛东岸的石舫上；有时在湖西岸的钟楼上；有时穿过通向花神庙和埃德加·斯诺墓的那些曲折窄径。这些闲庭漫步把我们带回到历史当中。例如，我们会讨论这些地方曾经属于贪腐无度的乾隆宠臣和珅。思绪引领我们回到1860年英法联军火烧圆明园。法国人甚至有更阴险的计划，他们想把紫禁城也付之一炬。我告诉瑶：“你知道吗，在中国也有印度士兵为英国效力，而且他们中有些人参与了1860年的联军，并且后来义和团运动时期的八国联军中也有印度士兵。”她很震惊，眯着眼睛看着我。我进一步向她解释，是英国人强迫印度士兵加入这场肮脏战争的，因为印度是他们的殖民地。而且，有像嘎达达尔辛格这样的士兵同情中国人民，并质疑他们是否应该参与这样的远征。埃德加·斯诺墓使我们回忆起共产党在陕西的根据地，以及在他1937年发表的经典著作《西行漫记》中如何介绍长征和中国共产党在根据地的各项政策的，包括在广泛采访中国共产党领导阶层后将毛泽东、周恩来及其他领导人介绍给西方读者。瑶对这些历史事件并没有表现出很大兴趣，但仍然倾听我的讲述并且欣赏我对历史事件的理解。当她感到无聊时，我会谈论我的业余爱好，我对西方乡村歌曲以及慢摇滚的喜爱。后来，我用一位日本朋友从日本带来的双卡索尼收录机录下了一些最喜欢的歌曲给她听。其中我记得的一些歌曲有乔·库克的《冲上云霄》、老鹰乐队的《加州旅馆》和《别着急》、罗德·斯图尔特的《就在今晚》、甲壳虫乐队的《金钱买不来我的爱情》、西蒙和加丰克尔演唱的《寂静之声》，还有很多其他歌曲。我也谈论一些在印度看过的西方和宝莱坞电影。在北大虽然有一个剧场，但是放映的电影很老套。我有一些外国专家朋友住在中苏友好时期修建的友谊宾馆，他们有时也邀请我们去看一些电影。

中国的流行文化

我们详细讨论中国的流行文化。瑶很快进入状态，发现这比历史和政治更有趣。国外投资促进市场繁荣，中国经济实现腾飞，年均 9% 的经济增长率令世人瞩目，中国的开放的确见证了一种“羊群效应”。20 世纪 70 年代作为身份象征的“三大件”——手表、自行车和缝纫机让位于新的“三大件”电视、冰箱和洗衣机。20 世纪 90 年代后期，又逐渐被房子、汽车和外国学位所取代。

毛泽东时代的“大众文化”为“多元文化”创造了条件，一种尤其是由美国和港台间的文化对话引起的侵略以各种形式表现了出来，并且逐渐显现在中国的电视、印刷媒体、剧院、电影等方面。当时我的一些朋友把这种现象定义为对“美国文化”的着迷。但事实没有那么简单。他说的不错，因为中国人已经开始热爱从迈克尔·杰克逊到麦当娜的音乐唱片，到肯德基的炸鸡等美国消费品，而且麦当劳正逐渐占领高端市场空间。其他诸如台球、电子游戏、交谊舞、街舞和滑板也开始流行起来。吉特巴、探戈、伦巴、华尔兹等正变成中国城市里新的流行语。大学、学院和工作单位开始在自己的场所组织舞会，很快新的娱乐中心在所有校园雨后春笋般出现。迪斯科、卡拉 OK 及 KTV 酒吧在城市的每一个角落扩张，许多餐馆建起配有卡拉 OK 设施的单间，以迎合日益萌生的对自我放松的需求。北大那些大型餐厅每周末也有交谊舞会，有几次我和瑶也在那里试步。

故事片、戏剧、电视剧、综艺节目、卡通片和体育广播丰富了电视节目内容。美国、日本、韩国和港台节目受到极大欢迎。20 世纪 80 年代中期，往日的革命音乐转向流行乐和摇滚乐。最开始是港台音乐的渗透。邓丽君、童安格、张学友、苏芮等歌手成为中国年轻人的偶像，他们的音乐谈论爱情和自由。我也成了他们的粉丝，哼唱诸如《吻别》《其实你不懂我的心》《再回首》等一些歌曲，但是瑶皱起眉来对我的走音跑调表示反感。她同样也不喜欢我唱崔健的摇滚歌曲，像《一无所有》和《南泥湾》，这些是我最喜欢的。中国大城市涌现的各种各样的摇滚和通俗歌手是政府展现更多包容的产物。同类型的其他乐队还有“黑豹”和“唐朝”。瑶的父母喜欢京剧和革命歌曲，但是瑶似乎并没有受到影响。1994 年，一间“硬石咖啡厅”开业，吸引众多人前来。

王朔（1958— ）的写作态度打破了毛泽东时代“作家是道德卫士”的看法和儒家学说，在他看来写作不过是一种赚钱方式，这一点可以从他 1992 年的作品《我是王朔》中窥见一斑。此外，以王朔为代表的“痞子文学”的出现也见证了中国的自由化和不断升温的消费主义，因为他坦然描写了中国的另一面，包括酗酒、吸毒和淫乱。卫慧和棉棉，这两个中国“坏女孩”在她们的作品中发扬了王朔的精神，令官方十分不满。1993 年贾平凹发表《废都》，大尺度地描述了性爱场面，在中国引起轩然大波。享誉文坛之时尝试性描写，小说中的主人公给作家带来声望与挫败，也导致了他的没落。虽然小说的销量达到上百万册，但评论家却称之为自恋癖“垃圾”。也许这是压抑情感的结果，表面之下苦苦抑制，却在如艺术、文学、电影和个人生活等其他领域像火山一样爆发出来。色情片、避孕套，甚至性爱玩具店在繁华的市中心王府井一一出现。

谢晋导演的电影《芙蓉镇》(1986) 里有一段长达四分钟的接吻镜头，这在中国引起极大反响。吴天明的《老井》(1987) 中主角溜进一个寡妇的被窝让百万中国人兴奋。第五代电影制作人如陈凯歌和张艺谋，尝试与革命电影完全不同的新思想。陈凯歌 1984 年拍摄的《黄土地》和《霸王别姬》(1993)，张艺谋的《红高粱》(1987)、《菊豆》(1990) 和《大红灯笼高高挂》(1991) 都作为中国当代先锋派电影被广泛谈论。性也不再是一种禁忌。情人、上床和性生活已经成为人们讨论的热门话题。其他不太出名的导演如张元描述单亲父母的电影《妈妈》(1990) 和《北京杂种》(1993) 也引起不小的轰动。瑶听说过这些电影，但从没去电影院看过。电影票很贵，在王府井一个人要花费大约 15 元才能买张电影票。除了那些给外国学生做家教的人，大部分大学生是买不起的。

瑶的期末考试定在 1992 年 5 月 18 日。我们两个都忐忑不安，不知以后还能否继续我们之间的友谊。一次我们在博雅塔对面的未名湖畔时，她哽咽着告诉我：

遇见之前时间徘徊，遇见之后时间飞逝。明年你就要回到印度了，所以过一天少一天。不过我有点担心，希望能永远抓住你和时间。

我回应她说：

我们应该活在当下，因为没人能预测未来，我们只能希望最好的会发生。我也想永远和你在一起。

接着，我背诵了为她写的一首诗：

鲜花之王后，碧玉之国王，
美丽的少女，在日夜的梦境中；
希望能相伴，直到地老天荒，
一直渴望她，直到今天才看到。

5月18日，我和其他印度同胞正与当时的印度总统拉·文卡塔拉曼在钓鱼台国宾馆交流，瑶去参加最后一年的期末考试。5月19日，印度学生有机会和当时的印度人力资源开发部长 阿琼·辛格交流。我们抱怨印度学生从印度政府获得的奖学金太少，甚至少于巴基斯坦同学，需要提高。他向我们保证会调查这件事情并采取适当措施。我们很高兴，但是，我相信一走出钓鱼台国宾馆他一定就忘记一切了。正是在这次交流中，印度学大师季羡林教授收到了印度人力资源开发部长的祝贺，也许这是头一次。

1992年7月13日是瑶在宿舍的最后一天。她已经决定去中国国旅工作——一家成立于1954年的政府所有服务公司，7

月 20 日是她的入职日期。她这一届是政府不包分配工作的第一批毕业生。此后，学生们都要自己去人才市场寻找自己喜欢的工作。瑶有两个选择，一个是与德国大众合资的北京汽车工业控股有限公司，大众是第一家在中国合资建厂的汽车制造商。第一家合资企业是上海大众汽车有限公司，1984 年成立，第二家是 1991 年在长春成立的一汽大众汽车有限公司。她的第二个选择也是她更喜欢的，中国国旅。据她讲，理由很简单，就是可以环游中国，了解无数具历史和文化意义的景点，同时还可以和已经开始大量来中国旅游的德国游客练习德语。

13 日晚上她带我去她家。不是瑶童年时期居住的筒子楼，而是由工作单位分配的单元公寓楼（共享一个大门的居住单位）。一幢三到五层的楼里有四五个单元。因此，为解决集体居住问题的筒子楼现在已经让位于单位复合楼，一般是由一道高墙围起来、有多个单元的公寓楼。但是，一两年后单位公寓被低价出售，主要由单位员工组成的大部分居民在支付了规定数额的房款后购买了这些公寓。由此可窥见中国城市住房经历的某种变化——从 20 世纪 50 年代的平房到 80 年代的楼房或多层单位复合楼，再到 90 年代的个人单元复合公寓。

我准备好了接受来自瑶父亲的拷问，但是令我惊讶的是，不像瑶的母亲，他没有问我任何个人问题。我们十分享受一起谈论中国历史、文化和文学，也的确谈了一会儿印中关系。我发现他对尼赫鲁的看法深受毛泽东对尼赫鲁的描述的影响，而且他非常崇拜毛泽东。得知我读过毛泽东的作品，他很高兴，并向我推荐毛的诗词。他还问我是否读过内维尔·马克斯韦尔的《印度对华战争》，我回答读过。很惊讶，他送给我一本中文版并让我再读一遍。他担心中国实行改革开放政策后涌进来的“苍蝇”。他怀念毛的时代，那时没有现在这些不好的东西。我与瑶的妹妹王琪也是在北大认识的。她是一位非常开朗、精力充沛的女孩。她喜欢猫，也有一个宠物。有些叛逆，或许是因为不像她姐姐那样含着金钥匙出生。他们告诉我，她小时候父母因为工作压力决定把她送到河北农村，由姑姑抚养。可能在“文化大革命”时期，许多城市孩子都经历了相似的命运。不管怎样，她很高兴“文化大革命”的浪潮消退后被接了回来。吃完晚饭，我坐地铁1号线到木樨地，换乘320公交车到人民大学，再从那儿骑自行车返回北大。

瑶离开校园后的生活

在中国国旅经过一段短暂的培训后，瑶开始了作为一名德语导游的工作。起初是在北京市内或周边，不过从八月中旬开始，她分配到的旅行团都是去北京之外、时间比较长的团，有的需要两到三周。赶上去丝绸之路的团，要一个多月。正是在带这些团的时候她开始给我写信。我也在日记本里写下自己的感受，下一次相聚时读给她听。她的第一个外地团从1992年8月13日开始，去西安、洛阳、上海、广州、桂林等地方。这也是她第一次坐飞机，非常害怕。飞机上她在给我的第一封信中写道：

飞机起飞时感觉一点都不好。不好玩，一点也不舒服。飞机时而上升，时而下降，真吓人！但是现在好多了。

那时候大部分飞机是苏联时期螺旋桨驱动的，没有任何机舱空调系统。她和我说机舱里非常炎热。读着这些信，我在头脑中和她一起飞行在那些新奇的地方，也恢复了对一些曾经去过的地方的回忆。她写信告诉我少林寺和洛阳的龙门石窟，晚上打电话时我会立刻告诉她这些地方和印度的联系。一位叫菩提达摩的印度和尚在公元6世纪来到中国，他被认为是中国少林武术的创始人和禅宗的传播者。洛阳少林寺会继续让人们记得这位伟大的印度文化大使，以及龙门石窟是如何模仿印度阿旃陀石窟和埃洛拉石窟的。她很吃惊，许多时候认为这些都是过去的童话故事。和中国或印度的其他任何人一样，她早已忘了两个文明之间这些辉煌的联系。也是在一个八月，泰戈尔在杭州发表演讲，其中说道：

朋友们，我来请你们重新打开交流的渠道，希望这个渠道还在那里；因为尽管长满了忽视的杂草，它的纹路仍旧能识别。如果通过此次旅行，中国能向印度走近一些，印度向中国走近一些，不为任何政治或商业目的，而是为了没有私念的人类之爱，没有任何其他目的，我认为自己就是幸运的。[1]

这些纹路的痕迹的确能在中国的各个地方发现，但是任务很艰难，需要成千上万次泰戈尔这样的来访才能重振这样的联系。瑶大概一个月以后带团归来。到达北京后，她给我打电话。三层楼梯附近的公共电话被其他舍友接听，告诉她说我不舒服，正在床上躺着。等不及我出来接听电话，她就把旅行团扔在一个北京旅馆的饭桌上，跑到北京大学看我。她走进房间时，我的确在床上，只是稍微有些头疼，并不严重。她很快离开，但是损害已经造成了。如果不是她给中国国旅的老板写了一份“自我批评”，可能就被开除了。后来，我得知她不得不把我们见面的每一分钟细节都写出来。最终她被迫发誓再也不见我，不再犯同样的错误。

沿袭 1942 年“整风运动”做的“自我批评”不仅没有阻挡我们见面，反而让我们更坚定，情感比以前更强烈了。我更担心的是她的职业，因此，毫不犹豫打电话说要见她。她责备我带给她的“特殊待遇”：

爱情是一件如此美好的事情。魅力和痛苦是不可分的；有相见的愉悦，也有分离的痛苦。我已经充分意识到分离是多么痛苦。我不能想象，明年你回印度后，将来等待我们的是什么。

1 Rabindranath Tagore, *Talks in China: Lectures delivered in April and May 1924*, Calcutta, Visva Bharati Book shop, 1925, p. 64.

这将是对我俩的考验，时间和空间上的考验……这些天，度过一天像一年，我完全烦躁不安。日夜盼望你回来。根本不能集中学习。上天并不眷顾我！我全心全意爱着你，但是为什么要这样对待我。

很显然，“躲藏”一段时间后，我又出来了，以后再也没做过同样的事情。她像往常一样工作，我继续我的大学生活。10 月 14 日，她没有接任何工作。我和瑶以及其他排球队员去校园的 4 号楼庆祝我在中国度过的生日。由于瑶回家太晚，我们让在《中国画报》工作的朋友维诺德帮忙，一起待在离北大不远的友谊宾馆。

第二次学习之旅

1992 年 11 月 24 日，九名历史系的外国学生出发开始第二次实习。这一次我们去了南京、苏州、杭州、扬州、上海以及浙江等地方。那时候没有高铁。我们在北京站乘坐下午六点半的火车，大概在第二天中午十二点到达南京。在南京，我们住在南京大学的外宾楼。下午，我们听江教授讲述南京历史。他告诉我们在战国时期这座城市名为金陵，曾经是三国时期吴国都城，也是东晋、南朝一些朝代、十国、1421 年都城迁到北京之前的明朝、民国及汪精卫日本傀儡政府的都城。有趣的是，1851 年至 1864 年，它也是太平天国的都城，虽然被起义者改名为天京。1938年日本侵略者实施南京大屠杀，恶名昭著，举世震惊，也是在这里发生的。30多万无辜的中国人在10天内被日本军队残酷杀害。南京因其在中国最重要都城中位居第四，拥有很多历史名胜及文化遗产。就我个人而言，南京是我和瑶拍摄结婚照片的地方，当然这是后话。

26日，我们参观了明朝开国皇帝朱元璋的陵寝孝陵和中山陵、南京博物馆以及1946年周恩来与国民党举行和平协商的历史遗迹。在明孝陵，能看到和实物一样高大的守卫在入口的石刻大象、狮子、士兵、赑屃背上的石碑。赑屃是有龟壳的龙，据说是中国神话中龙生九子中的一个。我发现中山陵非常美丽，1929年陵墓完工后这位“中华民国之父”在此安息。参观民国时期的总统府很有意思，这里过去曾经是明朝皇宫的一部分，也是孙中山的办公室，后来为蒋介石及汪精卫的傀儡政府所用。1949年国民党撤退到台湾之前，人民解放军在这座宫殿的房顶上站岗放哨的画面仍历历在目。在南京博物馆最让我着迷的是明清古董瓷器收藏。我们在台北故宫博物院看到的许多文物都是从故宫博物院和南京博物馆转移过去的。晚上，有一场名为“中国现代历史时期秘密社团和强盗组织的历史”的有趣谈话。蔡教授提到邪教、社团和强盗组织的反政府行为，而且主要由贫穷农民组成。他说中国最著名的秘密社团是14世纪的反抗蒙古统治的白莲教。许多农民造反，如太平天国，义和团运动，甚至于1911年的辛亥革命，都根源于披着宗教外衣的秘密社团。

11 月 27 日，我们参观了中华门及太平天国博物馆。事实上，自从开始研究太平天国起义中印度士兵的参与情况，我便一整天待在博物馆，浏览各种文献。我还购买了《太平天国文书汇编》(关于太平天国历史的文献)、《戊戌档案选编》(关于戊戌变法的记载) 等博物馆编制的文献，这些对于我撰写北大毕业论文非常有帮助，也为我的博士论文增加了一章内容。博物馆工作人员非常热心和配合。但是当他们了解到印度人和太平天国有关联时感到很吃惊。28 日，我们坐大巴去扬州。我发现扬州杨柳成荫，苍翠繁茂，是名副其实的“杨州”。参观扬州博物馆让人怀念，它坐落在有 1500 年历史的天宁寺内。导游告诉我们，皇宫里发现的大部分镜子产于扬州。导游还说此地还因“扬州八怪”创建了绘画中的扬州学派而闻名。博物馆还藏有唐朝时住在扬州的穆斯林制作的艺术品。但是，《旧唐书·田神功传》也提到唐朝大将田神功进入当时由叛贼刘展控制的扬州时，血洗城池，屠杀了成千上万波斯和其他外国商人。我们还参观了史可法纪念馆，讲述了 1645 年清军因史可法拒绝投降并效忠清朝而对扬州居民进行的满清大屠杀。据说 10 天之内 80 多万人被屠杀。

11 月 29 日，我们从南京乘坐双层列车去上海。我们参观了鲁迅纪念馆、黄埔桥，上边的字据说是邓小平所书。我们还在黄浦江上乘船，令人难忘。30 日，我们参观了孙中山故居和石库门建筑，这里是中国共产党 1921 年 7 月 23 日在上海召开第一次代表大会时的会址。包括毛泽东在内的 13 位代表参加了此次会议，标志着中国共产党的诞生。参观玉佛寺同样让人难忘。我见过的玉佛不多，这尊1.9米高的玉佛让人印象极为深刻。和所有印度寺庙一样，我们必须换上干净的布鞋。

我发现上海非常拥挤，浦东还未开发。外滩或中山路码头是一场视觉盛宴。这个地区曾经遍布英国、美国、法国、意大利、俄国、德国、日本、荷兰和比利时的银行、商号。古典装饰风格的宏伟建筑和孟买的建筑很相似。浦东新区1993年才设立。以后游览中国时，我发现上海的天际线正被诸如东方明珠塔、金贸塔、上海国际金融中心、上海塔等摩天大楼占据，它们直接俯视横贯浦西的外滩，在某种程度上令昔日的帝国建筑辉煌黯淡失色。这个地区还建有一流的浦东国际机场、上海世博园、世纪公园、张江高科园。由沃特·迪斯尼修建的上海迪士尼乐园计划在2016年完工，届时将会是新区的另一座地标。新天际线也展现出中国自从改革开放以来迈出的巨大步伐，标志着世界舞台上一位东方巨人的到来。

上海还让我想起英帝国主义从印度运来士兵和警察来守卫他们在中国各个地方的租界，比如上海、香港、汉口、宁波。这些士兵们也被派去参加像鸦片战争这样的帝国主义战争，去镇压像太平天国起义以及发生在上海和其他地方的学生和工人游行。由于1857年印度民族大起义，来自旁遮普的新兵成了英国海外驻兵的主流，在中国也不例外。他们戴着红色头巾，脸上蓄着浓密的黑胡子，因此中国人嘲笑他们是

“红头苍蝇”或者“红头阿三”。时至今日，在中国的社交媒体上，阿三是专门用来贬低印度人的，不论他们是什么种姓或宗教信仰。一般来说，由于士兵和守卫们经常用“是，长官”来回答英国上级的命令，这被当地的中国人误听成了阿三。也许是因为印度军队参与了像汉口（1925年6月11日）、五卅（1925年5月30日上海）和广州沙基（1925年6月23日）等大屠杀，所以中国人看不起印度士兵。但是，我也告诉我的中国朋友，正是在这些士兵和守卫中，有一些人有很高的政治觉悟，他们努力鼓动士兵起义反抗英国人，他们中有许多人也确实支持中国革命。如果我们在中国开展卡达尔的革命活动，就会发现正是这些人第一次提出印度士兵不应被人利用来反对中国人。1992年12月1日参观上海博物馆时，我多么希望找到关于这种与印度有关的回忆录啊，不过很遗憾，一无所获。当时还没有如今博物馆“天圆地方”的建筑体。

12月2日和3日，我们参观了杭州、杭州大学以及绍兴的鲁迅博物馆。参观六和塔，泛舟西湖，灵隐寺的飞来峰最让人难忘。飞来峰同样吸引人，尤其是石刻弥勒佛。关于飞来峰，传说一位名叫做慧理的印度和尚在大约1600年前来到此地，他惊异于这座与周围景致与众不同的山峰，又觉它形似印度的山峰，遂相信它是由印度飞来的，因而命名为飞来峰。有趣的是，不管我到中国的任何地方，都能发现与印度的关联，这让我想起季羡林教授和谭中教授关于印度与中国之间文明对话的讨论。不仅是历史名胜，还有像鲁迅这样的中国文学巨匠，都与印度有着千丝万缕的联系。鲁迅是新文化运动先驱之一，与左翼阵营中那些尖酸刻薄地对待泰戈尔的人相反，他对泰戈尔 1924 年的中国之行持中立态度，只做旁观者。但逐渐在其作品及演讲中表现出对泰戈尔的讽刺与不敬，直至其逝世。他正面评价泰戈尔时这样写道：

让我们仔细考虑目前哪个国家没有发出声音。能听到来自埃及的声音吗？能听到来自越南和朝鲜的声音吗？在印度，除了泰戈尔，还有其他声音吗？从现在开始，我们只有两条路。一条是死亡之路，坚持我们的传统文化，另一条是生存之路，放弃我们的传统文化。[1]

但是，他也写道：

我对爱罗先珂的喜爱远远超过泰戈尔。爱罗先珂是一位天真目盲的俄国人，谴责另一个国家的殉死。泰戈尔是印度诗人与哲学家，诺贝尔奖获得者，他赞美自己国家的殉死。我诅咒美丽但有毒的曼陀罗花……只谈印度，他们并不后悔没有为人生努力，但是当“殉死”被其他人（英国人）禁止时，他们愤怒了。因此，即使没有敌人，他们仍旧是笼子里的“劣等奴隶”。

1 《鲁迅全集》（卷十），人民文学出版社，北京：1981 年，第 200 页。

关于泰戈尔的中国之行他写道：

泰戈尔的中国之行像一瓶优质香水，用文学和玄学的味道熏陶几位绅士。唯一一位可以和泰戈尔坐在一起并祝他生日快乐的绅士是梅兰芳，因此才有了两国艺术家的握手。当这位卓越的年长诗人把名字改为竺震旦，离开他的仙境震旦（中国）后，中国诗人给他戴上的印度帽子（震旦诗仙）也消失了，印刷媒体也不再出现任何关于泰戈尔的报道。[1]

然而有人可能认为，鲁迅的讽刺与不敬来源于和新月社的分歧，而泰戈尔对当时中国的文学争斗似乎一无所知。此外，如上所述关于泰戈尔的不利或不完全信息是另一个因素。我相信除了他的名气外，正是鲁迅这种激烈批评和讽刺态度才引起中国人对泰戈尔作品的巨大兴趣。这种误解也提醒我们两国之间存在固有的巨大文化差异，而这种差异必然只能通过泰戈尔及两国众多其他文化大使发起并重新打开的真诚的文明对话来弥合。

在瑶家过春节

中国农历新年也叫春节，是中国最重要的节日。中国人从

1　同上，第 292 页。

各地赶回家乡，吃一年一度的团圆饭。门上贴对联，装饰成“幸运”或“快乐”的主题。我在中国逗留期间，北京禁止燃放鞭炮，所以我从没看到过任何鞭炮，不过在奥运前后还是有所见。据说被叫做年的神话怪兽会吃小孩儿，张贴红色剪纸和放鞭炮能把年吓跑。

1993 年是鸡年，瑶的父母邀请我除夕和他们一起吃“团圆饭”。我从书中得知除夕那天全家人要一起做饭，尤其是一起包饺子。但是，改革带来的市场化让时代发生了飞速变化，像调馅儿、和面、用擀面杖把面团擀成皮，用面皮包不同的馅，把面皮捏成中式银元宝形状（意味着新的一年财源滚滚）已经逐渐淡出历史舞台。他们告诉我城市里大部分家庭都是买包好的或速冻的饺子，回家煮一下就行，核心家庭更是宁愿在附近餐馆订一桌饭菜，在外边吃团圆饭。我们在家煮了饺子，蒸了一条鱼，配上几盘绿色蔬菜，还有我最喜欢的“宫保鸡丁”。不像我在西安吃饺子的经历，饺子里没有预示幸运和长寿的硬币或白线。或许我们吃的鱼就象征“财富”了吧。汉语里鱼念 yu，和盈余的“余”同音。南亚人用手、西方人用刀和叉，而中国人则是用筷子。在尼大时我已经学会了用筷子，所以提箸夹菜毫无问题。当鱼头对准我时，我知道这表示尊重，让我先吃。吃鱼时不能把鱼翻过来，因为和翻船的“翻”同音，不吉利。这些观念可能源于迷信，但现在却以一种轻松的方式被大众接受。我们以汤圆结束晚餐，通常是在元宵节或除夕后的第十五天吃元宵，但是因为发音和圆圆的形状与“团圆”同义，所以除夕夜大家也喜欢吃。

晚饭后，大部分中国家庭都是守在电视机前观看中央电视台(CCTV)准备的春节联欢晚会。不过那天虽然电视小声开着，瑶的一家人却和我聊起了天。我感觉虽然他们并不想女儿和一个印度人交朋友，可他们的确开始喜欢我了。瑶的妹妹对我非常友好，她父亲喜欢和我谈论历史、文化，有时还谈论国际关系。瑶的母亲问我印度是不是也有类似的节日，我回答说是，并且介绍了排灯节、十胜节和洒红节等。瑶的父亲告诉我中国的社会主义和尼赫鲁的“社会主义”不同，中国在实行改革开放政策后不会走资本主义道路。他说中国的政策只是解放生产力的一种方式。我们还谈论了美国对伊拉克的轰炸。他把这一事件归因于萨达姆·侯赛因的集权和美国的无意识反应。

离开中国前的几个月

瑶继续每天忙于工作，她对自己的要求很高。和往常一样，不论去哪里她都会给我写信。然而，尼大的入学期限只有一年，我别无选择，只能回去参加五月中旬申请博士预备的入学考试。所以即使我在中国的奖学金八月底才到期，为了继续在尼大的学习，我决定放弃了。比起1991年离开印度来中国的时候，我此时的心境并没有多好。我强迫自己忙于各种各样的事情——讲座、排球、和一位中国朋友的妹妹王叶玲练习英语、毕业论文等。同时，一位已经在北大学完语言课程的意大利朋友路易吉询问能否在我的房间“非法”逗留，我高兴地答应了。但是，第一天晚上我就发现他鼾声如雷、抑扬顿挫。夜晚变成了悲剧，我几乎整夜无眠。一天，我偶然在楼门口遇到前面提到的聪美。她紧紧抱住我，伤心大哭，事实上她曾给我写信，倾诉对我的怨恨：

自从遇见你，我就知道我们的关系会怎样结束。但是，我真的喜欢你，从不想知道为什么。我头脑里很清楚但我的心不愿意承认……我相信随着时间流逝一切都会好的。我的生活很凄惨，有时考虑这个，有时考虑那个，真的很痛苦！想到你时我就痛哭，痛恨你时，我痛哭，现在甚至我的眼泪都已经哭干了。我从没有被爱情烦扰或折磨，觉得自己是很冷漠的人，但是，这一次我的心被伤得很深。我的心肠怎么会这么软！吃不下，翻开书也心不在焉。如果没有舍友玛丽的安慰，我早就疯了！今天遇到你，我不敢相信自己还有眼泪……很快你要回印度，我要回日本，因此，不管在你离开前还有几天，我都会珍惜的。

读她的信真的让人难受。我不明白一个人怎么可以这样掩饰对另一个人的感情。我不知道如果以前发现她的感情我会如何反应，但这些都是事后假设的问题，现在不重要了。不过，我的确去了她的宿舍，为我带给她的所有痛苦道歉。她认识瑶并告诉我："我知道感情很难分得一清二楚，请在你心里给我留一点空间，即使瑶在那里。"我真地珍惜和聪美之间无论怎样的短暂友谊。我仍记得她的真诚、金子般的心、毫无条件的爱和友谊。她教我成为一个更好的人，对此我会一直心怀感激。

可能是随口说说吧，聪美让我把路易吉打鼾的声音录下来，然后威胁他如果不搬出宿舍，就把录音传出去。我把录音放给聪美听，她呆住了。她告诉我其实并不是真的想让我录音。最后是沈丹森（Tansen Sen）救了我，他来中国是为了完成美国宾夕法尼亚大学博士学位的实习。他的父母 N.C.Sen 和妻子在北京所有的印度学生中尽人皆知。N.C.Sen 从 1982 年起在外文出版社工作，住在具有传奇色彩的友谊宾馆。这对夫妻非常慷慨、热心、乐于助人，他们家的大门为在北京的印度人敞开。大部分印度学生每到周六或周日就聚集到他家，品尝自制的印度食物，因为他们来自孟加拉，所以每次都有一道咖喱鱼。目前为止我看过的大部分印地语电影都是在他们家看的。另外我们也玩牌和其他游戏，畅谈印度和中国、中国社会和文化。我们过去总称呼他为沈叔叔，其人博学多识，精通汉语。1955 年印度中国亲如兄弟时期，他是第一个也是唯一一个访问中国的印度学生。他曾经在印度的一些学校如国际大学、尼赫鲁大学教授汉语和文学，也在新德里的全印广播电台汉语部工作过。工作大概十年后，沈先生一家在 1992 年 11 月回到了印度。因此，当他们的儿子沈丹森来中国时，他问我是否能和我一起住在勺园。我非常高兴路易吉如我所愿地搬出了宿舍。

从此，我、聪美和丹森组成了最佳搭档，经常在校园里一起吃饭。1993 年 5 月 5 日，我要回印度了，所有人聚在勺园前为我送行。就在我离开北大前，我们照了合影，瑶就站在我身边。她陪着我坐出租车去机场。登机前最后一次看她，我能看到她脸上的焦虑和悲伤，我也有同样的感受。但是，在中国待了差不多两年、即将返回印度的时候，我对我们之间的关系还是很乐观的。

马拉松爱情的开始

抵达德里后，我打电话给朋友塔库尔，听说他的新家在新德里拉遮普路市政府斯里拉姆路11C，是由印度政府铁道部分配的独立平房，于是就半夜直奔他家而去。接下来的两个多月，这里成了我的临时住所，直到我在尼大有了一间宿舍。我开始忙于准备将在五月中旬举行的尼大博士预备入学考试。瑶一如往常地去国旅办公室上班，只是因为以前的错误她不能再带德国旅行团了。办公室里无所事事让她焦虑不安，不过她发现现在有足够的时间给我写信，记录自己的感情。我离开北京后，她给我写了很多封信。

当时的印度和中国都还没有进入信息时代。电脑即便是有，大概也是整座学校仅此一台，而且速度极慢。更不用说智能手机和即时短信了，就算是那些带有粗壮天线的大块头无线电手机（大哥大）也没有。长途电话价格昂贵。另外，尼大校园也没有这种设施。为了省钱，我们会固定一个时间和地点打电话，简短地聊一会。写信虽然要很长时间才能寄到，但那是我们唯一的交流方式。就这样，在1998年我们都改用电子邮件之前，手写的信件有一千多页，差不多每天大概要写两页！由于开始时瑶用英文写信有些困难，我建议就用中文。毫无疑问这在很多方面提高了我的中文书写水平，包括记忆和书写汉字。我们收到的信中，有很大一部分都被两国的有关部门开启过了。我写的一封信竟然流失到坦桑尼亚的达累斯萨拉姆，一个月后又寄回中国！瑶收到的一封信是从北京而不是印度寄出的！不管这些“奇迹”是如何发生的，写信带给我们巨大的喜悦和幸福。当然，偶尔信件没有及时寄到，或是由于各种原因引起意料之外的误解，也会带来痛苦。

我离开北京后的住址瑶一无所知，这让她沮丧苦恼，因为她没办法寄信。一天又一天，她把自己情感的点点滴滴付诸纸笔，一旦得到我的邮寄地址，立刻把这些信寄给我。离开后她写给我的第一句话是：

我的眼睛注视着飞机起飞，你走了，不是一个人，也带走了我的心，剩下的只是空虚，我不知道什么时候可以再见到你！

每一天，瑶都沉浸在无止境的焦虑当中，尤其是当我 20 天音讯全无的时候，在另一封信中，她写下这样的感受：

我不能给你写信，因为你忘记告诉我你的地址。哦上帝！我该怎么办？这种痛苦的日子什么时候是个头……可能是你不想写信，不想再见我，想和我分手？

有时她会这样安慰自己：

事实上，生活就是这样，从来不会处处一帆风顺、事事随心顺意！

她一直在工作中挣扎，因为在国旅过得并不开心。她不喜欢那里的自我批评和顶头上司时不时对她的责备。瑶打算辞职，但是公司要收取 1 万元人民币，这在当时是一大笔钱，她并不想给。幸运的是，中断四个月后，她又被允许带团了。时间最长的团是从 1993 年 9 月 26 日到 10 月 28 日的丝绸之路旅行团。这次旅行让她大开眼界，平生第一次见识了中国的广袤无垠，人口与信仰的多样化。她在丝绸之路途中写的信提到了中国的四大佛教石窟——云冈、龙门、麦积山及莫高石窟。这些石窟的建筑风格都源于印度。10 月 1 日参观云冈石窟时，她写道：

这些石窟的确让人叹为观止！53 座石窟中有 5 万 1 千尊雕像！遗憾的是，除了 5 号和 6 号雕像，大部分都已被破坏、抢走了，或是由于风化作用严重受损。云冈石窟附近还有一些煤矿，矿工的住所四处分散而且非常简陋，我不知道他们在这里是怎么住的。相比之下，我非常幸运出生在北京，能享受最好的设施。

矿工们的境况让我想起上百万居住在贫民窟里的印度人。在德里我亲眼见过这些人。印度最大的达拉维贫民窟有大概 50 万到 100 万人。印度的贫民窟居民主要是来自于所谓的“BIMARU”[1] 地区的外来务工人员，印度各个政党越来越多地把这些人当做选举投票的票仓。许多贫民窟后来得到了规范，但数量并没有减少，而且形成了一种恶性循环，最早的居民成了“地主”，而新来的人则是“房客”。大部分建筑工人、管道工、园艺工人、保姆和司机都栖身在这些贫民窟中。当然我没有把矿工和贫民窟居民划上等号，然而这的确表明城市和乡村之间的两极分化不断加重。

大同悬空寺和麦积山石窟让瑶觉得毛骨悚然、双腿发软、心惊肉跳。参观西宁塔尔寺或许是她第一次见证信仰的力量。

我看到非常多的西藏人，大部分是信徒。他们来自于各个地方。皮肤暗红色偏黑，比你的皮肤还要黑。他们很虔诚，

1 BIMARU 是印度比哈尔邦 (Bihar)、中央邦 (Madhya Pradesh)、拉贾斯坦邦 (Rajasthan) 与北方邦 (Uttar Pradesh) 首字母的缩写，Bimaru 在印地语中也是“让人沮丧”“疾病”的意思。

到这儿来许愿；许每个愿，就要磕十万个头，你能想象这样一个数字吗！为了完成这样艰巨的任务，一个年轻人需要花上2到3个月，而老人可能需要一年！我看到他们一次又一次起立扑倒，心情难以名状。我从没想象过宗教有这样的魔力。他们穿着破旧的衣服，有些人甚至没穿鞋，可能他们不觉得冷？很难相信！这次让我印象最深刻的是——中国太广大了，有无数山峦、丘陵、峡谷、河流，美丽、富饶且肥沃的土地。有这么多勤劳的人民，如此朴实无华！我为自己的祖国而感到骄傲，这是真实的感受！

虽然瑶在国旅又可以带团了，但她和主管之间的矛盾很深，主管不想让她继续带团。也许是塞翁失马，因为瑶出于各种原因自己也在考虑离开这个地方。首先，她打算去德国深造。但是，去国外需要护照，而申请护照又要工作单位开介绍信，这是不可能的。其次，她在考虑去印度，辞职前这个不太可能实现。再次，她不担心工资，反正也不算多，而且市场上有这么多德国游客，总会有机会从其他小一点的旅行社得到带团的机会。第四，她不必非得上交1万块钱给公司。最后，她从没打算把导游当做终身职业，因此，辞职不是一个很困难的选择。就这样，她从国旅辞职了。她想办法把个人档案从国旅转到相邻的街道处，最终为她申请并在预定时间内拿到护照铺好了路。

瑶第一次来印度

如果说我把瑶的心带到印度，那我的心也留在了中国。回国前，我一直忙于准备尼大的博士生入学考试，后来顺利通过了。暑假时我回到家乡，七月份回校注册。注册后不久，我分配到了105号房间，那是雅鲁藏布江宿舍楼给研究学者的一个房间，离瓦亚姆·辛格教授的住处不远。同时，我把那里的固定电话号码告诉了瑶，以防有紧急情况。由于通讯方面各种各样的不便，她常常找不到我，然后就写信表达愤怒。她说有时候每分钟花掉19.8元人民币却还是联系不上我。她时不时的给我上一堂经济课，让我读一些经济学或商业方面的书，仅仅依靠中国历史和文明，我是找不到合适工作的。她会辩称："从北京到深圳的往返机票需要1700元，从香港到印度需要再花600美元。我认为父母说的是对的：'有一点经济基础十分重要。'如果我没钱，你觉得我能去印度吗？考虑一下，金钱只是一种商品，十分有用的东西。人类有头脑，他们能思考。事情的核心是我们不要成为金钱的奴隶。"

我知道她决定来印度了，但是没想到她已经出发了。我自己正在带一个台湾团，2月15日或16日才能回到德里。当我打电话给她，她父亲或许有些恼怒地说她已经在去德里的路上了，中途在深圳和香港转机。我呆住了，怎么办，不能半路把团扔下。我迅速记下她的航班信息，打电话给塔库尔，让他在1994年2月14日去机场接她；情人节惊喜肯定是弄错了！

据塔库尔所述，他乘坐带司机的公务车去了机场。在信中我向瑶提起过塔库尔和他的家庭，也和塔库尔说过瑶。因此，虽然他们不认识，但对彼此都知道一些。据他讲，瑶可能是最后一个走出机场的，看起来一脸担心和迷惘。他鼓足勇气走近她问道："你是王瑶？"瑶兴奋地说："你是塔库尔？"她很高兴我的朋友去接她并且直接去到他的住处。2 月 16 日，一进塔库尔的房门，我就四处寻找瑶。塔库尔跟我说他去机场了，但没有找到瑶。我顿时汗如雨下、四肢发抖，下意识地几乎要回去找她。就在这时，瑶从后边跳出来，抱住了我。塔库尔看到我的窘样，放声大笑，而我则是长舒了一口气。对瑶来说，这绝对是一场冒险之旅。10 个月后再次相见我们太高兴了，这对我俩个来说都不是件容易的事，尤其是瑶——这次冒险之旅的主角。

因为我在尼大还教着几门课，所以向学校请了 15 天假。另外还要向英·甘地国立艺术中心请假，因为我在那给谭中教授做研究助手。以前我想带丹森和聪美去菩提伽耶和其他地方游玩的时候没有被准假，不过这次非常幸运得到了允许。我先带瑶去了喜马偕尔邦的都城西姆拉，大英帝国在印度的夏都。1913 年至 1914 年，英国、中国、西藏之间著名的西姆拉会议就是在这里举行的；会议的结果是中国拒不接受麦克马洪线，由此导致 20 世纪 50 年代末 60 年代初的印中敌对。她对西姆拉印象最深的是 1844 年由 J. T. 波瓦洛上校设计的新哥特式构造的教堂，还有茂密松林中通往贾谷寺的陡峭脏乱小路旁成群的猴子。总督府是另一个景点，曾经是达弗林总督的住所，让人想起英国的威慑和权威。把印度分裂成印度和巴基斯坦的决定就是在这里做出的。我的大学密友、出生在戈德格尔的马努基，已经在山上一个旅馆为我们预定了房间。我还借了他的摩托车，沿着一条危险的冰路去库夫里，尤其是到库夫里顶端大概有一公里左右非常陡峭的绕行路。在那我们骑上牦牛，在喜马拉雅野生动物园发现了很多濒危物种，比如喜马拉雅虹雉和羚羊。在及膝的雪路上骑摩托车，我失去了平衡，摩托车车把180度大转弯摔倒在路上。瑶也摔了下来，还好没有弄得很脏。因为四周都是雪，所幸我们都没有受伤。后来瑶就特别害怕坐上摩托车了，但是没有别的选择，回西姆拉的路上她只能坐在摩托车后座上。

我们从西姆拉乘坐公共汽车去我的家乡库鲁，然后雇一辆吉普车从班贾尔到巴户，但是从巴户再到小妈住的地方罗帕，我们必须在冰雪覆盖的路上步行八公里。或许这是瑶一生中最难忘的冒险经历。在我们正要从吉普车上下来的时候，一只母雪豹和她的幼崽越过吉普车大灯的光束从路上横穿而过。它们在离我们只有几米远的地方停了一会儿，眼睛在灯光中闪烁，很快跑进森林。太阳早已落山，四周漆黑一片。虽然我们带着手电筒，但是还没有决定接下来要怎么办。要么坐吉普车回班贾尔，要么无惧雪地、豹子和黑暗，一路走回家去。瑶说如果不回家的话会很遗憾，所以我们决定继续前行。瑶走在前边，我用手电筒照在大多是行人踩出的窄路上。也许是由于害怕，她走得很快，我必须和她保持同步，不长时间我们就到家了。那时小妈已经睡了，她起床点灯，又为我们准备晚餐。我妈妈很喜欢她，觉得她像喜马偕尔邦的拉祜族女孩。第二天早上我们起得很晚，不紧不慢吃完早餐，然后坐汽车去达赖喇嘛和西藏流亡者聚集的达兰萨拉。瑶觉得库鲁的当地“帕图”非常有意思，我四嫂帮她穿戴起来，瑶还摆着姿势拍了照片。在达兰萨拉，我们参观了麦克劳德根杰的西藏市场，南嘉寺是僧人们念经的地方，场面颇为壮观。

我们从达兰萨拉回到德里，稍事休整就去了拉贾斯坦邦的焦特布尔。从梅兰加尔（太阳的堡垒）俯瞰下去，瑶看到整座被粉刷成蓝色的城市，惊讶不已。梅兰加尔坐落于高出周围区域 400 米的山边，是一座 15 世纪修建的宏伟建筑。维多利亚风格的乌美宫同样让人印象深刻。由于时间有限，拉贾斯坦邦还有许多地方我们来不及游览。回到德里后，抽空我们去参观了泰姬陵、阿格拉古堡和法塔赫布尔西格里。在德里，我带瑶去了大部分旅游胜地——德里红堡、贾玛清真寺、甘地陵、印度门和临近的国会大厦及总统府、尼赫鲁纪念馆和图书馆、英迪拉·甘地的故居（她在此处被自己的保镖枪杀）、古特伯高塔、莲花庙和洛迪花园等。她惊叹于德里的绿化、丰富的文化遗产和印度的多元化。最让她惊讶的是在市中心的康诺特广场（拉吉夫广场），一只大象竟然行走在马路中央。奶牛在热闹的大街上或走或睡，这也让她觉得困惑，甚至我都无法解释为什么会这样。

瑶在印度待了45天，当中也发生过一些小小的不愉快。后来想想都是可以避免的。有一次乘火车去焦特布尔的路上，我们因为某些事情争论不休。当时瑶生气地用报纸打我的脸，而我的反应则是以其人之道还治其人之身。虽然事后我又是悔过、又是道歉，可惜伤害已经铸成，她对我的行为非常失望。我觉得她生气、失望合情合理，因为她大老远从北京过来当然不希望得到这样的待遇。另一件事是在阿格拉古堡时，瑶突然拐进一家商店从我的视线里消失了。我担心不已，在那些商店里疯狂找她。找到后我直接把她拉出了商店，这让瑶和店主非常不高兴。对于我的行为，她很难理解，也十分恼怒。我努力解释自己有多担心她的安全，但还是很难让她相信周围潜在的危险。

后来她回到中国写的信里的确表达了对我的失望：

在印度，好几次你非常生气。我不能想象那会是你。我很失望，也很受伤。那时候我想你根本不关心我……我抛弃一切去看你，除了你，我一无所有。而你当时的表现，有意或无意地，深深伤害了我。有时候你必须站在我的立场想一想。你为什么不对我温柔一些，只要你温柔对我，我愿意在德里和你一起面对困难。

我能想象她在德里的困难，大部分和衣食住行有关。虽然我已经为她预定了大学宾馆，但是卫生条件很差劲。她觉得印度食物特别辛辣，只有在尼大的短期食堂和其他地方售卖的“面条”能带给她些许安慰。交通也是一个问题。不像北京有公交地铁组成的发达交通网络，德里没有地铁，而且德里公交汽车的状况也很糟糕。她害怕乘坐那些横冲直撞的汽车、三轮车，最讨厌坐摩托车后座。我知道她一点都不喜欢。

而下一刻，她又开始后悔太早回中国。她写道：

如果我一直待到3月28日洒红节会更好一些吧。

在香港，瑶受到一位亲友的迎接，并且带她四处游览。当时香港的发展水平可与中国大陆相媲美，所以我觉得她对香港的印象值得重述。1994年3月24日，她还在香港期间写信给我：

晚上，全家带我出去吃饭。食物很棒，但很贵，他们要付1900港币……饭后，他们开车带我四处游逛。香港由九龙半岛和香港岛组成。他们开车带我通过九龙至香港的海底隧道，然后再返回。这真是一片资本主义的热土，摩天大楼和商场鳞次栉比。虽然已经是晚上十点，但是每个角落都闪耀着璀璨灯光。这里的服装琳琅满目、时尚新潮，可是也太多了吧！不过价格也实在昂贵，一条裙子就要五六百港币。香港很干净，但是路很窄。到处都是私家车，大部分是日本牌子，也有一些欧洲品牌。如果我们能有机会一起游香港就好了。我发现也有一些印度人，一对夫妻手挽着手走路，难以置信！

回到中国，瑶继续做导游。同时，她计划九月末去德国深造。档案调离国旅后，她随即申请护照，并且很顺利地拿到了。不久，她成功申请到了德国签证，虽然比预计的晚了一些。瑶原本打算去德国参加9月27日举行的针对外国学生的统一德语考试，但是由于时间限制只能错过了。所有准备工作就绪，1994年10月11日瑶出发去德国了。在登上法航飞机时，她写道：

我有两个包裹，每个重20公斤。另外，还有一个13公斤的随身包。向航空公司咨询时，他们告诉我能携带的最大重量是23公斤。因此，我重新打包，拿出不那么有用的东西，因为航空公司说超重要花费180元人民币……这次就像一场梦，和我去印度时完全相反。上一次我去看你，既不担心也不怎么害怕。但是这一次，我非常害怕，因为不知道在德国会遇到什么，也不知道什么时候能回来。还没有到那里，就已经开始想家了。

瑶在德国

在德国，瑶住进了路德维格·安格尔先生位于瑙海姆的房子，离法兰克福不远。瑶是在中国带德国旅游团时认识安格尔先生的，他退休前是西德人民银行的总经理。她特别尊敬安格尔先生，也十分感谢他给予的帮助。我也给安格尔先生写了封信，感谢他的慷慨和帮助。如果她租一间私人住宅的话，要花300到500马克。瑶的第一个任务是通过德语考试，这并非易事。在北京大学积累的语言水平还不够。在一封信中她写道：

我的听力很差，跟不上电视和收音机的广播。我很担心，必须更努力一些。结果如何让我们拭目以待吧……一无所获回到中国，会很丢脸的。

这些担忧不无道理，因为如果失败，延长签证就会有问题。她幸运地通过了考试，并在美茵兹大学报名学习德国语言与文学专业，但是发现这个专业很无趣。刚刚安顿下来，她就和其他中国学生一样，急于开始寻找兼职工作。在一封信中她这样解释：

国外99.9%的中国学生都做兼职。房租非常昂贵。如果住宿舍，每月房租是300马克。但是，只有10%的学生有幸住进这样的房间，大部分学生必须自己找住处。在大城市，最少要花500马克。除此之外，吃饭要花大概100到200马克，这意味着他们每月支出600到700马克。1德国马克相当于5.5元人民币……在德国，做兼职每小时能挣15马克，我认为做总比不做强。

在找兼职这件事上，瑶很挑剔。她不想在餐馆或酒吧工作，相反，她喜欢大大小小的公司。后来她真的在离美茵兹不远的威斯巴登一个名叫卡尔施达特的商场找到一份会计工作。为此，她必须早上六点起床，坐火车从瑙海姆到美茵兹，然后再坐汽车从美茵兹到威斯巴登。她还在美茵兹大学图书馆找到一份工作。为了这份工作，她不得不起得更早——早上四点半，五点零四分乘火车到大学。她的工作是整理书籍并放回书架。其中一本1615年出版的《拉丁语字典》引起她的注意，摸着这样一本堪称古董的书籍让她激动不已。

我一直钦佩瑶对生活充满激情、勤奋、节俭。这也许是她从父母和中国社会继承而来的主要文化特征。但是我也很担心瑶的学习，觉得既然她去德国的首要目的是学习，那么兼职太多可能不利于学业。

这个时候，瑶因为对德国语言文学提不起兴趣，转而选择了英语和经济学。她希望我也学习经济学，她觉得这是更有前途的专业，能找到更好的工作，虽然她也说并不是要让我改变职业。她列举了中国大学里老师们是如何从事“第二职业”并致富的。可是经济学课程对她而言也不轻松，因为德语不好跟不上老师的讲授。她多希望学习指导的工具是汉语啊！虽然她通过了硕士课程中的八门课，但是完成所有课程的学习需要五六年的时间，她觉得以她的年龄，这段时间太长了。1996年初，她去探访在荷兰的远方堂姐，得知在尼金罗得大学有一个国际MBA班。她认为这是获得硕士学位最好也是最快的途径，于是开始认真考虑这件事情。只是她的英语比德语还糟糕，这个幽灵就像达摩克利斯之剑一样悬在她的头顶。

我非常能理解她的困境。她的一些朋友们已经完成学业安定下来，并且生儿育女。有些人甚至已经博士毕业开始工作了。这让她不时对自己的能力产生怀疑，并且盖棺定论式地认为自己一事无成。有时她会问我有没有可能来欧洲，尤其是在德国的一些印度公司找到工作。还不止这些，她也向我推荐了一个 MBA 班。

不管怎样，只要一安定下来，经济上宽裕一些，对大学日常生活熟悉起来，瑶就开始尽可能地探索周围的环境。对于德国的干净和繁荣，尤其是当时的西德，她印象深刻，用这样的语言向我描述：

这是一个很棒的地方。设施齐全，食物、衣服、饮食、住宿和交通都很棒。我住的地方叫瑙海姆，是一个距法兰克福 30 公里的小镇。交通很便利，有四通八达的高速公路网，时速一般在 140 到 160 公里之间，有时能到 200 公里或者更快，真的很快！很难发现城市和乡村的差别，房子里设施应有尽有，像旅馆一样——地毯、壁纸和各种装饰品……公共汽车非常干净，和旅游巴士相似。每个公交站都标明了各个时间段的公交车时刻表，十分精确。

瑶利用课余时间和假期拜访她在中国带团时结识的德国朋友。她去柏林见了吉娜和迈尔，后来和他们成了很好的朋友。他们对她非常友好，带她参观柏林及其他地方，比如波茨坦的无忧宫公园。当她知道仅仅在柏林就有 400 多家中国餐馆时很是惊讶。但是，味道虽好却不正宗。在马格德堡，她写信来说这里看上去和我的家乡特别像，从寄来的几张照片看确实很有库鲁的风貌。提到科隆时，她说莱茵－鲁尔区是一个工业地区，对德国经济发展贡献很大。过去这里曾是德国最脏的地方，但现在是最好的地区之一，干净整洁，绿树成荫。瑶写道，圣彼得和圣玛丽大教堂不仅是科隆的地标，也是全德国最好的天主教遗迹之一。二战中这座城市被英国夷为平地，但是大教堂却幸存下来。

有时候瑶和其他年轻女孩一样，在继续深造和结婚成家之间权衡不定。只是她有些怀疑自己能不能成为一个贤惠的家庭主妇，因为她自知不擅烹饪，也不太会打扫房间。丈夫功成名就是所有女孩的期望，瑶也不例外。她听说过印度的嫁妆制度，以及大部分印度女性结婚后愿意做家庭主妇，即使接受过高等教育。但是就我而言，从不赞同印度的这些封建习俗。我鼓励她好好学习，有时她去拜访朋友我会不高兴。我鼓励她继续坚持，不要因为学科或语言的困难而灰心。我经常对她说，看看我，一个从偏远山村走出来的家伙，战胜一切困难，在印度最好的大学之一拿到了硕士学位！看看你自己！一个城市里长大衣食无忧的女孩，受过良好教育，思想却这么消极！真是难以置信！她保证会努力学习，克服一切困难。

除了交流彼此个人生活方面的信息，我们也讨论一些像气候变化和臭氧层损耗这样的话题。由于臭氧消耗，会有更多紫外线穿透臭氧层，这让她担心起白人的“日光浴”！她一直建议我在室外阳光下要戴帽子。也许她害怕我会晒得太黑而变得太“印度化”，丢了在中国时养成的一些“中国化”品质。她还建议我每两三周理一次发。然而另一个不变的提醒是“不要长肚子”，因为长肚子的男人看起来像个“孕妇”。我的“任务”可真是不少。

在一些略显严肃的信里，我们也谈论在扎伊尔爆发的埃博拉疫情和这种疾病的危险程度。根据当时的报道，感染者存活的几率只有百分之十。她觉得这是因为那个国家的卫生条件太差，她担心疫情有可能传入印度。她提醒我1994年苏拉特和古吉拉特邦发生的瘟疫传播，很为我担忧。甚至要求我吃饭时不要用手，如果确实不想用勺子的话必须洗两到三遍手。关于金钱，我强烈反对摩门教，认为钱非万能。对金钱的欲望导致贪婪，这是一种罪。我跟她说，看看前北京市长陈希同，还有他的秘书和副市长王宝森的例子。他们享尽各种便利和舒适，但是贪婪驱使他们侵占百万美元，阿臾奉承，任人唯亲。可能她比我更理解金钱的价值，因为在她所生活的环境中金钱高于一切，因此才一边求学一边打零工。我上学时也做兼职，但是因为有奖学金，所以不用太努力去挣钱。也许是因为这个原因，她想让我学一些经济学知识。

西方国家对性的开放态度让她大吃一惊。她说，一次看电视时有一场关于婆磋衍那所著印度《欲经》(137—209)的讨论，这是一本经常被电视主持人尊为“性圣经”的书。她不理解古代印度对性行为和生活方式怎么会有那么开放的观点。我努力解释印度教有四种被允许的目的——*kama*（欲）、*artha*（利）、*dharma*（法）和 *moksha*（解脱），重要程度依次递增。*kama* 包含人类对激情和情感的欲望，热爱和寻求身体的愉悦是可以接受的。在印度教里，欲神也被称作 *kama*，因此这本书的名字为《欲经》*Kamasutra*。一般认为，如今的保守主义是因为印度曾经被信仰保守的伊斯兰教、拜火教及基督教徒侵略。由于印度被这些正统意识形态尤其是伊斯兰教统治了一千多年，印度社会也逐渐适应了他们对生活的看法。但是，婆磋衍那生活的时期社会究竟有多开放也很难说，因为这部作品可以被当做是一部纯粹的研究作品，而雕像中对性的形象描绘是纯粹的艺术品。我争论说，中国也有类似的文学作品，比如明朝的《金瓶梅》，虽然比印度的经典晚了 1500 年。另一个令人不快的话题就是发达国家对不发达或欠发达国家或大陆的掠夺和剥削。瑶不认可这样的观点，即包括德国在内的第一世界的繁荣在某种程度上导致了对第三世界国家自然资源和人力资源的剥削。而且剥削和掠夺的历史有时甚至长达一二百年。我相信，重获自由不过几十年的印度和中国不需要用几个世纪，二十年左右就能获得相当程度的发展。当然，我的确同意她关于生存竞争是这些国家实施剥削的另一个因素的观点，因为在亚洲，河谷盛产粮食，足以养活百万人口。不像西方，冰雪覆盖，只知道“适者生存”的丛林法则。我告诉瑶，正因为这些原因，东方产生了大部分的宗教信仰，而且与自然相处和谐。而西方则在“征服自然”的模式基础上产生了大部分的伟大发明。

瑶不太喜欢政治。有时候她因为害怕而不愿意谈论印度与中国之间关于边界和西藏的话题，因为她觉得这些问题会扰乱我们的“小世界”，不时地提醒我国家政权超越个人力量或意志。和平共处对人民和国家都是最好的选择。两国之间应该有更高水平的民间联系，而实现这一点最好的方式就是从各个层面促进贸易和经济关系。她担心我可能倾向于印度的某一政党，尤其警告我不要这样做，而且为了说服我，她引用了许多印度领导人被暗杀的例子，从圣雄甘地到拉吉夫·甘地。她还建议我在印度和中国之间搭建沟通的桥梁，消除现在两国对彼此的误解。另一方面，我也认为在各个层面展开对话，讨论包括最棘手问题在内的各种问题，能够更好地了解彼此感受，减少分歧。我们两个人都反对两国间的战争。她在一封信中写道，来自曼海姆的沃尔夫冈和他妻子邀请她去参加他们的五十周年结婚庆典。沃尔夫冈参加过二战，从战争爆发到结束。他说他几次受伤，能活下来是个奇迹。欧洲激战正酣的时候他受伤入院。如果不是在医院的话，他可能会和很多战友一样，被部署到俄国，再也回不来了。

瑶在很多场合会纠正我的汉语和用词，比如“藕断丝连”的用法——藕虽断了但丝还连在一起。我想我们的远距离恋爱就像这个成语描述的那样。但瑶说这个成语是形容分手的恋人虽然彼此分开，但心中仍然相互牵挂。显然是我理解错了，我又用“我中有你，你中有我”来类比对她的感情。谈论婚姻时，她羡慕印度的低离婚率。我解释说，遵循印度传统的包办婚姻要在火神面前发誓不分离。我尽量让她理解新郎和新娘的家庭在社会和经济地位方面要匹配，并且婚姻会巩固和提高这种社会地位的封建看法，与清朝曹雪芹的名著《红楼梦》所描述的如出一辙。提到男尊女卑，我说这也是女性必须不惜一切代价保护家族“荣誉”的原因。为此，印度妇女承受了最卑劣的屈辱，就连男性的性无能也要归咎于她们！当然西方的婚姻制度也有问题。当我举出一则关于美国和法国男人除配偶外还会和十四五个女人发生性关系的新闻报道时，瑶惊讶至极。很多时候“第三者”是问题婚姻的罪魁祸首。这种无节制的性乱交也是导致各种性传播疾病的原因。我甚至用到了在北大上学时的课堂笔记来说明，连清朝同治皇帝都因为经常出入妓院而染上梅毒。

关于我们两个人的未来，也许人们都认为我们应该分开，因为远隔千山万水的恋爱总是难以为继。当时在尼大，也许是第一次有中国学者住进了我所在的宿舍楼。其中一位来自共青团，后来成为中国驻加尔各答使团总领事，另外两位则成为北京中国艺术研究院和浙江大学的教授。中心还有一位来自北京大学名叫祖人植的汉语老师。他们是根据印度大学拨款委员会和中国教育部签订的协议来到尼大的。一般吃饭的时候我们都坐在一起，谈论包括婚姻、离婚、中国女人、印度社会、印度和中国等各种各样的话题。姜东认为当代中国女性太看重金钱。他让我小心一点，因为我有一个中国女朋友。祖老师插话说："我觉得你们还是在自己国家找个伴侣会更好些。将来你们肯定会遇到很多问题，都是谈恋爱时预见不到的，一旦结了婚，这些问题就出现了。"他说他和妻子之间就有很多问题，原因很简单，他的妻子是中国南方人而他来自北方。祖老师警告我说，你们的情况完全不同，不同的国籍、习俗、社会背景，每个方面都会有问题。我感谢他们的建议，但是很难让他们明白我的感受。在给瑶的又一封信中，我写下泰戈尔《无尽的爱》中的几行诗，因为她是唯一能理解我的人：

我好像曾经爱过你无数次，无数种方式……
年复年，今生复来生，永恒的。
我痴迷的心正再次为你打造那串美妙音韵的项链。
那是送你的礼物，可以随意挂在你的脖子上。
年复年，今生复来生，永恒的。

生活中的"和平"是会时常冒出来的另一个话题。我有些担心瑶阴晴不定的情绪爆发，因此，引用了一则关于日本人长寿秘诀的新闻报道。不发脾气是原因之一，另一个原因是与自然和谐相处。

旅游公司也联系瑶，让她从德国带团到中国。她很高兴，答应假期做这份工作，而且也为能在 1995 年 9 月到 10 月回到中国感到兴奋。在北京期间，她告诉我北京正在发生的变化。

那时的北京，有数不清的天桥如雨后春笋般出现，让人惊讶。友谊宾馆附近有一座，另一座在北太平庄，还有一座在……她说路上的汽车数量猛增。黄色“面的”行驶在北京的大街小巷，很是显眼。她说光出租车公司就有大概1400家。她还说，因为9月初北京要举办世界妇女大会，政府已经决定在北京实施单双号限行了。整个北京看起来变成了一个建筑工地。如果你早上出门晚上回来，会发现衣服上、脸上，甚至耳朵和鼻孔里都是尘土。

她从德国带到中国的团是一个为期三周的三峡豪华游轮之旅。8月末9月初她说当地天气非常炎热，有时温度高达39到40摄氏度。她告诉我中国的“三大火炉”：重庆、武汉和南京，并且再次建议我不戴帽子别在太阳底下晒！ 下了游轮，在巫山县小三峡搭乘小型游船，她很同情那些撑船逆流而上的船夫，遇到水浅处还要用绳子拖船。她感慨虽然三峡的确风景旖旎，但人们的生活条件的确非常贫穷，让人心生同情。这让我想起李白的《丁督护歌》，其中写道：

万人凿盘石，无由达江浒。
君看石芒砀，掩泪悲千古。

我提醒瑶，那年夏天德里严酷的暑热天气已经导致180人死亡。多么讽刺啊！我写信告诉她：

富人在装有空调的房子、汽车和工作场所死于心脏病或其他疾病，被压迫者、劳工及无家可归者才死于中暑。

这样的情况到现在也没有改变，我不知道这讽刺什么时候才能结束！我在大学时期写的一首诗就表现了这年复一年的悲剧：

我们是昆虫！
雨季，被暴雨横扫，
夏天，被炎炎烈日烘烤
冬天，被刺骨的寒冷冰冻
我们的生活还不如动物
我们是昆虫！
我们能为之骄傲吗？
生活在昆虫的土地上！

我多么希望人们的生活能比昆虫好一些，但是，唉，只有无助。不管怎样，瑶在德国已经待了一年，她正计划放弃经济学研究，因为她认为经济学理论性太强，要花很多年才能完成学位。而欧洲大学提供的 MBA 课程越来越受到她的青睐。因此，她更加集中精力学习英语而不是其他科目。而我则忙于教学和研究，大部分时间被博士论文占据。我们两个人都知道，彼此的关系变成了一场持久的马拉松，而现在才刚刚开始。

返京见证中国崛起

我以优异的成绩完成了博士阶段的课程学习，论文大纲名为《1905 至 1947 年的中印关系：反帝国主义斗争的时代》。我在北京大学读书期间已经收集了一些第一手材料，但是还不够。此外，由于我从印度国家档案馆（NAI）收集了有关研究的一些主要数据，我迫切地想要把它与来自中国和日本的数据进行比对验证。为此，我开始在新德里的日本文化和信息中心学日语，持续了一个学期左右。在这一时期，我也同时申请了由新德里尼赫鲁纪念基金提供的享有盛名的尼赫鲁奖学金，以及澳大利亚国立大学（ANU）的博士奖学金。由于我在自己所提出的研究领域缺乏专业知识，ANU 遗憾地拒绝了我的申请，但是向我建议，墨尔本的拉筹伯大学可能更适合我的研究。我提交了申请，并很幸运地被选中以半额奖学金参与博士项目。同时，1995 年初我也被授予了在中国攻读博士学位的尼赫鲁奖学金。我更倾向于去中国，因为在中国不会存在经济方面的问题，而在拉筹伯大学，我则需要在校内或者校外做一些兼职工作。

我的中国之行出于两个原因受到拖延。首先，北京大学的留学生办公室没有给我回信，后来当林承节教授询问，他被告知，他们根本没有收到我的信。我感到彻底失望。其次，我此前申请了尼赫鲁大学中国与东南亚研究中心的永久助理教授职位，面试将在 1995 年内进行，后来安排在 7 月 7 日；然而，尼赫鲁大学校方临时宣布延期，这也同样令人沮丧。不过，好事情是中国社会科学院副院长于 1995 年 10 月 9 日访问英迪拉·甘地国立艺术中心，当时我仍保留着在那里的研究员职位。我跟着他，然后就接到社科院研究生院的邀请！由于尼赫鲁大学的面试无限期推迟，我因此有了很好的理由前往中国。但假如我在中国逗留期间尼赫鲁大学举行面试，我就得自己花钱买机票，即便如此我仍不管不顾决定奔赴中国。

前往北京之前，我继续为尼赫鲁大学和英迪拉·甘地国立艺术中心工作。1995 年 11 月 15 日至 18 日，我在英迪 拉·甘地国立艺术中心帮谭中教授举办主题为“中国与印度：相互洞察”的国际研讨会。另外，我还担纲了两项重要任务——其中一项由人力资源开发部安排，为当时的人力资源开发部长马达夫拉奥·辛迪亚 (Madhavrao Scindia) 和时任中国国家教育委员会主任的朱开轩担任翻译；第二项任务是，在1996年初印度国际电影节期间为世界知名的电影制作人张艺谋担任翻译，包括他的新闻发布会翻译。张艺谋和谢飞心血来潮，认为搭乘传统的无门黄绿色三轮车穿行德里将是一场极致历险。他们问我能否叫一辆车到阿育王酒店，我说我们可以直接在路上拦车。我们走出酒店，拦了一辆三轮车，我指挥三轮车夫直奔斯里堡礼堂，他的《摇啊摇，摇到外婆桥》正在那里举行印度首映。隔壁房间里，一大群记者等着对他进行采访，他高兴地对所有问题进行作答。这是我经历的第一场如此混乱的新闻发布会，问题从各个方向传来，但我只传达了那些听得清楚的问题。他看起来有点受够了混乱的局面，问我会后能否叫三轮车去别的地方。我高兴地陪着他和谢飞去了附近的莲花庙，他们觉得那里的气氛宁静祥和。

韩流袭来

最终，在与资助方协商后，我于1996年1月28日开始第二次中国之旅。我搭乘的是埃塞俄比亚航空班机，是德里和北京之间新开的直飞航线。29日上午，我在北京降落，此时距我第一次来访已经将近两年。我惊喜地发现自己乘坐的出租车司机是位女性。我之前在北京的公交车上见过女司机和女售票员，但没见过女出租车司机。她开车送我直奔位于望京的中国社会科学院研究生院，望京是朝阳区的一个辖区，在北京的东北部。我2月5日从北京给王瑶写了第一封信，信里说道：

> 我来到中国，完全没感觉到自己是个外地人。我是如此熟悉北京：那些我们一起走过的地方一个接一个地出现在我眼前。尽管有很多地方正在建筑施工，望京的新住宅区如雨后春笋般拔地而起，因而灰尘尤其大，但北京往昔的样子已经深深烙印在我的记忆里。

由于研究生院挤满了韩国留学生，所以没有像北大那样的奢侈单间。此前日本留学生在中国的霸主地位，如今已被韩国留学生取代。中韩之间于1992年8月建立的外交关系已经开始发挥红利。不久之后，我们将会看到，望京的公寓大多租给了大量的韩国企业家、学生和游客。我能感觉到韩流在中国扎根。电视上播放着韩国电视剧和流行歌曲，韩国流行文化正在向中国大举进军，对香港和台湾的流行文化造成严峻考验。10年后，韩国流行文化已经在中国扎下坚实根基，21世纪头10年中期，韩剧《大长今》在中国首次播出，几个月的时间里就吸引了超过1.8亿的观众。此剧如此之火，以至于当时的国家主席胡锦涛惋惜地说，他工作太忙，没法每集都看。时任国务院总理温家宝也肯定了韩流对中韩文化交流做出的贡献。还不仅于此，2008年《大长今》女主角李英爱女士应邀出席国宴。2012年，《江南Style》在中国一炮而红，点击量超过 25 亿。截至 2010 年，韩国人已经成为居住在中国的最大国外群体，人数超过 100 万。死亡人数逾五百万人的朝鲜战争（1950—1953）中结下的仇恨也被韩流化解。印度和中国之间就没有这样的浪潮。与朝鲜战争相比，中印边界冲突可能微不足道，但双方之间的误解导致的伤痕似乎比朝鲜战争更深，而且需要比预期中更长的时间才能愈合。

我与一名韩国留学生合住一个布置得很好的房间，我们很快就成了好朋友。接下来半年里，我混迹于望京及其周边地带的韩国社区，那真是一段独特的经历。由于他们大多在学中文，而我的中文很流利，所以他们都很佩服我，排着队想跟我交朋友。韩国女孩很会做饭。从那时起，一些韩国食品和饮料，如泡菜、烤肉、人参茶和米酒成了我的饮食习惯的一部分。一个女孩给我从韩国买了一本韩语入门书，但我当时丝毫没有兴趣学。事后回想起来，我真不该辜负韩国朋友的好意。另外，对韩国人有些基础性的了解，在日后很多场合中可能都派得上用场。

在北大学习期间，我整天忙着上课，而在社科院研究生院，我的首要任务是为博士研究收集材料，因此我在时间安排上有更大的自由，在研究工作的间隙去探索北京乃至全国。虽然我频繁出入于国家图书馆、北京大学图书馆和研究生院图书馆，但我也花时间周游各地，“丝绸之路”之旅格外令人难忘。国家图书馆对我帮助很大，我从那里搜集到一大批 20

世纪 20 至 30 年代发表的关于甘地的文章，尤其是从《东方杂志》上。在这些材料的帮助下，我构建出两个完整的章节：一章是甘地在中国的反响，另一章是卡达尔党在中国各地的革命活动。三月份，由于中国与东南亚研究中心助理教授职位的面试临近，我不得不回了趟印度。从印度回到北京后，我加入了附近的一个游泳俱乐部，泳池里满是韩国人。这是我人生第一次见识到成群的人在下水前后在公共淋浴区裸体冲凉，我感到颇受冲击。我一开始有点犹豫，但随着时间推移，我也入乡随俗了。游泳池也是男男女女交朋友的地方，我的室友就开心地在游泳池认识了他的中国女朋友。

经济崛起的奇迹

1996 年我第二次来到中国时，能看到从毛泽东时代计划经济向邓小平时代社会主义市场经济的转变，这一转变虽然彻底，但也是循序渐进地实现。邓小平亲身经历过 20 世纪六七十年代的暴行和错误，他预见到，只有改革开放能救中国，并收复大片失地。1978 年，党的十一届三中全会作出了实行改革开放的重大决策，使这一提法形成概念。19 世纪清朝官员张之洞曾提出“中学为体，西学为用”，倡导以有度的行政改革和借鉴西方方法为基础，进行温和的改革，他的这一主张似乎此时在中国取到了良好的效果。20 世纪 90 年代，国有企业电信和中国石油天然气集团公司（CNPC）在高盛投资公司等美国公司的指导下重组。从那时起，中国经历了前所未有的深刻变革。短短 30 年里，中国一跃成为世界第二大经济体，仅次于美国，农村贫困人口数量从 2.5 亿减少到 1500 万。

这一切是怎么发生的？中国的改革分三个阶段。在第一阶段（1978 年至 20 世纪 80 年代早期），开展农村改革，包括集体农业解体，开放国门引进外资，并允许企业家建立私营企业。第二阶段（20 世纪 80 年代中期至 90 年代），中国开始国有企业私有化、价格自由化以及国家权力下放。在第三阶段（20 世纪 90 年代初期至 21 世纪第一个十年中期），大规模私有化步伐加快，大多数的国有企业，除少数大型垄断企业如银行、石油、电信等行业，都进行清算并将资产出售给私人投资者。21 世纪前几年，中国进一步减少各种关税壁垒和规章，开展银行业和社会福利制度改革，加入世界贸易组织，并于 2006 年完全取消了农业税及附加税，这在很大程度上对农村起到了稳定作用，并增加了农民收入。

中国是如何在全国范围内试行社会主义市场经济体制的？虽然经济改革的步伐以及经济增长的速度都十分之快，但中国最初是在几个经济特区试行这种体制，然后再逐渐复制推广到全国其他地区。在经济改革的第一阶段，中国在进行农业改革的同时，在深圳、珠海、厦门、汕头建立了四个经济特区以吸引外商投资，特区的官方法规和政府干预相对宽松。这些地区成为经济增长的火车头之后，中国随即于 1990

年在上海浦东和海南省创立另外两个经济特区。

1980年至2009年之间，深圳国内生产总值的年均增长速度为25%左右。2009年，深圳的人均GDP位居全国第一，超过8619美元，而当时的全国平均水平是3900美元左右。可以说，中国的产业结构实际上是深圳产业结构的翻版，已经从传统产业转变为高科技产业，从小规模转变为大规模，并从组装加工转为自主制造。某些行业，如电信、计算机硬件和电子，已经占到深圳工业总产值的超过三分之二。华为和中兴两大电信巨头可以说位居深圳特区催生的最成功品牌之列。即使是30年后的今天，深圳仍是吸引外资最有多的地区之一。《财富》杂志评出的世界500强企业中，有超过一百家在深圳有投资。

各种因素都对中国尤其是深圳改革的成功发挥了作用，深圳作为第一个经济特区，被视为国家范围内全面改革的试验场。首先，它与香港毗邻，在物流上占有优势，这对深圳的发展大有裨益。其次，为了提高竞争力，深圳享有非常宽松的经济政策，例如通过推行区别对待的企业税收制度，国外企业缴纳的税款比国内企业要少得多。这是深圳能够在如此短的时间里吸引到数量空前的外国直接投资的原因之一。27年后，中国政府取消了差别企业税收制度。第三，行业的竞争力因为容易获得资金而进一步加强，即使在今天，如果数字是可信的话，深圳仍然具有中国最大的风险投资量。最后，全国范围内的广泛改革所带来的高行政效率在经济特区得到了检验。政府确保所有外资以及国内企业的注册等业务流程实现单一窗口通关。这不仅简化了业务流程，而且使系统透明化，并在各个层级消灭腐败现象。此外，半导体、制药、建材、化工和加工、计算机软件、电子装配和制造、仪器仪表及工业装备、医疗设备和用品、通讯器材等各行业的成功都要归功于大规模经济发展。最初，深圳特区仅包括罗湖、福田、南山、盐田；但在 2010 年 7 月，宝安、光明和龙岗区也被纳入经济特区。其中，罗湖是金融和贸易中心，福田是市政府所在地，南山是高新技术产业中心，盐田是深圳的物流枢纽。难怪纳伦德尔·莫迪成为总理后选择了广东省另一个主要城市广州作为古吉拉特邦巴罗达的姐妹城市。

关于中国经济改革的成功，各方学者持不同观点。但是，每个人都赞同，中国是在最短的时间内通过自由化或全球化实现有史以来最快的经济增长的国家中最大的一个。如果中国没有下放国家权力，允许各省以各种方式私有化国有企业，并对经济进行改良、盘活，是不可能实现改革开放的预期目标的。虽然我们可能不会把改革开放的所有成就都归功于邓小平，但是，是他为改革开放打上了标签。另一种流行的观点说，经济特区获得成功后，省领导竞相争夺外国直接投资和经济高增长，因为所在省的经济腾飞，让他们一跃获得更高的政治地位。

最后，30 年的经济改革已经改变了整个中国的社会经济格局。现在，中国是世界经济增长最重要的引擎之一。它是世界第四大出口国，与欧盟、美国和日本进行大规模贸易往来。正是由于强劲的经济增长势头，所以即使在金融危机席卷世界各地的时候，中国仍然可以成功地吸金数十亿美元，以增加国内需求。尽管经济增长导致了一些不平衡，但这些都不会阻碍中国总体增长，不过确实有速度放缓的迹象。不管怎么说，对于一个10万亿美元的经济体，能够保持6%甚至更高的增长速度仍然称得上是一个奇迹。

房市繁荣

我第二次来到中国，第一印象是，有些地方已经认不出了。整个北京像是一座建筑工地，与王瑶在她的信里描述的一样。1996年至2006年是中国翻天覆地变化的十年，在此期间，中国开展了第九和第十个五年计划。这一时期的里程碑式事件包括：2381公里长的京九铁路全线建成通车；中国现代化的总设计师邓小平去世（1996）；香港和澳门回归中国（1997、1999）；中国最长河流长江上建起三峡大坝（1997）；工作单位分配住房停止，启动住房货币化和商品化的新制度（1998）；西部地区大开发战略启动；中国加入WTO（2001）；南水北调引水项目启动（2002）；中国首次将人送入太空（2003）；农业税及附加税取消（2005—2006）；青藏铁路开始运行。

在北京，环路建设已经启动。“经济住房”和超豪华住房组成的住宅区投入建设，以满足不同收入群体的需求。电话、电视、宽带、煤气等网络成为基本设施。绿地环绕、配备托儿所或幼儿园以及健身器材，成为住宅区的新标准。美标、科勒和宜家等国际知名品牌一个接一个进入中国家庭住房。银行欣然为在职人员提供贷款，非在职人员如果能预付30% 的房款，也可以享受贷款。就在儿年之前，私有财产形式的家庭住房在中国还是闻所未闻的，然而，这一新趋势推动了中国每一个部门的整体经济增长。起初，中国规定住宅土地所有权期限为 70 年，但是，自 2007 年开始又规定，期限一旦到头将自动延长。有了这个巨大的刺激，中国人开始更积极地工作和买房。然而，它也导致了贪欲膨胀，比如有人通过不正当手段购买几十套房。房地产行业的投资也导致炒房现象出现，价格飙高到前所未有的水平，使得低收入人群买不起房也租不起房，同时导致全国范围内雨后春笋般地出现一批“鬼城”。我见证的另一个不当行为是四合院和胡同遭到系统地拆除。据 2007 年新华社报道，1949 年北京有2550 条胡同，但是，到了 2007 年，这一数目数减少到 500。在钢筋水泥的丛林里，传统的建筑遗产及其精髓正在流失。而另一方面，中国的一些地区，特别是那些出现在旅游地图上的地区，已经了解到传统的价值，比如江苏扬州、浙江绍兴、云南丽江、福建泉州等地正在对古建筑进行修复和保护。在古典建筑中加入现代化设施后，吸引了大量国内外游客。

同时，新兴资本以及房地产企业在水平和垂直维度上的扩张，银行、企业和权贵阶层的勾结，逐渐催生了“房哥”“房妹”和“房叔”，这些人名下在全国各地有数十套住房，已经因贪污腐败和滥用职权受到调查。

另一个明显的变化是老王府井改造成一条步行购物街，沿线遍布大规模地上与地下商场，与北京地铁一号线贯通。沉闷的老东安市场被夷为平地，在原址上修建港式的新东安商场，由香港地产巨头来展示中国的现代化再合适不过。另一座建筑——东方广场也正在修建，为此北京政府于 1996 年以 100 万美元的代价迁出了当年世界上最大的麦当劳，给它在北面安置了另外一处地点。广场于 1999 年向公众开放。该地区一些最古老的建筑如吉祥剧院等都成为王府井扩张的牺牲品。此外，传统的胡同和其中的一些清朝权贵宅邸也被夷为平地。除了拆迁和重建之外，能够感到正有大事在中国发生，到处都是一幅生机勃勃的景象。

自我价值的实现

高速公路、摩天大楼、高架桥梁以及商场等的建设或许能够定义一个地方的经济发展，但它能够代表人民的自我修养和幸福水平吗？经济繁荣必然导致社会中的阶层分化，每个阶层都有自己参与社会生活的方式。不仅仅是白领，越来越多的中国，尤其是城市居民已经开始关注自己的生活，以及自我价值的实现。在学术界，关于“阶级”的讨论为“人本主义”铺平道路。围绕这些议题在学术讨论中展开激烈争论，援引的来源有叔本华主张“意志是世界的本质”的“主观主义”、萨特的“自由选择”、弗洛伊德的“性本能”、尼采的“超人”和马斯洛的“自我实现”等概念。由于意识形态的管制放松，年轻一代积极追求自我价值的实现。没有偶像，没有意识形态，“集体主义”的压力为“个人主义”铺平了道路。这些思想与飞涨的经济水平相结合，引起了社会生活的“市场化”。例如所谓白领的生活方式就是参与音乐会、打高尔夫球、看戏等高雅活动，这些几乎成为他们身份与成功的代名词。像长安俱乐部、京城俱乐部、北京美洲俱乐部等都成了精英和富人的专属领地。然而，以慈善活动为表现形式的社会责任感也迎头赶上。

老北京的简单消遣方式，比如公园遛鸟、打麻将，甚至闲聊都正在慢慢消失，虽然麻将仍然是全国各地大多数住宅区里广泛存在的现象。社会生活的市场化同时也对伦理道德造成严重威胁。但我仍然高兴地看到老年人在城市公园里练太极，与我第一次来中国时相比，这些公园的面积已经扩大了许多倍。玉泉路的雕塑公园就是这样一座新开发的公园，里面有各种供老人和孩童使用的康乐设施。

多年来，越来越多的中国年轻人喜欢上足球、流行音乐和冒险运动。在这个信息时代里，他们还迷恋上虚拟社交。他们倾向于在网上购物，而不是去附近的商店。中国年轻人还开始在网络上曝光腐败现象。职业发展和家庭幸福已经成为年轻人的最大追求。要实现这个目标，必须具备刻苦精神、创新意识和创业技能。在实现自身价值的过程中，似乎越来越多的中国城市居民开始用实用主义取代往日的理想主义，这导致个人主义倾向取代上一个时代的集体主义。现在的年轻人不再属于单一的价值体系，他们已经准备好接受多样化的价值观。社会生活的过度市场化导致了一系列新的社会问题。

家庭、婚姻与其他

我观察到，由于人民生活水平上升，家庭规模进一步缩水。作为一个外行人，我认为这是1978年开始推行的旨在控制人口的独生子女政策导致的结果，同时也是因为人民生活水平的提高。另外可能也是因为人们渴望个人空间，在中国几十年的集体化过程中，他们被剥夺了个人空间。为了更好地生活，同居情侣以及丁克夫妻在北京和上海这样的大都市成为新的常态。越来越多的成年人想保持单身，令人吃惊的是这其中女性多于男性。与外国人联姻仍是流行趋势，跨国婚姻数量飙升，离婚率也同时上升。外遇曾经是要受到道德批判的，如今越来越普遍。性被视为情感宣泄，而不是道德问题，但尽管如此，校方仍然会对违反留宿规定的学生进行惩罚。最初由香港商人带来的包养情妇风气开始在全国蔓延，难怪2003年婚姻法规定包养情妇可构成离婚前提。这使得私家侦探业务日益兴旺，他们收取数额可观的费用，为反目的夫妻提供必需的“呈堂证供”以赢得离婚诉讼。急功近利的心态导致富人和穷人都良心败坏。我的一个天津朋友甚至认为，婚姻应该像商业合同一样采取契约制并且规定期限！

1991 年第一次来到中国时，我发现迪斯科舞厅在全国各地迅速崛起，1996 年，在北方，迪斯科舞厅演变为卡拉 OK 文化，当然这些在南方城市早已普及，因为南部广泛接触西方或外国文化。南方流行“三陪小姐”现象，因此女服务员和商场女售货员都不喜欢客人叫他们小姐。全国各地的 KTV 想尽各种办法打着唱 K 的幌子从事性交易。有一次，我与一个朋友去 KTV 唱歌，老板叫来十几个女孩站在我们面前，让我们选自己喜欢的。我觉得很尴尬，拒绝选择。但我的朋友选了一个他喜欢的，可能他是这家 KTV 的重要客户。见我犹豫不决，老板帮我挑了一个又高又漂亮的女孩，然后其他人就出去了，只剩下我们和这两个女孩。其他人刚走，这两个女孩就开始为我们敬酒，还坐得离我们非常近。跟我在一起的那个女孩告诉我她从东北来，为了挣钱在 KTV 工作。她的客户主要是日本人，我是她接过的唯一一个印度人，而且太天真！

这也许是每一个现代化国家必经的阶段。随着现代化的成果开始渗透到农村，再加上政府把解决“三农”问题作为首要任务，这些现象有所缓解。几年前“中国性都”东莞的倒台确实显示出政府铲除威胁的决心，虽然社交媒体上的网民对性工作者在电视镜头前遭曝光的方式感到不满。尽管如此，这场镇压行为确实引发一场关于中国是否应该将性交易合法化的讨论。通过羞辱贫穷的农村女孩，能够给其他人找到解决办法吗？争论还在继续。

食品：传统与垃圾

第一次来中国的时候我就深深爱上中国食物，认为中餐是世界上最好吃的食物之一。中国的饮食文化在历史长河中不断演变。著名的青铜三足鼎在商朝被用于祭祀和烹饪。奴隶王朝时期（夏、商、周），奴隶主和贵族把各种家畜作为祭品献给祖先和天地。祭祀仪式结束后，大家就举行宴会把肉吃掉。在封建时代，烹饪技艺得到改进，逐渐完善。屈原所作《招魂》描述了咸、酸、甜、苦、辣味的佳肴。唐代韦巨源所著《食谱》是一本著名的烹饪书，详细记录了 14 个菜系的菜谱。清朝袁枚的《随园食单》中记录了明清两代受欢迎的 326 种菜肴与食物。中国菜系的特点有：一，中国人重视菜肴的色、香、味、形。二，烹饪方式包括煎、炒、炸、煮、氽、烤、炖、蒸等。三，不同食材搭配不同佐料，例如盐、酱油、糖、蜂蜜、醋、辣椒、大蒜、洋葱、葱、香菜、花椒、味精等。最后，食材有成千上万种，包括肉、鱼、海鲜和素菜。一般来说，南方人爱吃甜，北方人爱吃咸，四川和湖南人嗜辣，山西人餐桌上常备醋。

中国有“南甜、北咸、东辣、西酸”的说法。可能也有些特例，比如位于西南部的四川就有很辣很麻的菜肴。同时，中国还有著名的“八大菜系”，分别是：徽菜、粤菜、闽菜、湘菜、苏菜、鲁菜、川菜、浙菜。代表性的菜肴有：糖醋鲤鱼、四川的宫保鸡丁、江苏的红烧鱼、北京烤鸭、广州的烤乳猪、新疆烤羊肉。点菜时，中国人倾向于先点荤或素的凉菜，接下来是热菜，主要是炒菜，第三轮还是热菜，主要是炖菜，最后上烤鸭或火锅等主菜。最后是汤、小吃、主食、水果。或许是由于地区特点，说一个人应该“吃在广州、穿在苏州、玩在杭州、死在柳州”的说法是有根据的。

在中国期间我很爱吃中国菜，但我对大家同吃一桌菜、用筷子分享同一盘菜的习俗感到吃惊，就像中国人看到印度人用手抓饭吃也感到震惊一样。在印度即便是一家人也各用各的盘子吃饭，公用一个盘子是无法接受的，这种做法起源于印度的种姓制度。另一件令人惊异的事情是，绿色蔬菜里搭配猪肉、牛肉、羊肉或鸡肉。在印度，我只见过菠菜糊泡羊肉，除此之外再没别的。许多印度人来中国时会往自己的行李箱里塞满印度的豆子和各种调味品，唯恐自己在中国受苦。大家普遍认为在中国吃不到素菜，但我惊讶地看到各种绿叶蔬菜等素食。的确，中国人爱吃荤，但是素菜也很多。我们的德国朋友安格尔先生讲述了一个更糟糕的情况。他告诉我，他 1994 年第一次来中国时，有另外一个德国人在行李箱里装满了德国香肠和面包，因为他在德国“读”到，在中国找不到足够的吃的。因为他不想饿死，所以他带来了自己的食物。当他亲眼目睹日益繁荣的中国，对他来说简直是一个文化冲击。他哀叹自己被误导了，并在回德国前把手提箱里的东西全倒进垃圾箱。

来到中国的游客震惊地看到餐桌上有这么多种菜肴，在比较体面的宴会上，餐桌上可能有 20—40 道菜。然而，自从习近平主席上台以后，由于打击腐败和浪费，桌上不能超过 6—8 道主菜。丰盛的餐桌已经成为往日风景，但这不一定是一件坏事。菜单上的各种小吃，特别是四川小吃，仍然无比丰富。我和王瑶喜欢西单一家叫“豆花庄”的餐厅，不过当我第二次来中国，这家店已经没了。我去北海公园的时候，惊讶地发现那里开了一家肯德基。天安门广场附近的王府井是北京首屈一指的购物街，那里开了世界上最大的一家麦当劳，可以容纳 700 位食客，同样也是生意兴隆。这些连锁店逐渐被视为中国的现代化和国际化的标志。人们排队与门口的小丑塑像合影。到目前为止，中国有 4000 多家肯德基和 1500 多家麦当劳，消费群体主要是孩子和年轻人，如果发现他们当中肥胖症患者达到十分之一也不足为奇。由于生活节奏加快，年轻人也成为其他垃圾食品的受害者，比如薯片、饼干和巧克力。一个具有五千年历史的文明，一直以来只喝传统的茶饮，从来没有为咖啡着迷，如今也逐渐开始饮用咖啡和可乐。另外还有星巴克等其他国际品牌。1999 年，星巴克在北京世界贸易中心开设了第一家分店，自那以后已经在中国开了超过1900家门店。2016年1月初，星巴克宣布在接下来的五年将在中国开设2500多家分店。虽然中国已经把自己的传统饮料作为热饮和冷饮推出，还开了许多复制西方模式的连锁店，比如大娘水饺出售面条和饺子等中国传统食品，然而它们在中国的吸引力还是没法跟垃圾食品相比。

不是风暴的风暴

在个人问题方面，我一直向王瑶通报我在北京的日常生活。我很高兴得知她将于1996年3月初带一个旅游团来中国。也许是出于父母的压力，也许是由于不稳定的异地恋关系，也许是她在德国遇到人生抉择，我们在北京大观园酒店碰面时，她冷冷地对我说："我们是不可能成为终身伴侣的，还是结束吧！"这简直就是晴天霹雳，我感到伤心欲绝，虽然出于显而易见的原因，我们俩对这样的后果都早有心理准备。在她回德国后我写给她的一段话解释了我当时的心境：

虽然我对这样的结果已有心理准备，但听你说出口还是深感伤痛，我的心仿佛被扭曲变形，一切感情被抽空，不知道它还会不会恢复原来的形状。感觉好像心脏发生爆炸，碎成千万块。我迷失了方向，感情悬在半空，不知该上还是该下，该爱还是该恨。我感觉这种情绪会永远留在那里，在余生里一直折磨我！

如果王瑶在德国认识了别人也是可以理解的，尽管如此，我还是提醒她不要在感情上被人骗了。也许“分手”能让她更专注于研究，我想着，我知道她在德国是有追求的，因此鼓励她开夜车努力完成目标，因为我相信她有能力克服任何困难。我也提醒她要做“三好学生”，不要辜负父母的期望。“三好”指的是德智体全面发展。必要时挣些钱，但是学习时要把这些抛到脑后，因为它可能对你的思想造成腐蚀，成为你实现主要目标的阻力，我一次又一次在给她的信里这样写道。因为她对 MBA 很感兴趣，我就鼓励她把英语学好，因此我改用英文给她写信，虽然这可能在我们之间造成更多误解，因为我确信她没法看懂所有的内容。最后我告诉她，不论成功与失败，她都可以来找我。

也许有人对王瑶表白了，至少她 1996 年回中国时跟我提到过一个人。有时我觉得她不重视研究只顾赚钱。在一封信里，我问她是如何兼顾学习和往中国带团的。我无法理解她想要什么，以及她想这样下去多久。在另一封信中我写道：

你不想定居生活在一个特定的地点和时间吗？对我们双方来说时间真的不多了。至于我，我已经下定决心不要离开尼大。我没有精力去争取不是掌握在你的手中的东西。在英语谚语：“一鸟在手胜于二鸟在林。”我认为我坚定我的信念，我无力在这个时间点去改变它。如果你想成为我生活的一部分，你需要设置你的优先事项。

在事后看来，这些可能是我写给瑶的最强硬的话语。然而，即使我们谈到了分手，但我们都没有停止互相写信。她妹妹几次在北京与我共进午餐。她告诉我不要放弃，如果我们对彼此的感觉强烈。瑶忙于接待几个在中国的德国团，我也不想过多计较。一些研究生院的韩国学生在计划一次“丝绸之路”旅行，问我是否感兴趣。这是一个很好的机会离开北京一段时间，我立即欣然同意。这绝对是一个冒险，由于电脑的技术故障，我们买了票后不能从银行取钱。第二天是节假日 5 月 1 日，我们别无选择，只能向同学借钱。

踏上丝绸之路

我在家乡重走过玄奘之路，如今却可以在他自己的故乡追随他的足迹，我感到欣喜若狂。虽然大部分的旅程是在火车和巴士上，但这仍然是一段很棒的经验。1996 年 5 月 1 日，我与两个韩国留学生（一个男生和一个女生）一起登上开往乌鲁木齐的列车。在 3700 公里长的铁路沿线，我们可以在不同地点自由上下车。在火车上，我们与同行的乘客聊天。我听见一群年轻的士兵们谈论我们：

“这老外真酷，一个翻译还不够，还带了两个翻译！”

我开口跟他们说话后，他们齐声喊道：

“哦！原来是倒过来的！”

事实上，那两个韩国人几乎不懂中文，一路上主要靠我。我们在火车上过得很愉快，交流我们对各种问题的看法。我必须承认，中国士兵对于涉及政治和世界各地冲突的问题都很了解，包括中印边境冲突。敦煌是我们的第一个目的地，所以我们在离它最近的火车站柳园下车，柳园建于 1958 年。当我们到达柳园时，已经是大约夜里 11 点，我们面临一个选择，要么就地住下，要么乘出租车或巴士继续前进 130 公里到达敦煌。那时候已经是深夜，什么都找不到。在昏暗的灯光下，我走近一个广告牌，牌子上写着有个印度电影周末上映。这个地方混杂着汉族、穆斯林、藏族和蒙族文化，虽然人口稀疏，我还是很好奇为什么这些人对印度电影感兴趣，而不是像北京一样，好莱坞电影比较受欢迎。广告牌旁边停着一辆面包车，能看到车里有个人在睡觉。我鼓起勇气敲了敲窗户，看他是否愿意带我们去敦煌。他确实是那辆车的司机，但喝得酩酊大醉。我们放弃了节省当晚房费的想法，打算找一家体面的旅馆。我们从货车旁边走开时，司机喊道：

“给 120 块钱，你们自己开车怎么样！”

“看来你是真的喝醉了！头脑不清醒……”

我还没说完，韩国人插话道：

“咱们去吧。”

我问他：

“你疯了吗？你认路吗？你在中国开过车吗？”

他说：

“没有，但我以为我们想省点钱去敦煌。”

“不是在这种情况下，”我嘟囔着。然后我征求了同行的女士的意见，令人惊讶的是，她也同意马上去敦煌，不仅如此，她还提出如果其他人累了她也可以开车。但她也跟我们说明，她刚刚在韩国通过了驾照考试，但从没在中国开过车。我觉得又好气又好笑。但因为他们俩都想走，我就妥协了。这真是一段冒险之旅。面包车司机睡在后座上，鼾声震天。我们的“司机”以蜗牛的速度开着车，某些路段被沙子覆盖，路边可以看到成堆的小沙丘。尽管我困了，时不时打起瞌睡，但行驶的过程让我一次又一次地醒过来。当我们的“司机”李先生抱怨他昏昏欲睡，想打个盹，我一下子睡意全无。“让我试试。”金突然答道。她接过方向盘之后，车子的移动速度更慢了。午夜时分，我们只走了 20 公里。照这个速度，要早上五六点才能到敦煌。好在，车主人凌晨 1 点左右醒来，接过了方向盘。他开得非常快，早上 2：30 我们就在敦煌住进酒店。我们好好睡了五六个小时，然后直接去了莫高窟。

敦煌自公元前 3 世纪以来就处于中国统治下，是汉武帝建立的军事要塞之一。在公元 2 世纪时，作为著名的“丝绸之路”上的重要补给站，敦煌得到繁荣发展。公元 4—14 世纪，数以百计装饰着佛像和壁画的石窟开挖在大川河上方的悬崖。目前，合称为莫高窟的 492 个石窟见证着此地的文化融合。带有印度血统的鸠摩罗什在这一地区学习了汉语并开始翻译佛经，后于公元 401 年搬到唐首都长安。高僧法显和玄奘都经这条路线前往印度，我在 1996 年造访的一些石窟他们当年可能也进去过。

我对敦煌有着特别的兴趣，因为我碰巧认识当时的敦煌研究院院长段文杰教授。在英迪拉·甘地国立艺术中心担任研究员期间，我参与翻译和编撰了关于莫高窟 492 座石窟的简要介绍，收入谭中教授的《段文杰眼中的敦煌艺术》一书（1994）。段教授知道此事，高兴地接待了我。他给我们写了一封简短的介绍信，让我把它交给接待处，一个陪同人员拎着一大串钥匙，可能有几公斤重，带我们穿过各个石窟的入口。我高兴地看到壮丽的佛教形象、讲述佛教故事的壁画、以及关于佛经、施主、道教和印度教神以及其他神话故事的绘画。这是佛教遗产的终极宝库，是研究佛教在中国传播的材料来源。只可惜我们在敦煌只有一天时间，因此没能多停留。

当我从月牙泉爬上鸣沙山，我想象着法显、鸠摩罗什、玄奘以及成千上万来自印度和中国高僧，他们的足迹也曾从这里踏过，我想他们仍埋在那些美丽的沙丘之下。我骑着美丽的双驼峰，可以想象出当年一支接一支的商队穿越无垠的塔克拉玛干沙漠和戈壁，一年又一年，一个世纪又一个世纪。造访这些地方带给你美妙而醉人的体验。

5 月 5 日我们离开敦煌前往新疆首都乌鲁木齐，我认识那里的新疆文物考古研究所所长王炳华教授。鉴于王教授去吐鲁番了，我们就把行李扔在研究所的宾馆，登上了前往喀什的卧铺大巴。那时候喀什还没通火车，我们花了35小时乘长途卧铺走了1500公里，途径库尔勒和阿克苏等地方。伟大的中国行者玄奘在他的游记里提到阿克苏（当时叫做跋禄迦），他写道，那里的人们信奉小乘佛教说一切有部，文字和习俗与龟兹人（今新疆库车人）相近。第二天，我们停车在阿克苏吃早饭。我感觉到当地人上早饭的时候把外国人与几个和我们一起旅行的汉人区别对待，由此引发口角，在外国客人的调解下才得以平息。

一路上的路况很好，但是尘土很大。尽管我们一直紧闭玻璃窗，但到达喀什时铺位和衣服上还是蒙了一层塔克拉玛干飞沙。喀什是中国最西部的城市，是古代丝绸之路上的一个节点。目前这里仍然是一个前哨，把中国和中亚诸国及巴基斯坦连接起来。20世纪50年代通车的喀喇昆仑高速路通往喀什。人们或许还记得，19世纪的大博弈期间，喀什一直是中、英、俄三国之间外交角力的竞技场。1947年之后这里也成为中印之间发生不快的理由，当时英属印度军队从喀什撤走，印度想要建立一个类似的总领事馆。

喀什最吸引人的地方是艾提尕尔清真寺。我们听说女人可能进不了清真寺，但我们进去的时候没人询问性别问题。清真寺对面的老城以周日市场而闻名，市场出售牲畜、水果，还有文物，据说已有2000多年的历史。张骞出使西域时吃惊地看到这样一个繁荣的市场，来自亚洲和欧洲的商品都在其中交易。喀什东北几公里外的阿帕克霍加墓也给我留下了不可磨灭的印象。这是一座17世纪的家族墓地，墓主是喀什的伊斯兰领袖。内陆地区把它称作香妃墓，香妃是阿帕克霍加的后代，清朝乾隆皇帝的41个后妃之一，是他的唯一一个维族妃子。据说她希望自己死后能够葬在家乡，乾隆满足了她的遗愿。然而，考古发现告诉我们，她的墓其实在北京。尽管如此，这座陵墓仍然是喀什最华丽的维吾尔族建筑。杨树成荫，绿色的琉璃瓦在阳光下闪烁，更是为这里增添了魅力。建筑群里有阿帕克霍加家族五代人的坟墓，包括乾隆的香妃。我拜访的时候，那里正在进行翻修。在乌鲁木齐的时候我发现绝大多数人是汉族，但在喀什，除了酒店工作人员，我很少见到汉人。

第二天我们登上前往吐鲁番的巴士，古时候叫做高昌或哈拉和卓。玄奘曾于628年造访高昌，在这里住了一个月，受到高昌王隆重接待。玄奘从高昌离开时，国王给了他25名随从和30匹马。这个地方也因侏罗纪时代的火焰山而闻名，火焰山是因海底熔岩的压力而形成。然而，在吴承恩所著15世纪神魔小说《西游记》里，火焰山的熊熊烈火挡住了玄奘的西行之路。玄奘的徒弟孙悟空与牛魔王进行大战，赢得芭蕉扇，才最终扑灭大火，使玄奘得以继续旅程。

14世纪遭毁的城市废墟仍完好无损。皇宫、佛塔、护城河，大多数的废弃建筑是用黄褐色的泥砖和土搭建。最引人注目的地方是一座露天的圆形大厅，导游告诉我们，这是一个讲经堂，玄奘在高昌期间就是在这里讲经。在吐鲁番，我们的出租车司机是一个20岁出头的维吾尔族年轻人，他告诉我他正在读一个印度小说家Gulshan Nanda的作品，我感到惊讶不已。他读的不是印地语或英语版，而是维吾尔语翻译的版本！

我们的下一站是乌鲁木齐，我们直接去了新疆考古研究所取我们放在那里的东西。乌鲁木齐东面是雄伟的冰雪覆顶的博格达峰，南面是长满松树的南山和广阔的草场，西北方向是准噶尔盆地的田野和沙丘。我们的第一站是南山，距乌鲁木齐大约80公里，能够来到世界上的这一地方，实在是美妙的体验：起伏的草原上居住着哈萨克骑手，各处散落着传统的圆顶帐篷。骑马往北十分钟，是一座陡峭的悬崖，崖上挂着一道几米宽的冰冻瀑布。站在冰冻的湖面上看瀑布奔涌是一个惊人之景。我们徒步走下山，无忧无虑的哈萨克人骑着马跟在后面，令我惊奇的是他唱了几首宝莱坞电影里的歌曲。他告诉我《迪斯科舞星》里的“吉米吉米”是他的最爱。这些人可以跟你讨论宝莱坞电影里的演员和各种电影情节。回到山脚以后，我们钻进一顶哈萨克毡房，牧民们慷慨地用奶茶欢迎我们。尽管当时已是五月中旬，那里的天气还是很冷，但我们都爱上了那里。

乌鲁木齐天桥地区附近的杂货市场里出售各种当地文化产品。著名的新疆刀是最具吸引力的物品之一，我买了一把，但在我回印度途径香港机场时，被要求打开行李进行检查，虽然刀是放在托运行李里的。我发现很多商店出售宝莱坞CD和磁带。当时的宝莱坞名演员（比如Amitabh Bachhan, Shahrukh Khan, Mithun Chakraborty, Salman Khan和Sanjay Dutt）的海报贴得到处都是。我问他们这些商品是从什么渠道进来的，他们说经由巴基斯坦的商路十分繁荣。

遗憾的是，由于盘缠不够，我们没能去天池。在丝绸之路上走了三个礼拜之后，我们剩下的钱只够买张火车票回北京。令人不快的是，由于黄牛票黑市猖獗，我们买不到火车票，不得不多住两晚。第二天我们又去排队，一个懂一点英语的当地维族人走近我们，给了我们一张名片，上面写着“Ibrahim Dhaba”。经过一番心理斗争后，我们在乌鲁木齐的一条小巷里找到了此饭馆与店主。我还没来得及自我介绍和说明来意，他就用乌尔都语说了一句“你好”，然后开始用流利的乌尔都语说话，听得我下巴都掉了。我也开始说印度斯坦语，这是印地语和乌尔都语结合的语种，他很好地听懂了我的意思。他向我们保证可以搞到三张票，但要等到第二天。他还免费为我们提供了印度风格的奶茶和典型的“米饭配咖喱”。两个韩国人不敢相信周围发生的事，我可以感觉到他们觉得有诈。值得赌一把，因为也没有其他的选择。我们给了他600多块钱，令我们惊喜的是，当晚就拿到了票。我们拿到车票很高兴，但是已经没有在车上吃饭的钱，王教授慷慨地借给我300元，我回到北京以后马上还给了他。

这无疑是一段令人难忘的“丝绸之路”体验。新疆目前非常有吸引力。博鳌亚洲论坛提出的“一带一路”计划把新疆定义为政治和地理上的核心区域。新疆被视为面向西部、中亚、南亚和西亚的窗口。计划在新疆建设和发展五个中心和三基地一通道：五个中心指的是交通枢纽中心、商贸物流中心、金融服务中心、文化科技中心和医疗服务中心；三个基地指的是大型油气生产加工和储备基地、大型煤炭煤电煤化工基地和大型风电基地；一个通道指的是国家能源资源陆上大通道。在这种背景下，新疆能够成为中印文化与贸易关系改革中的重要一环？我认为，如果中印双方达成一致，可以在新疆和印度北部建立一条中印经济走廊。

在北京的最后几个月

我高兴地得知，我通过了面试，获得了助理教授的职位。学校希望我尽快入职，我得先结束在中国的学业，因此我请求延期。在 4 月和 7 月之间，除了泡图书馆，我还花时间与王瑶的家人相处。我与她的父母和妹妹一起去承德的经历特别又难忘。承德避暑山庄（也称行宫）建于 1703 至 1792 年之间，主要是清朝乾隆皇帝的统治时期。这座皇室的避暑胜地里有宫殿、湖泊、可以骑马的平原以及用于狩猎的高山。康熙、乾隆、嘉庆皇帝每年在这里住几个月的时间，来避开北京的酷暑。普陀宗乘之庙是由乾隆下令修建，是个很受欢迎的去处。这座寺庙是在一处古老的达赖喇嘛圣所旧址上修建，原先的圣所比现在的寺庙早一百年修建。它的造型与西藏的布达拉宫相似，由理潘院管辖。我没有找到关于达赖喇嘛访问此地的记载，但六世班禅确实曾于1780年在此诵经，庆祝乾隆皇帝的七十大寿。顺治（1644—1661）可能是第一位邀请西藏喇嘛进京的清朝皇帝。1652年，他邀请五世达赖进京，并专门为他在安定门外修建了西黄寺供他居住。1653年春天，五世达赖离京返藏时，顺治皇帝以厚礼相赠，包括550两黄金、12000两白银和100匹丝绸。皇太后给了他100两黄金、1000两白银和1000匹丝绸。皇帝还授予他一个尊贵头衔，并赐以金册金印。从那以后，后世的达赖喇嘛都得到朝廷册封。五世达赖如此记录了他与顺治的会面：

十六日，我们启程前往皇帝驾前。进入城墙后渐次行进，至隐约可见皇帝的临幸地时，众人下马。但见七珍宝作前导，皇帝威严胜过转轮王，福德能比阿弥陀。从这里又前往至相距四箭之地後，我下马步行，皇帝由御座起身相迎十步，握住我的手，通过通事问安之后，皇帝在齐腰高的御座上落座，令我距他仅一庹远，稍低于御座的座位上落座。赐茶时谕令我先饮，我奏称不敢造次，遂同饮。因此，礼遇甚厚。

由皇帝册封、赐册、赐印的传统延续贯穿了整个清代。乾隆年间，尤其是1790—1791年，入侵拉萨的尼泊尔军队被击退，清王朝的权威达到顶峰。例如，驻藏大臣获得与达赖和班禅一样的地位，铸造了带有皇帝年号的新货币，商人必须携带通关文牒；与邻邦的所有往来都要通过办事大臣；另外，乾隆提出用金瓶抽签选取达赖、班禅和其他政要人选。难怪中国代表西藏签署 1906 年的中英条约以及 1907 年的英俄条约。

承德的小布达拉宫、北京的西黄寺和雍和宫以及中国其他地区的一些场所，会一直提醒游客中原与西藏之间自古存在的密切联系，以及藏传佛教在中国的重要性。我的第二次中国之行虽然短暂，但并非无关紧要，它为我读取博士经历增添了新的篇章。我在“丝绸之路”上努力寻找法显、鸠摩罗什和玄奘的足迹。最重要的是，我见证了即将成为世界第二大经济体的新中国的崛起，这的确是一段引人入胜的旅程！

欧洲，婚姻与家庭

回到印度后，我作为助理教授加入了中国和东南亚研究中心。由于谭中教授和雷易博士已经退休，所以教学任务很重。虽然包括我在内总共有七名教师，但总有一两个同事在做研究或休假。因此，我们大多数人每周 16 到 22 课时。实际上，五个人承担了从本科到硕士到博士阶段的所有课程。这表面上看起来是好事，因为让我有机会同时教本科生和研究生。我很幸运自己已经完成了博士学习才加入，否则一边教书一边读博真地很难完成。

虽然我们都是敬业的教师，但我发现，自从谭中教授离开中心后，中心就很少有学术活动了。我印象中，除了同事偶尔参与其他大学举办的学术活动，中心没有组织过一次国内或国际会议。尽管有其他约束条件，如学校的资金支持和其他渠道，条件可怜的学校图书馆，书架上几乎没有关于中国的文集，也没有互联网和数据库，图书馆订阅的唯一一份《人民日报》每期都要晚一个月或两周才能送到。除了这些制约，中心本身也缺乏积极性。所以，他们对中国的理解，比如对中国文明、现代政治和社会的了解，简直是骇人听闻的。课本是过时的，许多一二年级以上的学生上课没有课本。虽然没有课本让老师能够完全自由地设计自己的课程，但也有许多老师借此机会靠自己的幻想随意发挥。大多数学生赞成这一做法，因为不用很严格，但也有学生指出这种方法固有的局限性。

我加入中心后提出了几个我认为能让学生和老师都获益的想法。我觉得中心应该组织一个系列讲座。一开始如果很难找到足够的演讲者，我们可以请自己的同事或从其他中心请人，来说他们关心的话题，或以一周或两周的时间就某个课题进行研究。这个想法也对研究员开放。其次，因为我从中国买了北京语言文化大学出版的新设计的大纲书，我提出可以向某些班级引进一些书。第三，我还提出用英语编写一本关于中国的教科书，作为工具书供我们的本科生使用。最后，至于中文课程，我认为如果能够系统地进行准备，并把手写讲稿输入电脑，然后由同事或编委会编撰成教科书。但我必须承认，当年电脑在印度还没有那么普及，而且诸如 Chinese Star or NJ Star 等中文软件也不稳定，不过也可能是因为我在 386 台式电脑里装了盗版软件所致。这台电脑有它自己的故事，是我通过一个熟人购买的组装电脑，因为之前我被 TCL 电脑公司骗了 56000 卢比，我通过支票支付，但该公司没有把电脑寄给我，因为它申请破产了。消费者法院的官司没有解决任何问题，除了浪费我的时间在这些听证会上，而且又花了几千元在律师身上。总之，以上提到的我认为是不错的建议，但是后来也没有进展。第四点想法倒是有了结果：我在 2001 年编写的《中国文学史》是印度整个中国研究史上第一部也是唯一一部由印度人在印度出版的关于中国文学的教科书。从那时起，这本书已经被印度各所高校的研究生使用。至于其它建议，他们在我 2012—2014 当系主任期间看到了曙光：中心组织了一个名叫中国与东南亚研究中心中国视角的系列讲座，中心建立了自己的图书馆，在驻华使馆和汉办的支持下已经有了超过 5000 册书籍，中心还出了一份电子通讯，定期上传到尼赫鲁大学网站上。

除了在尼赫鲁大学进行教学和研究，我还参与了两本汉语 - 印地语字典的编撰项目，下午在中央印地语理事会工作，该理事会隶属于人力资源和发展部，但是我发现那里气氛沉闷、效率低下、官僚风气严重，而且人们都很懒散，工作时间里花好几个小时闲聊、打牌和喝茶。时间之轮似乎已经生锈或逆时针旋转，我想知道印度政府为什么浪费数百万钱财在这样的寄生虫身上。我想知道在印度还有多少这样的机构或部门，为印度的经济增长制造障碍。

在个人方面，没有什么特别的事情发生。我对学生很友好，他们常来我的办公室和家里拜访。有个北京大学交流项目过来的女语文老师，名叫宣雅，因为我们住在同一座楼里，经常遇到对方，有时就一起吃午餐或晚餐。还有几个从北京大学来的学习印地语的中国学生——金珊珊、姜永红、刘浩是其中几个，后来跟我成了好朋友。有时候我们一起包饺子，那段时光很愉快。其中，珊珊在中国已经成为名人，从事古典印度舞婆罗多舞（Bharatnatyam）的推广；永红在北京大学教印地语；刘浩最初加入了中国国际广播电台（CRI），但后来失去了联系；另外一个女士苏宝华成为东方歌舞团一名出色的印度奥蒂西（Odissi）舞蹈演员。

王瑶还在德国忙于学业和兼职工作。尽管我们在1996年"中止"了我们的关系，但我们仍然保持通信，发电子邮件，评论对方身边发生的事件。与此同时，她受雇于Conimex，这家德国公司想在中国推广他们的有机肥料。除了有固定月收入的工作，Gebeco还高兴地邀请她向中国带团。放假期间她在欧洲旅行，还有一次到美国参加张琪的毕业典礼，张琪是她在高中和北京大学的排球队队友，跟她的家人也都是朋友，当时在哥伦比亚大学攻读经济政策管理硕士学位。

就她自己的研究而言，她考虑在美国读MBA，但是到了美国以后，她发现她的英语水平不够好，无法在那里从事研究。通过张琪，她了解到清华大学和北京大学也开始开展MBA项目，因此她考虑回北京读MBA。但接下来她又意识到，在中国读MBA需要的时间更长，所以她放弃了这个想法。她希望改为在欧洲读。

最多花一年时间，然后就“解放”了。

王瑶兴奋地写道。

欧洲之夏

王瑶 1994 年第一次去印度，1996 年 12 月她又来印度看我，然后于 1997 年初回到德国。她一直坚持要我去欧洲看看，体验欧洲的生活方式。去欧洲并不困难，不像今天一样需要接待方提供强制性经济担保。安格尔先生的一封简单的邀请函就解决了问题，虽然医疗保险还是必须得买。1998 年 5 月 29 日，我登上印度航空 159 号航班，于整整一个月以后的 6 月 28 日返回。

5 月 29 日 6∶30 左右，我降落在法兰克福，王瑶和安格尔先生一起来接我。大约 20 分钟到达王瑶住的瑙海姆。早饭后，我们去了附近的吕塞尔斯海姆和比绍夫斯海姆。第二天，我跟王瑶去美茵兹大学。令我印象深刻的是，公共汽车和当地轨道交通都是自动化售票，学生食堂也是刷卡进入，甚至连空盘子也由自动传送带传到隔壁的洗碗机。这些都是新鲜事物，甚至在经济腾飞的中国都没有见到过。在食堂我遇到很多中国学生，他们告诉我，这里有一百多个中国学生，主要原因有两个：一，德国大学不收取任何学费；二，入学后，找一份兼职工作来负担食宿费用并不难。然而，德语是必须要学的，因为是德语授课。我与王瑶跟他们一起打排球，他们对我们的故事很好奇，说觉得像童话。

在德国期间，瑶提出我一定要拜访她所有的朋友，去所有她去过的地方。我们几乎去了她在信里跟我描述过的所有地方，感觉就像是画面回放，好像我把她信里的内容又经历了一遍。6 月 1 日我们去曼海姆拜访了沃尔夫冈先生，这位 76 岁的老兵是二战中的幸存者。沃尔夫冈是个有趣的人，非常开朗，充满冒险精神。我从来没想象到会被一位 76 岁的老人开着房车带着，在曼海姆和海德堡转悠。他告诉我，二战期间他和战友从汉堡出发，几乎步行抵达莫斯科！即使到了这个年纪，他还忙着在电脑上编写银行软件。当他得知我来自喜马偕尔，他告诉我他想看看雄伟的喜马拉雅山。他在一家山顶餐厅请我们吃晚餐，从这里可以鸟瞰曼海姆。我留意到服务员是来自前南斯拉夫、东欧和土耳其的移民。

6 月 2 日我们前往陶努斯山麓巴特索登拜访了 Conimex 的首席执行官彼得先生。按照德国标准，彼得先生家已经算是大家庭：有两个女儿和一个儿子。不幸的是，大女儿身有残疾，但她很有才华，精通各种弦乐器，儿子准备去英国上大学，小女儿则很淘气。彼得想利用中国“开放”政策的机会，把业务拓展到中国。正是出于这个原因，他雇用了王瑶。6 月 3 日是非常繁忙的一天。由于安格尔先生正迁居威斯巴登的新公寓，我帮王瑶把一些物品搬到新的住处，这里离美茵兹更近。我们去了市中心，市中心非常繁华，规划得很好，充满绿色。我们去了一些地方，包括市里一座古老的俄罗斯教堂、卡尔施达特，以及王瑶做兼职的购物广场。开车沿着莱茵河前往吕德斯海姆以及尼德瓦尔纪念碑（Niederwalddenkmal，又称帝国纪念碑）都非常令人难忘。吕德斯海姆附近山上这个重达31吨的“普鲁士麦当娜”塑像已经有100多年的历史，象征着德国的统一。塑像底部的铭文写道：“纪念德国人民团结一致取得胜利的运动，以及1870—1871年德意志帝国的光复。”我们在科布伦茨跨过莱茵河，驱车前往马克斯堡，在那里看到一座13—19世纪的古堡。看到那里的监狱和铁匠大厅，可以想象那个时代的野蛮。我们最后一站是宾根，在那里我们见到了中国女孩何蕊，她嫁给了一个德国中年人。

6月6日，我们花35马克买了一张周末火车票，比正常票价便宜很多，然后前往科隆和波恩。大教堂跟王瑶在信里向我描述的一样。波恩是当时的西德首都，我们在火车站受到凯特琳的迎接。凯特琳生在东德，柏林墙倒塌之后跟姐妹一起来到西德。我们在凯特琳的住处吃完午餐后，她开车带我们参观——科尔总理官邸、彼得堡国家宾馆是其中的一些著名景点。我惊讶地发现，科尔官邸周围没有任何安保设施，博物馆和其他旅游景点也没有保卫人员，这一点与印度和中国完全不同。晚上我们和凯特琳的妹妹和她的男朋友共进晚餐。凯特琳的妹妹即将成为彼得的第二任妻子，当时已经怀孕。彼得已经离婚，跟前妻子有一个女儿。他是一名警察，还是三项全能运动员。第二天早上，凯特琳的前任男友鲁道夫，一个50多岁的人与我们一起吃早餐。30岁的凯特琳仍然为情所伤，因为鲁道夫为了一个十几岁的女孩抛弃了她。鲁道夫告诉我们新纳粹对 1998 年 5 月印度核试验作何反应。根据他的说法，一对恰好是他同事的印度夫妇受到威胁，被要求尽快离开德国。虽然中国开始逐渐接触到这样的社会现象，印度仍然十分保守。

6 月 8 日，我们启程前往柏林。晚上，汉斯·梅耶来火车站接我们。梅耶是职业活动家，他的妻子吉娜不在家，跟婆婆去西班牙和葡萄牙度假了。梅耶是个有趣的人，他家住在 1936 年奥林匹克体育场附近，开一辆保时捷，还有一艘帆船，我听说大多数时候船都闲置在船坞里。梅耶开车送我们到波茨坦，我们参观了由弗雷德里克二世大帝修建的著名的无忧宫。下午，他请我们在哈维尔河岸上的一家餐馆吃午饭。9 日，我和王瑶去参观柏林的前东德议会、亚历山大广场、圣马里安教堂、帕加马博物馆、勃兰登堡门、胜利之塔、施潘道城堡等地方。第二天梅耶带我们去了奥林匹克体育场。梅耶告诉我，印度 8 比 1 赢得了金牌，其中 6 个球是迪安·昌德进的，昌德在印度被称为曲棍球鬼才。希特勒当时也在现场观看，他中途离开赛场，因为无法忍受看到德国落败。获胜者的名字仍然刻在体育场门口的墙上。迈耶的房子是一座小型博物馆，他收藏了一批古剑，包括日本、蒙古、中国和印度的剑。除此之外，他还是个很好的画家，他家的其中一个房间被改造成绘画工作室。我们没法继续走下去了，因为我的护照留在了瑙海姆，其次，我们也想 10 日跟吉娜碰面，另外，柏林包括东部地区需要更多的旅行时间。我在 9 日收到邮寄来的护照，11 日我们启程前往基尔，汉堡北部的一座港口城市。基尔是德国旅游公司 GeBeco 的总部所在地，王瑶的一个朋友王丽媛嫁给了德国人 Aki，他就在 GeBeco 工作。6 月 12 日，我造访了基尔的基督教大学，见到中文系的老师和员工，他们告诉我，校方打算将中心关闭，他们正在进行抗议。6 月 13—14 日，我们又买了一张周末特价票，出发前往荷兰。

来到荷兰后，6 月 13 日，我们乘船游了一个小时的运河，我们经过许多著名的河道和博物馆，比如荷兰国立博物馆和安妮·弗兰克故居。这座 12 世纪的渔村于 17 世纪成为最繁忙的港口之一。阿姆斯特丹的红灯区（De Wallen）之旅对我又一次造成文化冲击，我从未见过妓院的妓女摆出时装表演的姿势在玻璃橱窗里展示她们的裸体，有的在等待顾客，而有的则在谈价钱。街道上还有性用品商店、脱衣舞俱乐部、成人剧院，甚至还有性爱主题的雕塑和喷泉。如果说在这里卖淫是公开的、合法的，在中国就是秘密的、非法的，但却随处可见。我在媒体上读到，印度的红灯区是拐卖儿童的窝点，在糟糕的卫生条件下进行强迫卖淫。游览城市之后，我们登上一列火车前往莱顿，晚上住在王瑶的远方堂姐家里。

6 月 20 日，我跟王瑶和安格尔先生开车去法国看 1998 年足球世界杯。安格尔先生是个足球迷，想看德国队与其他队的比赛。在亚琛，我们登上荷兰的海拔最高点，也是德国、比利时和荷兰交界的地方。21 日，我们出发前往法国朗斯，当天下午德国和南斯拉夫在那里有一场比赛。安格尔先生花 800 法郎在黑市买了张票，而我和王瑶则步行探索这座居民只有3万人的小城。比赛结束后，我们驱车直奔圣让古－勒纳雄耐尔，一个非常小的地方，离克吕尼将近20公里，安格尔先生的表弟在那里的葡萄园里有一座别墅。一个好心的女士，是一家餐馆的老板，她把我们带到那里。我人生中第一次感受到，如果不懂当地语言，生存该有多么困难。我们为了向这位女士表示感谢，当晚去她的餐馆吃了一顿法餐。接下来两天我们就在附近探索，去了泰泽、克吕尼、马孔、博讷、叙利等地方。6月24日我们开车前往蒙彼利埃，路上我们在吕内勒做了停留，然后去了一片叫做拉格朗德默特（La-Grande-Motte）的海滩，这是蒙彼利埃附近一片广阔的海滩，各种肤色、操各种口音的人们占领了海滩。安格尔先生在蒙彼利埃观看了德国和伊朗的球赛，现场气氛十分热烈，嘈杂，球迷们，尤其是德国球迷简直疯狂。人们坐在轰鸣的汽车里，从车顶和车窗探出身子，展示着德国国旗。是的，我怎么能忘记他们大声播放瑞奇·马丁的“Go Go Go Ale Ale Ale”的声音！6月26日我们开车回瑙海姆。回去的路上，我们还参观了著名的罗马竞技场，在古代是用于奴隶角斗和斗兽的地方。6月28日，经过一个月的停留之后，我飞回德里。

王瑶，英国学位与德国工作

虽然王瑶已经学完八门经济学课程，但要获得硕士学位，还需要更长时间，因此她一直在考虑读MBA，她很幸运地被选中读一个为期一年的欧洲 MBA 密集型课程，它要求学生在法国的南锡商学院、德国纽伦堡高等专业学院和西英格兰大学（布里斯托尔）完成课程。最后学位是由西英格兰大学授予。她一开始有点紧张，因为对英语的恐惧，再加上这是密集型课程。这也许是她学习生涯中最艰难的时期。她一度几乎中途退出，但是听了 Jannet Hai（她在英国的中国朋友）、她的家人和我对她的鼓励之后，她又改变了想法。莎士比亚的著名格言“苦尽甘来”给了王瑶信心与勇气，她克服了所有困难，但那年夏天我在德国见到她时，她已经瘦成只有 48 公斤的“皮包骨头”。1999 年，她以优异的成绩通过考试，高兴地从学业中“解放”出来。这时我第二次造访德国，前往柏林自由大学、波恩等地方举行关于中印关系的演讲。因为她当时在南锡，于是我去商学院看了她，又在她学业快结束时去了纽伦堡。当时纽伦堡有一个招聘会，我陪王瑶一同前去。她得到 SUSPA GmbH 人力资源负责人的面试，然后又见了 CEO Jen Benashek 博士。CEO 对她的德语水平和沟通技巧很满意，当即决定聘用她。她是该公司聘用的第一个高职位外国人。SUSPA GmbH 是一家生产气体弹簧、阻尼器、高度调整系统、事故管理系统和安全系统的公司，服务于汽车和家用电器等行业。王瑶非常适合这一职位，因为他们想要在中国开设生产基地。2000 年 10 月到 2001 年 6 月期间，她为当时的 SUSPA CEO 担任助理，在位于纽伦堡附近的小镇 Altdof 熟练掌握了各种技术与制造业流程，然后被赋予更大的职责。

2001 年 8 月，她代表公司在中国成立一家合资企业。该公司数年来一直努力进军中国市场，但都没有成功。然而，王瑶接受委任后，11 个月的时间里就在中国建立起稳定运行的合资企业。SUSPA GmbH 对她的表现和热情很满意，于是任命她为中国南京 SUSPA 工业机械工程合资公司的创始人兼 CEO。事后看来，对她来说这是一段非常具有挑战性而又非常有意义的经历。从可行性研究、市场分析、定位、寻找可靠的中国合作伙伴，到招聘、生产设施的规划和建设、销售，各个环节她都积极参与，并成功在几年内实现 SUSPA 在中国的市场份额从 0% 增加到 60% 以上。她在中国的客户包括通用汽车、大众、福特、菲亚特、西门子、通用电气、三星、LG 电子、伊莱克斯、海尔等。她忙于新工作，经常挑灯夜战，有时也牺牲了自己的个人利益。

这段时间她寄给我的信常常是以下内容：

我的德国同事 Dammann 先生将于 7 月 27 日抵达北京（2003 年）。本周我的时间安排如下：

7 月 28 日：长春小天鹅

7 月 29 日：青岛海尔

7 月 30 日：济南小鸭

7 月 31 日：南京 LG

8 月 1 日：在无锡小天鹅

8 月 2 日：苏州三星

8 月 3 日：上海

由于我们都忙着各自的工作，因此见面越来越少。手写信件被电子邮件和电话取代，而邮件和电话也是越来越短，越来越不频繁。有一段时间，我们似乎已经无法继续维持关系。在这个时间点上，王瑶想让我也试着读一读 MBA，看看能否找到解决办法。因为她很长时间以来一直在敦促我了解经济学知识，我认为也应该试一试。我把范围缩小到英国的一些大学，最后成功获得伦敦商学院、兰开斯特大学管理学院及其他几所学校的入学通知。美国不在考虑范围内，因为王瑶当时在德国工作，虽然暂时奉命去中国执行任务。由于伦敦商学院学费更贵，学习年限也更长，所以我选择了兰开斯特大学管理学院。

在兰开斯特大学管理学院的求学生涯是一段很棒的经历。校园远离 Bailrigg 的公众滋扰，又离充满活力的兰开斯特历史名城和湖区国家公园不远。周围有草地，还能看到羊群和兔子嬉戏蹦跳。这是一个真正的国际社区，学生和员工来自几乎世界上每个国家，这与 20 世纪 90 年代的中国大学形成鲜明对比。课程非常紧张，课业很重，因为我们要在四个阶段里完成 12 个科目的学习，包括结业论文和无数的学期论文以及合作作业。重新开始上课后，我在给王瑶的信里写下了我的想法：

各科老师简要介绍了我们第一学期要学习的课程。还给了我们六本书，要在12月15日第一学期结束前学完。第二学期从1月开始，但紧接着1月3日到7就要进行考试，真的很紧张。我不知道圣诞节是在德国过比较好，还是留在这里准备考试比较好。我有点担心，因为课程从会计、金融和经济开始，这些我都没学过。

第一个阶段的学习简直像噩梦，因为会计、金融、商业决策分析等课程涉及到数学。我必须坦白承认，从第一节课起一直到期末考试都非常艰难，我差一点就没通过考试。幸亏王瑶在这一阶段来看我，并帮助我学习一些代数方程。好的事情是，我作业完成得很好，而作业分也加进了最终成绩，所以总分还算体面。我的中国朋友和印度朋友（占了全班人数的将近60%）看到我的金融学作业得了74%的分数（全班第二名）都感到惊讶不已。简直难以置信！当时压力很大，在我写给王瑶的信里有所反映：

我感觉时间如此紧张。没有时间或者只有很少的时间吃午饭。我已经开始买水果当午饭吃，必要时就在校园里的小餐馆随便吃点。到目前为止进展良好，我希望我能应付得了。

在这样一个紧张的学习项目中，我学到的最好的东西是时间管理，快速决策，有效率、切实地解决问题，多任务操作，以及团队协作。我认为我们的学校也必须在非常早期的阶段教授这些技能。总之，第一阶段的学习之后，我在之后的各个阶段也做得非常好。我喜欢战略、市场营销、宏观经济学、人力资源管理、领导力、商业规划等课程。我们甚至组织了一场关于中国和印度的辩论，我对中国的经济奇迹表示赞赏，为此我的印度朋友们感到不满。公司内作业非常有意思，我们与上至高管下至车间员工的人员对话，试图找到解决一些问题的办法。我在 Astra Zeneca 的结业实习同样有趣。为了实习，我必须从兰开斯特坐火车到曼彻斯特。课堂讨论气氛激烈，印度学生一如往常地非常好辩，中国学生除了一两个之外上课都非常安静。他们中的一些人在陈述作业方面有问题，乐于让团队里的印度同学帮忙。他们是很好的团队成员，对所有作业都积极出力。他们很高兴能用中文跟我阐述观点。没有太多时间休闲，但尽管如此，我还是抽出时间去湖区散步，周末时学校酒吧是聚会地点。有时当地的英国学生还邀请我们参加他们的后花园派对。校园里有一个游泳池，还有其他体育设施，但是因为我们感到时间紧迫，所以大多数人没时间进行体育锻炼，我更喜欢沿着主干道旁的小路慢跑。就食物而言，这里没有北大和社科院研究生院的多样与奢侈。我自己在公共厨房里做饭，厨房里有天然气灶也有电炉，还有洗衣机、滚筒式烘干机和冰箱。大部分物品都是从兰开斯特市中心的“一分店”和“一磅店”买来。我的宿舍生涯中最难忘的事情是，有时半夜里听到消防车震耳欲聋的警报声响起，学生们就得从宿舍房间里疏散出来在寒冷的户外待着。显然，一定是做饭的烟雾触发了宿舍厨房的烟雾警报器。当地学生常常指责印度和中国学生。

我的 MBA 课程即将结束之时，许多人开始在欧洲找工作，而那些有家族企业的学生则打算回家。大多数的中国和印度学生，除了一两个特例，都回国去了。在英国的五六家公司完成作业之后，我没有到企业界工作的兴趣。因为我还是对学术感兴趣，所以我向苏格兰爱丁堡大学的苏格兰中国研究中心递交了博士后研究申请。我有幸得到奖学金，立即搬离兰开斯特，前往美丽如画的爱丁堡。

苏格兰爱丁堡大学

爱丁堡大学成立于 1582 年，是英国最古老的大学之一，校友包括博物学家查尔斯・达尔文、哲学家大卫・休谟、发明家亚历山大・格雷厄姆・贝尔、作家阿瑟・柯南・道尔爵士和许多大学的诺贝尔奖获得者。学校的许多建筑分布在老城，这里是城市最古老的部分，立着中世纪和宗教改革时期的建筑和城堡。我与一个德国人和一个法国人在牛津街合租了一套三居室公寓，就离圣鲁德公园的亚瑟王宝座不远。

爱丁堡大学是追求学术的好地方，有最好的设施，数据库先进，那种技术直到最近才进入印度。我的博士后研究是关于现当代中印关系，我发现图书馆资源和数据库极其丰富，工作人员也非常热心。此外，我还教了本科和研究生的课。我要向邦妮·麦克杜格尔教授汇报进展，她是鲁迅的传记作者，也是当时的中心主任。我同时在教文学、中国文明（公开课）和翻译方面的课程。我很惊讶地发现这些课程的授课语言是英语而不是中文。当我问学生们的选择，大多数人倾向于中文，尤其是文学课。当我在中心会议上提出这一点，大多数同事都赞成，除了麦克杜格尔教授，她担心我作为一个非中文母语的人，可能会教坏学生的发音，当然这是不可能的。麦克杜格尔教授最后同意了，条件是她会来我的课上旁听，以评判我是否能用中文教学。中心的同事们觉得她对我太严厉，根本没必要。但是我很高兴，对于她来听我的课完全没有异议。我用中文完成了课程，互动性很强，学生们可以问问题，然后我们一起找答案。学生们对这种方式非常满意，他们立即批准，从那以后麦克杜格尔教授再也没有出现在课堂上。关于中国文化的特别讲座是用英语进行，这是一个公开课，吸引了各个专业的40—45个学生。中心告诉我学生们的反馈很好。

在兰开斯特时我一直提心吊胆，而爱丁堡则完全不同，这里的生活非常放松和愉快。原因有两个：一，我从事的是现当代中印关系研究，这是我内心想做的事情。二，教学工作也很适合我，因为对于所教的领域我有丰富的教育背景和经验。三，同事和学生们对我非常支持。我们午餐时坐在一起吃饭，有时候我跟学生一起吃午饭或晚上在酒吧喝啤酒。四，周末时间可以用来探索美丽的苏格兰高地，这里在很多方面跟我的家乡很像。最后，因为王瑶经常往返于德国和中国，她常花时间来爱丁堡看我，而我也趁假期去德国看她。因此，虽然我们不在同一个城市，但最终一年能见几次面，这种“奢侈”是我在德里的时候没有的。

虽然我跟室友和其他朋友探索了苏格兰的很多地方，但我与王瑶一起在苏格兰高地的旅行仍然是一次难忘的经历。有一次，我们参加了为期三天的小旅行团，从爱丁堡出发前往苏格兰高地和斯凯岛。我们经过林利斯哥宫和斯特灵小镇，小镇的城堡非常适合拍照，附近的山顶上立着华莱士纪念碑。导游激情澎湃地讲述了1292年苏格兰人民英雄威廉·华莱士爵士带领苏格兰人大败前来侵犯的英格兰爱德华一世部队，并赢得斯特灵桥之战胜利的故事。我们驾车经过格伦科谷和格兰尼斯维谷,1996年好莱坞大片《勇敢的心》就是在这里拍摄，片中，梅尔·吉布森扮演了英雄华莱士。我们开车穿过火山多发的地区，薄雾笼罩的山脉徒增了我们的焦虑。之前有一次我们造访过该地区唯一的一家乡村酒吧，一支来自苏格兰高地的乐队在那里演奏经典盖尔音乐。经过苏格兰高地以后，我们开车穿越美丽的五姐妹山，向斯凯岛进发。我们中途停下来造访标志性的爱莲·朵娜城堡，城堡于18世纪早期詹姆斯二世党人起义期间被毁，后经修复。城堡俯瞰斯凯岛，三大海湾在此交会。我们在波特里过了一晚，第二天早上散步穿过惊人的Trotternish岭，但并没有我们的导游描述的那样具有挑战性。柯尔特岩的瀑布着实美得令人叹为观止。第三天，我们往南穿过山丘到达尼斯湖，看传说中的“尼斯湖水怪”，只是我们并没有看到水怪。我们在湖中泛舟，天空蔚蓝，微风清爽，你能感觉到丝丝凉意蜿蜒穿过鼻腔直通大脑。回爱丁堡的路上，我们在达尔维尼停留，这里有苏格兰最高的威士忌酿酒厂之一，我们买了几瓶打算送给安格尔先生。尽管我们住在 B&B 旅馆，但非常享受这次旅行。这是对苏格兰历史、苏格兰人民的自豪感、民族主义、民族英雄和野蛮的中世纪的短暂一瞥。风景如画，神奇雄伟，如果幸运的话可以看到羚羊和高地牛。在很多地方你可以尝试典型的 16 世纪苏格兰方格呢裙、毛皮袋和插在袜子里的 sgian-dubh 刀。宽大的双刃剑有时会很难把持，难怪在伦敦时，我发现苏格兰人背包里插着苏格兰旗帜，还把旗子画在脸上！

丹麦结连理

2003 年 9 月我完成了博士后课程。王瑶在南京工作已经两年，非常繁忙，但是经常作为公司代表飞回德国。我面临两种选择：一，从尼赫鲁大学辞职，继续在爱丁堡大学教书或找个新工作；二，回印度。我与王瑶一起权衡利弊后，决定回到印度，原因如下。首先，如果继续留在苏格兰，我的学术之路将非常艰难，因为英国不会关注一个在苏格兰进行中印关系研究的印度人。其次，由于印度缺乏中国和中国研究方面的专业知识，所以印度的大学比英国更需要我。第三，由于中印关系正变成 21 世纪的重要关系，所以我留在印度或中国更合情理。第四，因为我已经在印度最好的大学之一有了长期工作，还是不要放弃比较明智，所谓一鸟在手胜过二鸟在林。第五，由于尼赫鲁大学坚持要我要么回国要么辞职，所以这也影响着我的抉择。最后一点，由于我和王瑶仍维持着异地恋，所以我在英国和印度也没什么分别。此外，王瑶自己也在南京工作，尽管她有了更多的机会去德国，但没有很多假期。因此，尽管王瑶的父母感到很失望，我们还是决定回到印度。

我们的爱情长跑已经持续十年。我们在中国的朋友常问我们：你们的马拉松什么时候才能跑到头？抗日战争八年都打完了，你们简直太了不起了！王瑶虽然想要一份自己喜欢的工作，但她也告诉我，她像其他女孩一样，想要一个家庭，一个爱她的人，过普普通通的生活。她说她是个简单的人，不是什么职业女性。我相信我们之间一定有什么东西让我们选择维持联系并保持单身。我们也曾试图结束这段关系，有一次我甚至编造了一个故事，说我与一个印度女孩在一起，她还怀孕了！但什么也打消不了我们对自己的爱情长跑的信心。既然如此，我们都认为，为何不结婚，给这段缘分一个机会？

2004 年夏天，瑶已经回到苏斯帕总部，我想去看她。那时她已经成为德国公民，她的妹妹长期在德国工作，她的父母也去德国看望两个女儿。我们询问了德国的登记手续，认为很麻烦，可能无法在我停留的两个月期间完成注册。与此同时，我们正计划前往丹麦南部的 Skærbæk 自治区，在这里有一条堤道把德国北部与丹麦连接起来。2007 年 Skærbæk 并入 Tonder 以后就不再是自治区了。与此同时，我们在查阅旅游信息时，偶然看到 Skærbæk 市政厅的简单易行的婚姻登记服务。安格尔先生还是和以前一样乐于助人，他联系了有关部门核实信息的真实性，了解到这里的登记是有效的，所有申根国家都承认，而德国就是申根成员国。

我们提前做好所有安排，婚姻登记变成我们行程的一部分。这还不是全部，登记处还帮我们安排了很好的酒店和行程。我们在 Skærbæk 订了一个“铁器时代”主题茅草度假屋。王瑶的全家人都来了，还有安格尔先生和我们在柏林的朋友梅耶和吉娜。2004 年 8 月 16 日，早餐之后，王瑶花了一些时间来打扮。我第一次看到她穿旗袍，头发梳成发髻。她看起来美极了。我穿着深蓝色西装，看不出有什么不同。一会儿之后，我们八个人聚集在市政厅，受到镇长 Svend Ole Gammelgaed 的欢迎。过程并不复杂，我们交换了戒指（我和王瑶早就在印度交换过戒指，只是当时没有任何仪式），在一张纸上签了名，我们就是夫妻了！仪式结束后，我们去附近的一家餐厅吃午餐，席间要了一些酒，庆祝我们结婚！

我们之前计划多待些日子，一起在柏林住一段时间。但让王瑶失望的是，我们从德国去丹麦之前我收到邮件，通知面试副教授职位的日期，这一职位是我从苏格兰回印度后申请的。让我们沮丧的是，面试的日期定于 2004 年 8 月 18 日，王瑶虽然不情愿，但还是认为我应该回去。因此，16 日晚上赶紧我登上一列夜班车，从 Skærbæk 到德国边界，然后换乘 ICE，赶 17 日下午从法兰克福飞往德里的航班。我凌晨到达德里，面试前睡了一会儿，然后与 8 月 18 日早上 10 点来到评审们面前。我很幸运地得到升职，有损失也有收获，我这样安慰自己。

虽然我们在不同寻常的情况下结婚，但婚后的生活并没有太多改变。王瑶由于工作需要仍留在德国，而我在印度。直到 2004 年寒假，我才在圣诞期间再次在德国见到她。2005 年初她来看了我，我在暑假和寒假又去看她。

适应有孩子的生活

让我们兴奋的是，2006 年春天我们即将成为父母。我已经申请了陪产假，那时候只有 15 天，殷切地期盼着我们的第一个孩子的到来。但是，令我失望的是，德国大使馆驳回了我的签证，告知我因为“持旅游签证在丹麦结婚而违反了申根法规”，领事与我谈话后，我出于愤怒给他写了一封措辞严厉的电子邮件。让我惊讶的是，我被要求重新申请。我递交了申请，然后获得长期多次入境签证！

我对德国医院的规范化程度印象深刻。剖腹产手术前，我被要求穿上手术服。让我惊讶的是可以给新生儿拍摄视频。整个手术过程不超过 30 分钟。按照德国的传统，我犹豫不决地剪断了脐带。王瑶出手术室之前，新生儿和我待了半个小时。

当我把他抱在怀里，他不时看着我的眼睛。这是一个非常特别的时刻，我和他之间建立了一种不同的联系。这是我第一次有这种体验，给我留下了不可磨灭的印象。也许直到那一刻我才意识到，我是个爸爸了！

之后我们转移到医院三楼的单人病房，我的岳父岳母和安格尔先生已经聚集在那里。王瑶一直坚持找个婆罗门给儿子取名字，但因为我不信这样的传统，所以一拖再拖。到达德国时，我建议给孩子取名为 Svaraj，是印度神话中三大神祇之一的湿婆神的同义词。但这个名字倒成了问题，我们被威斯巴登新生儿登记处告知，根据德国法律，加入德国国籍的新生儿必须有德国或西方名字。我提议叫汉斯，因为汉斯在德国、北欧、丹麦和印度都有其含义。它在希伯来语里是“约翰”的变体，意为“耶和华有恩惠”，小汉斯是大家熟悉的童话故事《汉斯和格莱泰》里的人物，而在印度教传统中，它是梵文“天鹅”之意，而天鹅是大梵天（印度教神话中宇宙的创造者）的坐骑。与北欧的联系也是一个巧合，因为我们是在丹麦结的婚。巧合的是，当婆罗门看了汉斯星盘后，也建议取一个以字母 H 打头的名字，这是我三哥打电话告诉我的。

五天后，我们办理出院，住到王瑶在美茵兹的妹妹家里。按照规定，我们在附近选择了一个护士来我们的住处给汉斯做常规检查。此外，我岳父岳母和她的妹妹帮了很大的忙。我很快就离开了，于 2 月底回到印度。2006 年 5—6 月暑假期间我回到德国。那段时间很忙碌，除了照看汉斯，我还要完成中国驻印度大使馆的翻译任务。孙玉玺大使问我能不能把《我与柯棣华》一书译成英语。这本书是由伟大的国际主义战士柯棣华大夫的夫人郭庆兰口述。这是一项重要任务，因为这本书将会交给柯棣华的家人，还会在时任中国国家主席胡锦涛2006年10月访问印度期间交给他们。我立刻应允，并按时完成任务。2006年8月30日，这本书由印度前总理因德尔·库马尔·古杰拉尔在大使馆先行发布。我大哥专门从库鲁赶来参加了仪式。与此同时，我之前在德国度假期间申请了亚洲奖学金基金会的亚洲奖学金，以进行中国“三农”问题的相关研究。我被选中，要在7月初前往泰国参加启动仪式和会议。这个奖学金不仅对我的职业发展来说是一个很好的机会，也促成了我们在北京与家人的相聚。2006年8月31日，我登上埃塞俄比亚航空公司班机，于9月1日到达北京。

这一次，我于2006年9月至2007年5月期间在社科院农村发展研究所担任访问学者，王瑶和汉斯于10月来到北京与我一起生活。我们买了许多关于教育的书籍，并严格遵守。事后看来，这是件好事，因为汉斯长成一个作息有规律而且很有自律性的孩子。他喜欢看书，会长时间坐着翻书，并对每张图片表现出兴趣。我的岳父岳母都在他身边，给他买书和玩具，有时同一样东西重复买了好多遍。

也有令人苦恼的时候，因为汉斯经常生病。有一次，我们所有人都对医院里医护人员的态度感到不快。我在2007年1月11日写给汉斯的信里讲述了这一事件：

晚上你被送往附近的医院，结果很吓人。你验完血后，医生们发现你感染了EB病毒。为了确定医生的诊断，你的母亲、阿姨和外祖父母带你去了北京最大的儿科医院。医生又验了一次血，结果显示你的单核细胞数量极高，达到19%，而正常范围应该是2%—8%。你妈妈问医生什么病毒，那个女医生反驳说："如果我告诉你，你今晚就别想睡觉了。"你妈妈听到女医生的这些话，简直吓懵了。医生建议你立即住院。但我们把你带回家，考虑下一步行动。这事非常重要，因为有以下几点原因：一，你的医疗保险在德国；二，据说一天费用要3000至4000元人民币，包括床位费、医药费、设备费、医院服务费、食品费等等，与德国相比费用过高；三，你妈妈与一些中国的亲近友人讨论之后，认为中国的医院（包括医生）都是以赚钱为目的的，不够专业；四，从治疗费用和医生方面考虑，德国都是一个很好的选择，所以为什么不回德国治疗；五，因为机票和其他手续需要一段时间，何不带你再去另外一家医院确认一下病毒。考虑到这些，我们带你去了协和医院，可能是中国最古老的传教士医院之一（解放前柯棣华大夫的夫人郭庆兰曾在这里当护士，有关细节可以在《我与柯棣华》一书中找到，这本书由我从中文编译成英文）。我们得知你的血液测试显示EB病毒阴性时大松了一口气，但医生告诉我们，为了确定今天的检测结果，他们需要对你的血液样本再进行一次检测，报告将在一个星期后出来，他们建议我们一边给你吃药一边等结果。这样一切都好，你和妈妈能留下跟我在一起，否则我就得在一个星期后送你去德国。医生是 1 月 16 日取的血液样本，这意味着我们得等到 1 月 23 日。

谢天谢地，一切都好。王瑶和汉斯跟我待到 3 月，剩下的时间我用来写报告，并为 7 月份在泰国的一场研讨会写一篇论文。农村发展研究所的奖学金项目非常重要，也很有前景。中国农业和社会问题对我来说是一个未知的领域，直到我读了陈桂棣和春桃合写的《中国农民调查》(2004) 的中文版，以及托马斯·P. 伯恩斯坦和奥布莱恩等西方学者写的几篇文章，另外还有一些关于中国农业部门的媒体报道。中国政府十分担心，这一点可以从发布的一系列“一号文件”中看出。2005 年 10 月 8 日到 11 日之间对第 11 个五年计划 (2006—2010) 的三农问题进行了讨论。2004 年全国各地大规模的农民有组织抗议有 7.4 万，2005 年有 8.7 万。2006 年官方拨款 420 亿美元用于处理三农问题，可见中国的农村问题形势严峻。国内外有关三农问题的讨论表明，中国农村动荡不安，有可能破坏中国的和平崛起。

在 9 个月的研究期间，我对改革前后中国农业发展和政策、废除农业税的原因和农业税制改革后的情况进行了评估。这包括研究税收对农民造成的负担、城乡差异、农民抗议，对 2004 年实施直接农业补贴、2006 年废除农业税带来的好处和效果的评估，以及对中国政府采取的稳定农村措施是否导致农民的收入增长，是否导致农民请愿和抗议的次数减少的研究。我的发现表明，大多数农村家庭对取消税收表示满意，但也表示对农业成本提高以及政府在农村教育和医疗系统方面的承诺感到失望。我的一些建议是，中国必须创造新的渠道来增加农民收入，农村土地管理需要改革，补贴资金需要集中，为公共福利项目建立专项基金，进行基层组织改革等等。这一经历让我眼界大开，我必须承认，在中国农村各地广泛走访之后，我感觉到中国太大，我对中国的了解太少。尽管如此，这项研究还是让我对中国的了解有所加深。就此说来，我将永远对亚洲奖学金基金会、对当时农村发展研究所的所长张晓山教授心怀感激，感谢他的慷慨支持，让我在中国居住舒适、收获良多。我特别感谢杜志雄和朱刚教授，他们代表农村发展研究所负责接待我，为我提供相当大的帮助，以及无数具有真知灼见的意见和有用的建议。社科院世界宗教研究所当代宗教研究室负责人邱永辉教授非常慷慨，她在我来中国前和在中国期间为我提供了各种帮助。

岳父岳母在印度

我6月回到印度，像往常一样开始忙于学术。2007年11月开始，王瑶、汉斯和我的岳父岳母与我一起在尼赫鲁大学度过了三个月。12月，王瑶的妹妹和她的一个从日本来的中国女性朋友也来到印度。另外，王瑶的嫂子也来照顾汉斯。我在尼赫鲁大学小小的三居室住宅变得混乱不堪。我们遇到的第一个问题是，我岳母起了疱疹。我带她去了大学诊所，但她担心印度的药品不安全。她不太情愿地吃了药，几天后好了起来。然后是食物问题。虽然我们有一个女佣打扫房间、做午饭，但是我的岳父岳母之前从未吃过印度食物，所以觉得印度菜与中国菜大不相同。我的岳父一点也不爱吃姜黄和孜然。在印度，绿叶蔬菜的选择也很有限，他厌倦了总吃菠菜和芥末。这里也没有中国白酒，虽然我存了几箱印度啤酒，我相信这是对他唯一的安慰，因为他也不喜欢威士忌和葡萄酒。总之，他们从中国带来了大量的香菇、酱油、醋等物品。另外，我们还要求学校的蔬菜供应商尽量弄些白菜、芹菜、葱等来，让他们过得舒服一点。

在中国的好处是，周围有许多餐馆，可以以合理的价格从这些地方购买肉类和其他菜品。在印度就没有这种享受，而是必须自己做饭，虽然家里有帮手，但他们不擅长烹饪中国菜。我们遇到的最大的问题是关于我的岳父岳母的印度签证。他们以为他们签证的停留时间是三个月，从 2007 年 11 月 5 日到 2008 年 2 月 5 日。但实际上这是他们进入印度的时间，签证的有效期其实只有一个月，签证上明确写道：停留不得超过一个月。12 月 13 日，当我看到他们的护照时，我发现他们已经超过停留期限。我带他们去了地区外国人登记处，后来又去了内政部申请延期。我说明了他们超过停留期的原因，然后申请延期两个月。他们缴纳了大约 4000 卢比的罚款和 3000 卢比的签证费，但只能延长一个月。但后来我们又想办法延长到 2008 年 2 月 5 日，然后又延到 2 月 8 日，在印度一起过了中国新年。

在印度期间，我带他们在德里逛了逛。有一次他们还去了阿格拉的泰姬陵，这是印度最著名的历史古迹之一。事后看来，他们在印度的这三个月一定不好过，但他们从不抱怨，很高兴能与他们的女儿和外孙待在一起。由于冬天太冷，我没法带他们去我的家乡。他们看到我们在尼赫鲁大学的房子周围有如此多的绿色植物和野生动物，感到十分惊奇。岳父开玩笑地说，这才是真正的“和谐社会”，人与自然完全和谐共处。这种“和谐”并不局限于校园，德里的道路上也是如此！他们惊讶地看见牛在德里繁忙的道路上行走，竟然不会被莽撞的司机撞到！他们对这座城市的印象不太好，他们觉得这里不卫生、混乱，司机开车很野蛮。他们肯定是在与北京对比，北京在奥运会后经历了巨大的转变。他们离开德里后不久，王瑶和汉斯也回了德国。2008 年夏天奥运会前夕，我们又重新在北京相聚。

奥运前夕

5 月 15 日，我在北京首都国际机场高兴地迎接王瑶和汉斯的到来。为迎接奥运，北京发生了翻天覆地的变化。尤其引人注目的是首都机场新建的充满现代感的三号航站楼。政府为了美化北京不遗余力，天安门广场铺设了花坛和进口草皮。当我看到数百名民工如蜜蜂一般种花，让我想起了中国一个逝去时代的群众运动。北京市内及周边地区的工厂都接到严格命令，要求他们从 7 月 20 日起立即停止生产，以配合北京奥运减少污染。为了弥补损失，大部分工厂包括我们附近的一座水泥厂日夜生产，让周围居民也夜不能寐。从 7 月 20 日起对小汽车实行单双号限行，以避免奥运期间发生交通堵塞和车辆尾气污染。所有的居民区都挂了倒计时时钟，还有支持奥运的横幅和海报。农民工的棚屋和传统的贫民区被拆除，为拓宽道路和新建摩天大楼提供空间。出租车司机要上简单的英语会话课程，这让许多中年出租车司机头痛不已。黄色短袖衬衫配黑裤子是他们专门为奥运设计的着装。当地警察也迅速行动，并提醒外国人不要超期限停留，贴在居民区每座楼房入口处的告示提醒居民，如果房子租给外国人要向附近公安局汇报，如果打算在奥运前后和奥运期间把房子租给外国人，要提前向警察汇报。这些都体现出中国为举办奥运而采取的安全措施以及付出的努力。

举办奥运会变成了一场运动，在中国的对内与对外政策中都有体现。参加开幕式的所有外国领导人都上了全国性报纸的头条。2008 年 7 月 6 日的一个标题写道：“布什和福田将参加奥运开幕式”。当法国总统萨科齐把他出席开幕式的可能性与人权问题联系起来，他在中国遭到所有人的鄙视。一些报纸警告萨科齐：“奥运是一个严肃的问题，与乱搞法国女人不同。”暗示他与法国模特的婚外情。萨科齐的插曲与另外一场更大的灾难相比显得微不足道：5月12日四川发生地震，造成超过7万人死亡，数百万人无家可归。即便是这样大规模的灾难，也没有阻挠中国人举办奥运会的决心。也许是有史以来第一次，救援行动在媒体的注视下进行，关于地震的报告和救援工作的报道有了更大的透明度。各级部门都号召捐助灾民，捐赠者名单张贴在居委会告示栏里。甚至连出租车的后座上都挂着捐款箱，号召大家捐款。难怪中国可以在很短的时间内筹集到460亿元左右的捐款！群情激昂的中国新贵阶层开着私家车到四川运送物资，结果造成交通堵塞，让本已混乱的局面更加混乱。

一些社论措辞严肃地写道，地震不会打击13亿人成功举办奥运会的决心，也不会破坏中华民族实现世纪梦想的期望。对中华民族来说，北京奥运会将是一个全新的开始，13亿中国人民敞开双臂欢迎全世界的朋友到来。北京奥运会开始前就是这样的一种气氛，而我得以亲眼见证。

我没能留下来观看比赛，但一直在媒体上关注赛事。第29届奥林匹克运动会华丽的开幕式由著名电影导演张艺谋执导，于2008年8月8日晚上8点8分的吉时在国家体育场（也称鸟巢）开幕。这座耗资4.28亿美元的场馆是专门为奥运会修建的。中国花了440亿美元建造体育基础设施、铁路、公路和地铁网络以及迁移北京及周边地区的污染工业。各项赛事受到前所未有欢迎，有47亿观众（相当于全世界70%的人口）在为期三周的奥运会期间观看了比赛。仅在中国，就有8.4亿多观众坐在电视机前。中国成为赢得金牌数量最多的国家，而美国位居第二，获得 36 枚金牌。但美国的奖牌总数是 110 枚，而中国是 100 枚。有时，学者会用 2008 年奥运奖牌总数与中美关系进行对比。中国国际问题研究所副所长阮宗泽教授说：“中国在短时期内不会挑战美国的霸权，而是将作为一个快乐的改革派排在第二位，满足于 2008 年奥运会奖牌分布那样的双赢局面：美国获得的总奖牌数最多，而中国赢得的金牌数最多。”

也许是因为奥运会，北京成功修建了一个可与东京等国际发达城市媲美的立体交通系统，地下、地面与高架交通串联运作，每天搭载数以百万计的乘客。多条新地铁线路开放，老的线路则做了延长，设施先进的北京南站使公共交通更加便捷。中国成为第三个举办奥运的亚洲国家。毫无疑问，对任何一个国家来说，能够成功举办这样盛大的赛事都是国家的巨大成就。

中国幼儿园

汉斯两岁多了，我们想送他上灵童幼儿园，是我们住的翠谷玉景小区里的一所幼儿园。这是一所全托幼儿园，每天 8 : 00 至 17 : 00 上课，提供一日三餐和午睡的小床。一开始，汉斯不是很喜欢这所幼儿园，常常把它与印度的快乐小脚和他在德国上的幼儿园比较。如果让他选，他更喜欢印度和德国的幼儿园。我想这是因为，印度和德国的幼儿园更自由，而在灵童幼儿园，他得遵守纪律，跟小朋友们一起吃饭，每小时排队上厕所，午饭后必须跟20多个小伙伴一起睡觉。午睡时间，一排排整齐的小床旁，几十个老师齐声拍着几十个孩子入睡，简直是一道景色。看起来，汉斯对周围一大群说中文的大人和孩子感到不适。我每天负责接送他，有时汉斯的外公外婆也来接他，与我们在一起待到睡觉。

德国的幼儿园不像中国幼儿园那样纪律严明。家长们参与到孩子中间，跟幼儿园老师一起玩耍、唱歌。幼儿园不提供任何食物，而是家长们带饭到学校来，午饭时与大家分享。场面会有点乱，孩子们哭号着、抢玩具、自己到处瞎跑。印度的幼儿园居于两者之间，不像西方那样绝对自由，也不像中国那样纪律严格。幼儿园提供早餐和午餐，水果在下午放学之前提供；也有床，但午睡不像在中国那样是强制性的。

在印度安家

我必须承认，我们经常在各地之间来回，旅费花了不少。我和王瑶都厌倦了在新德里、北京和德国之间飞来飞去。虽然我们在北京有一个家，但在德国时我们跟王琪挤在她家，有时候我觉得我们侵犯了她的个人空间。此外，汉斯已经两岁半了，父母总有一方不在身边对孩子的成长不利。自从我们在北京相识，就一直到处漂泊，这样已经超过15年。我们结婚已经四年，但婚姻也没有带来生活的稳定。我认为我们已经到了必须做出艰难抉择的节点。此外，由于SUSPA的领导层产生了重大变动，新的领导层并没有为离开工作岗位两年的王瑶考虑。几轮谈判后，她认为辞职是更好的选择，于是她辞了职。她得到另一家德国公司的工作机会，但由于汉斯太年幼，她没能及时入职。就是在这种情况下，我们决定2008年10月搬回印度。

对王瑶来说，搬到印度并非易事，尤其是她在德国生活了这么多年之后。中国的一些城市在公共服务和生活基本设施方面已经赶上了西方，但毫无疑问，印度远远赶不上中国在世纪之交经历的那种城市化，差距清晰可见，并且越来越大。但是，虽然有不足之处，同时也有一些优点。一，尼赫鲁大学坐落于一条绿化带上，整体空气质量比德里的许多地方都好。二，它位于德里南部，大多数教育机构都不远。德里还有许多国际学校，教育质量也是别处没法比的。最后，尼赫鲁大学是一个小型学术社区，住在校园里跟住在校外有很大不同。也许是出于这些原因，王瑶同意搬到印度。

然而，一到印度，她就开始变得焦躁不安。由于汉斯开始在附近上幼儿园，她在家无事可做。她不用做饭、打扫或者照料花园，因为有专人帮我们做这些事。有时候，她脾气很差，会跟我吵架，虽然我对她的状况也有责任，因为我一直忙于教学和研究。一开始，我们试图联系一些在印度的德国公司，但没有取得什么进展。几个月后的2009年年初，我们联系到了中国电信巨头华为，终于成功了！王瑶开始为电信公司工作。她对自己的职责不满意，于是在2010年跳槽到印度的中兴通讯，是另一家中国电信巨头，也是华为的竞争对手。从她加入中兴通讯到现在已经六年多了，她的职责包括公司事务、企业业务、与中印政府官员、媒体以及印度其他电信客户的公共关系。她在印度中兴通讯公司表现也十分出色。2012 年，她被评为“明星员工”，2013 年又被评为全球四个最佳公关经理之一。

2010 年 10 月我们幸运地拥有了第二个儿子，杰伊。这一次，我们不像之前那样研究育儿书了，这种随意性导致杰伊的剖宫产手术晚了 3—4 个小时，因为王瑶 2010 年 10 月 12 日早上吃早餐时还完全没有感觉。至于他的名字，杰伊在印地语里是胜利的意思，在英语里是快乐，同时杰伊跟汉斯一样也是一种鸟。生产后，我们没有在医院久住。因为王瑶没有休长产假，只有一个非常短暂的假期，两个月后就带着杰伊飞回印度。刚一回来，她就立即回到工作岗位，结果杰伊也没有享受到延长的母乳喂养期。2011 年是非常关键的一年。由于台拉登的杜恩大学（Doon University）开设了中文的综合硕士课程，当时的校长 Girijesh Pant 曾要求我从 2011 年 1 月起在一年的时间里帮助大学制定和巩固课程。在这一关键时期，我们得到王瑶的嫂子的鼎力相助，她曾经在中国帮忙照顾汉斯 6 个月。由于她的签证只有三个月有效期，她不得不回到中国。幸亏我的二哥和二嫂帮我们照料杰伊一整年，直到我们把他送到小珍珠幼儿园（汉斯也在同一家幼儿园上了四年），否则我们的生活一定痛苦不堪。我在德里和台拉登之间乘火车往返，这辈子从来没坐过这么多火车。我常常一周回来一次，有时两周回来一次。虽然我们定居在印度，但是我们仍然固定地在北京跟岳父岳母一起过暑假，冬天则在威斯巴登与王瑶的教父和妹妹一起度过。时不时我们也常抽时间在印度各地旅游。

我们的居家日常

我相信，困难时期已经过去。汉斯即将满 11 岁，杰伊也快 6 岁了。我们在家的通用语是中文和英语。我跟王瑶说中文，孩子们更喜欢跟妈妈说中文，跟我则说英语。而他们二人之间说话则更喜欢用英语。

他们俩都会上德里公立国际学校（DPSI），这所学校的董事会是剑桥的，不像大部分印度学校是由中等教育中央委员会（CBSE）或印度中等教育认证处（ICSE）管理。我们之所以选择这里，是因为其课程很有创新意识，而且学习没有压力。大多数的 CBSE 和 ICSE 学校的学生数量都非常多，教学方法很传统，强调死记硬背。 而 DPSI 则强调培养学生的智商和情商。还有一些额外课程，可以提高学生的沟通能力，团队协作能力、组织以及领导能力。虽然学校没有精英体育设施，如高尔夫和骑马，但其他传统体育项目都有，而且有专业的辅导班。我一般负责监督孩子的作业和阅读能力，而王瑶则负责中文和珠算课。

他们两人坐校车上学，但是由于停靠站在尼赫鲁大学北门，我们需要从那里接送他们。由于王瑶的办公室设在古尔冈，离尼赫鲁大学 20 公里，所以大部分时间是我负责接送孩子。周六，孩子们要参加课外班，如珠算，王瑶就开车载他们。一开始她不太敢在德里的路上开车，但是后来她在德里的路上磨炼了“车技”，即便在令人发狂的交通高峰期也能开车。就食物而言，我们是一半中餐一半印度菜，但孩子们偏爱中餐。他们在学校吃午餐，通常是印度北部或南部风味。在家里，王瑶负责下厨，不过有时我也试着做一些自己喜欢的中国菜和印度菜。王瑶可以说有“洁癖”，我们三个人有时会因为把家里弄乱而遭到训斥。虽然我们有一个女佣，上午会把整个房子打扫一遍，但如果你看到女佣走后王瑶又打扫一遍也不用感到惊讶。

我们尽最大的努力为孩子们灌输国际主义精神。虽然印地语不是必须学，但是由于我们生活在印度，我们还是希望他们了解印度的文化传统。本着同样的精神，我们也尽量增加他们对中国文化和文明的了解，并要求他们学习汉语。因此，只要我们在中国，就送他们去汉语学校读书。我们还带他们去中国的各个地方，让他们更多地了解这个国家。由于兄弟俩都出生在德国，他们还选择了德语作为学校的第三语言。他们的德国爷爷给他们买了些德语童书，汉斯读起来完全没有障碍。也是出于这个原因，他们每年都去德国过圣诞节，为此感到非常兴奋。他们对中国的农历新年、印度的洒红节和排灯节也同样感到兴奋。正如他们名字的寓意所指，我们希望他们像两只鸟儿一样自由，探索天空的浩瀚。我们对他们没有太多的要求，只要他们成长为好人就可以。

印度“中国热”

尽管汉语是联合国的工作语言之一，又是世界上使用人口最多的语言，但是长期以来，汉语一直在前进道路上步履蹒跚，仿若一个身患畸形之症的巨人。明朝万历皇帝曾致书沙皇表达善意，但这封国书却被束之高阁长达 50 年。这不仅反映出两个邻国之间交流上的鸿沟，也体现出庞大帝国的傲慢自大。中国的经济奇迹似乎已经治愈了汉语的畸形之症，巨人不再跛行，其脚印也遍布全世界。第一世界国家曾经嗤之以鼻的语言现在却受到国际社会的追捧；人们曾极为藐视汉字，认为它是难以解读、无法理解的象形文字，现在却视其为美和艺术的化身。汉字也是世界各地的人们最喜爱的纹身图案。在苏格兰时，我的许多印度朋友都在身上纹有汉字，但他们同汉语实则毫无瓜葛。21世纪可称作是亚洲的世纪，而汉语也被视为本世纪的代表语言。

的确，为什么不呢？早在1998年，我曾乘坐阿联酋航空公司的班机，从德里经迪拜飞往法兰克福，当时便在飞机上见到了会讲汉语的空乘。我与朋友谈及这次经历时，朋友们告诉我，在美国和其他亚洲的航线上也有同样的趋势。21世纪初我曾到访泰国，在曼谷的素万那普机场看到指示牌上不仅有泰文和英文，还写有中文。更有甚者，为了吸引消费者，商场里也设有夺目的中文标识牌。所有自动提款机、酒店和商场都接受使用中国的借记卡。以前，国际品牌的使用手册主要以欧洲文字甚至日文写就，现在中文在产品说明书上也有了一席之地。参观法国、德国和荷兰的博物馆时，我发现有不少人选择使用汉语的语音导游。随着中国品牌走向国际，中文广告在印刷和电子媒体上随处可见。企业界的新趋势是雇佣当地会讲汉语的人，这不仅在各国掀起一股学习汉语的热潮，也促使世界各地的学生蜂拥至中国。

同样，在印度，教授中文的大学里也充满形形色色的活动，其中最具价值的当属每年中国农历新年（春节）的庆祝活动。至少在我所供职的尼赫鲁大学，春节会举办一场节日庆祝活动，有校长、院长、系主任和中国驻印度大使出席，众多学生参与其中。汉语学习者们挂起各式各样乃至奇形怪状的汉字剪纸，贴对联，挂灯笼，四处装扮起来，尝试营造出“完美”的年味——虽然他们庆祝这节日的时候，中国的节庆活动其实早已经结束。活动包含中国流行歌曲演唱、小品和短剧表演等，这些充满文化气息的节目很受观众们的喜爱。当我还是名学生时，该节庆曾平淡乏味、无人问津。近年来，印度各地的众多院校却纷纷模仿起尼大的这一传统活动，形成了遍布印度全国的现象，充分表明汉语和中国文化在印度广受欢迎。尼大的学生和教职工发起的文化外交活动产生了巨大的回报，这些成果有时政府都难以企及。

随着需求激增，汉语进入了许多国家学校的课程设置中，印度也是其中之一。全球有许多大学提供本科和硕士研究生的中文教育课程，甚至设有中国语言文学的博士学位。众多政府部门开设了自己的中文学习中心，或者正在筹建此类培训设施，以培养自己的雇员。全球中文热潮背后的原因，无疑是中国经济和政治的崛起。中国是印度的最大邻邦，让我们看看印度对这样的全球现象作何反应，并分析印度过去如何对待汉语，又是如何应付当前局面的。

孟加拉汉学派

英国殖民时期，传教士马士曼 (Joshua Marshman, 1768—1837) 首次将汉语课程引入孟加拉地区。马士曼将《圣经》译成中文，并在西孟加拉的塞兰坡出版，该小镇位于加尔各答附近。另外，马士曼于 1806 年率先将《论语》从中文译成英文，不过他仅翻译了前九章。尽管马士曼一生都没去过中国，但他著有《汉语研究》(*Dissertation on the Chinese Language*, 1810)、《汉语语法要素》(*Elements of Chinese Grammar,* 1814)、《汉语入门》(*Clavis Sinica*)以及《汉字研究》(*Dissertation on Chinese Characters,* 1814)等。1814年，他的以上作品集结成一卷出版，名为《孔子的著作，附原文、译文及汉语汉字研究论述》(*The Works of Confucius, Containing the Original Text, with a Translation to Which is Prefixed, a Dissertation on the Chinese Language and Character*)。我们对当时的汉语教学情况知之甚少，推测可能是由当地华侨承担，因为马士曼自己的汉语就是向华人朋友学习的。主要帮助马士曼学习的应该是亚孟，他的父亲是中国人，母亲是孟加拉人。林则徐在广东担任钦差大臣时曾组织一支翻译团队，鸦片战争期间，亚孟是这支翻译团队的一员。[1]此外，马士曼曾致信当时的印度总督明托勋爵(1807—1813)，信上显示后者正在资助汉语的研究和发展。马士曼在自己书中的前言里说，本书“将帮助人们掌握这最为奇妙又难解的语言。当前环境下，它的地位越发重要，人们对它的兴趣也与日俱增”。不仅如此，明托似乎还在印度推动着汉语学习——马士曼感谢明托的“慷慨支持，他维护并促进了孟加拉地区的汉语研究”。[2]托马斯·曼

---

1 Kitson, J. Peter, *Forging Romantic China: Sino-British Cultural Exchange 1760-1840*. Cambridge University Press, 2013, p. 62.

2 Marshman, Joshua, *The Works of Confucius, Containing the Original Text, with a Translation to Which is Prefixed, a Dissertation on the Chinese Language and Character*, Mission Press, 1809. <https://books.google.co.in/books?id=RHBHAAAAcAAJ&printsec=frontcover&source=gbs_ge_summary_r&cad=0#v=onepage&q&f=false> (Ebook)

宁（Thomas Manning，1772—1840）是英国首位世俗界汉学家，是第一位面见达赖喇嘛的英国人，也是 1817 年阿美士德赴中国代表团的成员之一。马士曼曾经将《论语》的英文译文和《福音书》的中文译文寄给曼宁，二人就两部书的译文有过交流，马士曼请曼宁"以他的中国视角"检视自己的作品。从曼宁致父亲的信中可以看出，他对马士曼的汉语水平评价并不高。曼宁在其中一封信中写道："加尔各答的传教士声称自己对汉语有点了解，但他们其实都理解错了，孔子著作的译文简直是一团糟。"[1] 话虽如此，马士曼的贡献仍然是巨大的，因为这是世界出版史上第一部使用现代活字印刷技术印刷中文的出版物。

1813 年，明托结束自己的总督任期并离开印度，孟加拉地区的汉学研究随即骤然停滞。不过，马士曼仍然在 1822 年最终出版了《圣经》全译本。一个世纪之后，直到 1918 年，加尔各答大学才设置了汉语课程。加尔各答大学建立于 1857 年，开设这门课程显然是为了帮助人们了解中国。当时的中国通过孙中山领导的武装的辛亥革命，已经推翻了清政府（1644—1911），在人们眼中是亚洲复兴的标志。拉・比・鲍斯（Rash Behari Bose）、巴尔卡图拉（Barakatullah）、苏・莫・鲍斯（Surender Mohan Bose）和拉・拉・拉伊（Lala Lajpat Rai）等许多印度革命者和民族主义者，都与孙中山和其他国民党领袖有着密切的联系。为了将亚洲

1　曼宁的书信由皇家亚洲学会制作。详见：http://royalasiaticsociety.org/manning-and-marshman-work-together-on-chinese-translation。

国家的民族主义者联系在一起，革命者们在东京创建了亚洲和亲会。[1] 遗憾的是，加尔各答大学的汉语课程由于招生人数不足，最终不得不取消授课。

1921 年，诺贝尔奖获得者罗宾德拉纳特·泰戈尔在圣蒂尼克坦（Santinketan）创办了印度国际大学，从此印度开始真正表现出对中国和汉语的兴趣。泰戈尔于 1924 年访华，并于 1927 年会见谭云山教授。随后，他便在 1937 年建立了中国学院。

圣蒂尼克坦汉学派

印度国际大学创立伊始，法国东方学者西尔万·莱维（Sylvain Levi, 1863—1935）便来到学校，圣蒂尼克坦的汉学和中国研究也随之开展起来。不过，泰戈尔与谭云山教授 1927 年会面之后，汉学研究项目才确定成型，正式组织才得以建立。1928 年，谭教授来到圣蒂尼克坦，并终身奉献给建设和发展印度的汉语和中国研究事业。1983 年，谭教授在当地逝世。印度国际大学前汉语研究教授那济世（Arttatrana Nayak）曾总结谭教授对该校中国研究的贡献，他评价道："首先，他通过个人的关系，从中国和东南亚国家募得大笔款项，建设了中国学院的教学建筑。其次，他通过多种渠道获得了大量典籍研究材料，并将之全部带到中国学院，这些材料对任何

1 Deepak, B. R., *India-China relations in the first half of the 20th century*, APH Publishers, New Delhi, 2001, pp. 15-16.

研究项目都具有重大意义。再次，他邀请了许多中国学者和教师来到圣蒂尼克坦，他们都致力于教授和研究中印文化。最后，他通过出版期刊《中印研究》，宣传并传播了这些学者的研究工作。”此外，谭教授还有一项贡献是那济世没有提到的——谭教授不仅在印度的期刊和媒体上发表了大量作品，还在《东方杂志》等当时中国国内的领先期刊上发表过许多文章，向中国人民介绍了印度解放运动及其领导者。晚年，谭教授则竭力在比哈尔邦的菩提伽耶建立世界佛学苑。蒋介石和周恩来各自于1941年和1956年访问过圣蒂尼克坦，两次都是由于谭教授的努力才得以成行。

莫汉蒂（Manoranjan Mohanty）教授[1]认为，圣蒂尼克坦学派见证了两项极其重要的发展。其一，它重视语言和典籍的研究；其二，它尝试分析佛学文本。从这两个角度出发，谭云山教授通过将中文文本回译为源语言，或将它们翻译成梵语及其他印度语言，希求复原印度一些佚失的佛学文本。据他研究，中文的佛学三藏经有五千多卷都译自梵文，其中大部分均散佚。[2]遗憾的是，谭教授的这项事业仍未达成。不过，圣蒂尼克坦的这项研究工作确实为印度培养了最早也是最优秀的一批汉学家，其中最为著名的当属师觉月（P.C.Bagchi）。1944年，师觉

1 Mohanty, Manoranjan, "Historical evolution of China studies In India." AAS One-Day Workshop on "China Studies in India" India Habitat Center, New Delhi, 6 March, 2008.

2 Yunshan, Tan (ed.) *Twenty Years of the Viswa Bharati Cheena Bhawan*, Sino-Indian Cultural Society of India, Shantiniketan, 1957. pp. 20-21.

月出版了《印度与中国》一书，时至今日仍被人们奉为经典。该书2014年由北京大学姜景奎教授译成中文。2011年，师觉月生前未出版的部分文章得以集结出版，编者为北京大学的王邦维教授和纽约城市大学巴鲁克学院的沈丹森（Tansen Sen）教授，书名为《印度与中国：佛教与外交的互动》。

由于印度国际大学的教学和研究的重点在于中文的佛学典籍，因此，逐渐产生了文本校勘流派。该学派要求忠实翻译文本，进而做了大量深度的研究工作。然而，随着中印两国双边关系的恶化和破裂，印度国际大学的典籍研究后继无人。中印边境战争之后，学院在将近40年里都未能招到学生。可以说，两国关系的恶化为典籍研究带来了巨大打击。

近年来，汉语教学和研究的重点转为培养交流技能、探讨当代事务，因此情况也有所好转。中国学院现有本科生、硕士研究生和博士研究生共一百多名。在教学大纲和课程设置上，至少在本科阶段，印度国际大学采用的课本与尼赫鲁大学相似。在现任院长阿维杰特·巴纳吉（Avijit Benerjee）博士的带领下，中国学院在中印两国的教育交流上正在大步向前。中国学院与云南大学合作了一个交流项目，每学期会有两名中国教师来到圣蒂尼克坦，加入印度教师的队伍，同时圣蒂尼克坦每年派一些学生赴云南进行短期交流。此外，双方还在尝试引入线上课程。

令人叹惋的是，中国学院已经失去了当初教学、研究的动力与目的。它原本的目标在于促进中印两国的文化交流，推动佛学研究，传播中印宗教、哲学、历史和文学。尽管有学者尝试过重拾典籍研究传统，但由于该方向要求学者对中文典籍有一定研究，因此可承担此项任务的人必定不多。

德里中国研究学派

对印度的汉语和中国研究而言，1962 年的中印边境冲突可谓是一道分水岭。这起冲突暴露出印度的诸多弱点：不仅防卫能力低下，而且对中国尤其是其战略和防卫利益理解浅薄。故此，1962 年的溃败直接引发了德里大学中国研究中心等新机构的成立，1955 年成立的印度国际关系学院也于 1970 年并入新成立的尼赫鲁大学。当时福特基金会设有一个国际项目，在全球范围内资助和推动中国研究，同样也可以为印度的中国研究提供资金支持。1964 年，德里大学成立了中国研究中心。它是独立的研究中心，后于 1968 年改为中国和日本研究系，成为德里大学的重要组成部分，不再是一个独立的机构。2003 年，该系又改名为东亚学系。

莫汉蒂教授 (2008) 指出，该学派有两个明显的特征：第一，引入区域研究构想，言外之意就是研究中国的政治文化、经济和外交政策；第二，区域研究不仅要融入对中国语言、文学和哲学的研究，也要向美国的中国研究靠拢。德里学派产生了印度一些最杰出的中国研究专家，如莫汉蒂、谭中、吉利·德辛格尔（Giri Deshinkar）、米拉·辛哈·巴塔查里亚（Mira Sinha Bhattacharya），以及中国研究中心的创立者V．P．杜特（V. P. Dutt）等。多数专家的研究方向是外交政策、战略国防以及中国的农业问题等。谭中教授曾任职于德大和尼大，或许是唯一延续圣蒂尼克坦运动传统的学者。他曾在新德里英迪拉·甘地国立艺术中心（IGNCA）担任顾问教授，鉴于他的研究领域，他在此任职期间及之后的一些作品具有里程碑意义，值得一提：《段文杰眼中的敦煌艺术》（*Dunhuang Art Through the Eyes of Duan Wenjie*, 1995）、《跨越喜马拉雅鸿沟》（*Across the Himalayan Gap*, 1998）、《追寻玄奘的足迹》（*In the Footsteps of Xuan Zang*, 2001）、《印度与中国：两大文明的交往和激荡》（2005）。

当前，德大仅设有面向本科生和硕士研究生的课程及学位。由于没有设置汉语语言文学和文化的学位项目，德大在这些方面的教学能力不是很强。不过，德大中国研究方向的硕士和博士研究生项目发展很好。就结合区域研究和语言来说，早期的德大运动并未实现其目标。德大的文凭课程不足以提供进行研究所需的中文能力。然而，透过学生对中文的持久兴趣，以及奖学金提供的至中国留学一二年的机会，基础的中文知识仍得以扩大与强化。

尼赫鲁大学的汉学和中国研究则走上了一条颇为不同的发展道路，它与圣蒂尼克坦学派和德里大学都不一样。有别于结合区域研究和中国研究，它根据尼大的学院和研究中心架构，在两个学院下建立了两个不同而独特的研究中心。国际关系学院（School of International Studies, SIS）编制下的许多研究中心，如东亚研究中心（Centre of East Asian Studies，CEAS）、国际政治与裁军研究中心（Centre of International Politics and Disarmament，CIPOD）、政治研究中心（Centre of Political Studies，CPS）、亚洲内陆研究中心（Centre for Inner Asian Studies，CIAS）、印度与太平洋研究中心（Centre for Indo Pacific Studies，CIPS）、南亚研究中心（Centre for South Asian Studies，CSAS）等。这些研究中心都在积极发展中国研究，但它们关注的重点停留在中国的政治、经济、国防与安全方面。

这些中心的学者与研究员的语言能力仍有严重局限。不过，东亚研究中心的研究型硕士（M.Phil）可以尝试透过中国和东南亚研究中心（Centre for Chinese and Southeast Asian Studies，CCSEAS）提供的两学期中文课程来巩固其语言能力；这是专为他们量身打造的。这一实验并未获得预期成果，但它还是帮助了许多领奖学金到中国加强其语言能力的学生。

其次，1973 年语言、文学暨文化研究学院（School of Language，Literature and Culture Studies，前身为 School of Languages）编制下所成立的中国和东南亚研究中心（前身为亚非语言中心和东亚语言中心），毫无疑问地为德里学派和印度的同类中国研究提供坚实的动力，因为中文学习和区域研究都能受惠于此。尼大课程的运作最初由雷易（H. P. Ray）博士和叶书君（Yap Rahman）教授负责，稍后以降的许多年则交由谭中教授。雷博士充分地运用其语文能力，就 14 世纪中印贸易与外交进行不少研究，也广泛翻译中国历史记载中有关印度和南亚的材料，部分著作包括《印度、东南亚与中国：若干历史议题》(1999)、《印中关系中的东北印度及其未来在印度经济中的角色》(2003)、《印度与中国的贸易与贸易路线：约公元前140年至公元后1500年》(2003)、《中国文献中的南亚史料翻译：中印关系历史研究材料》(2004年，共三册)。谭中教授于1978年加入该中心，在此之前，叶书君教授是这里唯一以汉语为母语的人。叶教授的贡献非常大，正是她在尼大任职期间，帮助该校学生们超越其他印度院校的学生，掌握了更加准确的汉语发音。她还尝试编写课本，向中等水平的学生介绍中国文化，且是这样做的唯一一人。她于2001年退休，之后仍在为公司、企业人员教授中文，并致力于促进中印的互相了解。

虽然中国和东南亚研究中心的课程重心是语言、文学、文化与文明，硕士和博士阶段的课程仍让学者得以投入中印关系、政治、经济、通俗文化等其他领域。尽管他们有机会匆匆一瞥社会科学特别是理论，他们的长处还是其语言工具。上述雷博士的著述说明了娴熟中文所带来的诸多优势。我也尽可能广泛地以中文为工具；读者或许可从拙作中窥知一二，如《1904—2004的印度与中国：百年和平与冲突》(2005)、《20世纪前半叶的中印关系》(2001)、《汉印辞典》(2003)、《中国：农业、农村与农民》(2009)、《中印关系：文明的视野》(2012)、《印度与中国：未来展望》(2012)、《印度与中国：外交政策和反应》(2016)等。除此之外，我还投入精力编写汉语课本。2013 年出版的《中国文学史》是印度硕士研究生使用最多的一本课本；另有一本《汉印英三语对话》(*Chinese-Hindi-English Conversation*, 2016)，书中用罗马字和印地语标注汉语字词的发音，是印度第一本同时照顾到印地语和英语读者需求的汉语课本。翻译方面，我曾将一些汉语作品译成英语或印地语。《我与柯棣华》讲述了郭庆兰和柯棣华博士的生活，我将其译为英语，名为 *My Life with Kotnis* (2006)。我还出版了第一本印地语中国古诗集，书中收录了上至《诗经》、下至《西厢记》的中国古代诗歌。很荣幸，我于 2011 年获得中华图书特殊贡献奖，是获得该奖的第一位印度人。另一本具有首创意义的译作是第一本印地语《论语》，中国作为 2016 年新德里印度国际书展的主宾国，令它在会上大放异彩，受到广泛关注。中印两国政府联合设立了“中印经典和当代作品互译出版项目”；在此框架下，25 种中国经典和当代作品将会译为印地语。我很荣幸成为这一项目的发起者。

在课程设置方面，中心要求一年级和二年级水平的学生侧重发展语言技能，即听、说、读和理解能力。同时，他们也可以接触到少量诗歌、散文等文学篇章。我在尼大攻读汉语时，我们采用的课本是《文选》(Selected Literary Text)，现在为了帮助学生提高交流技能，这本书已经被新的课本替代。这就导致在汉语中等水平的学习中，文本欣赏与评论被置于更次要的地位，不过这也无可厚非，因为文章品评需要更高水平的语言能力，本科学生是很难达到这种水平的。本科生特别是大四学生在学习文章时，主要通过现代和其他文学篇章，对中国的文化与文明有初步的、大致的了解。此外，本科生也会在其他课程中接触到文学篇章。例如我在一门写作课上，会向学生们介绍诗歌、散文等文学作品，带领他们讨论这些作品的特征，对它们进行品评，学生们对此都很有兴味。

本科生有一门综合性的工具课（tool courses），旨在培养学生对中国文化、文明、政治与经济的兴趣。然而，中心并未提供自己的选修课程，不易激发学生对中国研究的兴趣，也较难巩固学生在工具课程习得的关于中国的知识。2015年，我为本科生开设了一门中印关系课程。任何语言、文学暨文化研究学院的学生都可以修这门课程的学分，其他学院的学生修习这门课程则没有学分。这门课程共有四个学期，内容涵盖中印关系的众多方面，介绍了它两千年来的发展史。这是尼大甚至印度历史上第一次设置关于中印关系的专门课程。这些工具和选修课程是大学学位的毕业要求。

在研究生阶段，文本批评和赏析的课程主要有两方面：文言文，以及现当代长短篇小说。毋庸讳言，我们没有一个诠释框架，难以有系统地解答一些问题，如文学文本怎样帮助学生学习外语、文学如何影响语言学习者、这种影响又如何传达特定的文化密码、师生在外语教学时利用文本所可能碰到的问题等。换言之，我们亟需了解更多有关影响、语言、文学和文化的种种，并以此加强对语言学习的认识。我们正在北京语言大学的专业帮助下，编写自己的课本。因此，中心设计了五年制的硕士学位，旨在培养学生进行研究所需具备的语言技能，并让他们有机会接触区域与文化研究。我们的学生即带着此专门知识，进入研究型硕士和博士学程。

截至 2016 年，尼大的中国和东南亚研究中心已培养了 38 名完成硕士学位（MA）的学生。由于此中心的研究型硕士与博士学位始自 1993 年，至今只有三位在此获得博士学位的学者，第一位是我的同班同学巴格雅拉萨米（Bagyalaxami）博士，我是第二人，第三人则是 C. 乌沙（C. Usha）博士。此外，由于毕业生常能进入跨国公司（MNC）、待遇优渥，持续其研究者相当罕见。尼大的中国和东南亚研究中心设立已有 40 年，现在是学习汉语以及研究中国语言、文学、文化和其他中国相关领域课题的顶尖研究中心之一。我们希望能够培育出更多在各个方面发展的优秀学生。

贝拿勒斯汉学派

除尼大和德大主导的德里学派之外，在独立后时期，贝拿勒斯印度大学（Banaras Hindu University）也成为一支重要力量。贝大自 20 世纪 60 年代起便开始教授汉语及其他外语课程，不过直至 80 年代才开始教授学士、硕士和博士学位课程，汉语项目就此获得了强劲的发展动力。对这所在 2015—

2016学年度迎接百年校庆的大学而言，贝大的汉语学科发展较弱，实属遗憾。长期以来，汉语课程仅由两三名教师授课，课程在某些程度上延续了尼大的风格。卡马尔·希尔（Kamal Sheel）教授在退休前曾在该校任文学院院长，据他所言，汉语系的学士学位要求学生在头两年中，每年须完成两篇课程论文。到了第三年，他们必须在语言、文学到中国历史、文化和思想的范围中完成六篇课程论文。研究生阶段的重点，则放在主要中文作家所写的小说和诗歌，以此教授进阶中文。同时，本科生和硕士研究生阶段都设有中国经典古籍的相关课程。

尽管教师常被教学负担压得喘不过气，在研究方面，该系仍有一些足堪称道的进展。卡马尔·希尔教授如是云："这些（进展）包括发行了一份亚洲研究的专业刊物、翻译出版了两部重要的中文佛典，《阿毗达摩大毗婆沙论》和《阿毗达摩心论》，以及推出现代中国史与比较历史的研究成果。学位论文的部分，出现了鲁迅（1881—1936）作品中的女主角、《薄伽梵歌》与儒家，以及中日文学中的幽默等题目。此外，也有一项强调比较视野、着重中印关系的研究。"[1]

1 Kamal Sheel, "Chinese Studies at Varanasi and Indian Scholarship on China" in Madhavi Thampi. ed. *Review of China Studies in India: A Colloquium*, Institute of Chinese Studies, Occasional Studies, New Delhi, 2007, p. 23.

中国研究智库的形成

印度各个流派的汉学和中国研究百花齐放的同时，1969年，观点一致的G. P. 德施潘德（G. P. Deshpande）教授、吉利·德辛格尔教授、莫汉蒂教授等人，连同在任或已退休的活跃外交官们一起，组成了中国研究小组（China Study Group，CSG）。据莫汉蒂教授所言，这个运动背后的理念，是运用印度的公众意见，催生关于中国的辩论。但这个阶段也目睹了圣蒂尼克坦运动的萧条。这个运动涉及新近中国研究和区域研究前沿的问题。针对中国研究和政治科学间的结构性鸿沟，试图桥接二者的努力有所不足。此运动并未得到令人称羡的支持。

就预期目标的实现，此运动在某种程度上是成功的，因为它让印度有相同关怀的人齐聚一堂，并最终为新德里的中国研究所（Institute of Chinese Studies, ICS）的建立打下基础。此小组创办的《中国述评》（China Report）是印度唯一一份专以中国问题为对象的学术期刊，到今天仍在发行。然而，它未能处理中国研究和区域研究间的根本难题。置身此运动的学者中，尽管一些人有堪用的中文知识，只有极少数人具备做研究所需的语言能力。

中国研究所集合德大与尼大的教员与研究人才、退休外交官，以及各领域、行业对中国有专业兴趣的人。它接收了《中国述评》的发行，延续了原先中国研究小组的周三研讨班传统。此外，中国研究所也举办定期的研讨班、会议，推动研究计划，以及参与学术交流。一年一度的全印中国研究研讨会（All India Conference of China Studies, AICCS）是中国研究所的王牌活动，已经在全印各地由多家大学和研究机构举办过八届，第九届是 2016 年 12 月在孟买举办的。研究所进行的一些研究项目引人瞩目，如中印比较研究、边界争端问题、东亚研究和中国经济研究等。2014 年起，中国研究所与哈佛大学共同设立了中国研究所 – 哈佛大学燕京学院（ICS-HYI）联合博士研究奖学金，获得资助的学者可在中国和美国各修习一年。

作为一个半官方机构，中国研究所也积极参与二轨外交，并和中国、俄罗斯及日本的同类机构进行交流，参与了孟中印缅经济走廊活动、中印俄三方会谈以及博鳌亚洲论坛，并与中国现代国际关系研究院、上海社会科学院、云南省社会科学院、西安交通大学、广东外语外贸大学、山西财经大学等中国的重要机构，以及莫斯科远东研究所（Institute of Far East Studies）和其他印度国内的研究机构签署了谅解备忘录。

中国研究所的成立见证了印度对中国研究的兴趣有了快速成长。很明显的是，对中国兴趣的成长，归功于友好的邻边关系，以及充满活力的贸易、经济、文化和人文交流。中印关系的整体发展也促成、加强学术在内的多层次交流，和中印双边学生至对方国家留学人数的增加。

新热潮和趋势

近期中央政府为加强印度的中国研究，采取了一项措施，即在 2009 年的国立大学法案支持下，政府除果阿邦（Goa）以外在尚无国立大学的邦设立了 16 所新的国立大学。其中如古吉拉特国立大学（Central University of Gujrat）、马哈拉施特拉邦沃尔塔的圣雄甘地国际印地语大学（Mahatma Gandhi International Hindi University in Wardha, Maharashtra）、锡金大学（Sikkim University）、德里的安贝德卡尔大学（Ambedkar University, Delhi）、贾坎德国立大学（Central University of Jharkhand）、HNB 卡尔瓦尔大学（Hemvati Nandan Bahuguna Gharwal University）等，以及新德里国立伊斯兰大学（Jamia Milia Islamia University）、北方邦的阿里格尔穆斯林大学（Aligarh Muslim University）等原有老校，都设有中文的学士与研究生学位，并提供与区域研究有关的课程。一些学位设立条件尚未完全成熟的大学，则提供了证书课程。值得一提的是，这些新大学的学位设计与结构是以尼大为范本。这当然有其优点；但它们也忽略了现存范本的不足之处。遗憾的是，在 24 所 2009 年以前成立的国立大学中，多数都未提供中文课程。不过，这种情况正在迅速得到改善，从国立伊斯兰大学和北方邦的阿里格尔大学可见一斑。

同样应注意的是，国立大学实未能满足已扩大的需求，许多邦立和私立大学则起而填补这项不足。邦立大学中，台拉登的杜恩大学（Doon University）已经开设了全日制五年的硕士研究生项目。我很幸运，自该项目课程设计和师资招聘阶段便加入其中，现在担任客座教授一职。加尔各答大学、旁遮普大学、马拉特瓦达大学等一些其他国立大学，也纷纷开始提供汉语课程，学生修习合格后可以获取相应证书或学位。私立大学方面，亚米堤大学（Amity University）和金德尔国际大学（Jindal Global University）是为本科生、研究生和工商管理硕士（MBA）提供中文课程的先驱。这些大学的课程计划得到台湾清华大学设置的台湾教育中心（TEC）的帮助。台湾教育中心最近也与新德里国立伊斯兰大学签署谅解备忘录，并选送两名中文教师至该大学。中国大陆则借助孔子学院进行类似计划，但即便尼大在2005年便与之签署了第一份谅解备忘录，迄今仍未见成果。韦洛尔科技大学（Vellore Institute of Technology）也签署了谅解备忘录，但即便它有数以百计来自中国的留学生，此合作计划仍面临困难。孟买大学应该是第二所挂牌孔子学院的大学，但孔子学院究竟如何发挥作用还不明朗。尼大错失了这个挂牌机会，因为我们学生涌向加尔各答、韦洛尔甚至尼泊尔去参加孔子学院组织的汉语水平考试（HSK）。人们不仅不认可汉语学习和研究的能力建设，甚至质疑从事汉语教学和研究的教职工，对他们在中国进修究竟受益多少持负面态度。

此外，对在中国经商，以及任职于与中国、香港、台湾有经贸往来的企业的人来说，印度国内众多研究所和商学院也能回应他们的需求，例如JK商学院（JK Business School,

Gurgaon）、加尔各答中文学校（The School of Chinese Language, Kolkata）、新德里的印度汉语与朝鲜语学院（Indian Institute of Chinese and Korean Language, New Delhi）、新德里的汉语语言学院（The Chinese Language Institute）、班加罗尔的威度席学院（Vidushi Academy, Bangalore）、印中工商会（India-China Chamber of Commerce & Industry）等院所。印度的许多高等学院（schools and colleges）也提供中文课程；就我所知，在德里最为成功的是印度知识学院（Bhartiya Vidya Bhawan）高中学校。为应对中文师资短缺的情况，许多私立研究所从中国大陆聘请师资。但即便这些研究所和大学有热情与动力，学生的素质还是一大隐忧。所谓"山中无老虎，猴子称大王"。印度将会在所有印度中等教育中央委员会（Central Board of Secondary Education, CBSE）下的院校提供中文课程云云，至今未见起步；而考虑到中印之间的政治信任和中文专业的不足，此愿景仍不易实现。

除了大学，中印关系正常化后，如雨后春笋般成立的许多机构也涉及中国研究，包括中国研究所、国防研究暨分析中心（Institute of Defense Studies and Analyses, IDSA）、和平与冲突研究所（Institute of Peace and Conflict Studies, IPCS）、政策研究中心（Centre for Policy Research, CPR）、观察家研究基金会（Observer Research Foundation, ORF）、替代政策中心（Centre for Policy Alternatives, CPA）、印度基金会（India Foundation）、辨喜国际基金会（Vivekananda International Foundation, VIF）、印度和东亚基金会（India and East Asian Foundation）、亚洲学者协会（Association of Asia Scholars, AAS）、金奈中国研究中心（Chennai

Centre for China Studies, CCCS)、南亚分析小组（South Asia Analysis Group, SAAG）等。此外，1943 年成立的印度世界事务理事会（ICWA）最近也着手并强调中国研究。这些单位的研究局限于中印两国相关的国防安全、社会经济和政治事务。然而，汉语作为一项工具，在这些机构里却没有获得足够重视，研究者的汉语能力仍十分不足。

还有一个比较重要的机构，即国防部外语学院（School of Foreign Languages, SFL），它在德里和中央邦的般杰马利（Panchmari）都设有校区。它受国防部管辖，提供的课程主要是为从事国防事务者的需要而设计；教学方法仍以精确风格为主导。因此，毕了业的学生往往不具备优异的沟通技能。在此接受培养的人，他们的发音相当古怪，以至于几乎不可能理解他们在说什么。尽管该校的目标是为政府部门特别是国防部和内政部培养翻译人员，然而就现有情况来看，外语学院距达到目标还有很长一段路要走。

中国研究发展的动力

我们首先有必要认识到，这个世界越来越国际化，跨国交流改变了我们的生活方式。技术发展产生了革命性的影响，极大促进了交流的发展。在信息时代，不同的社区和群体不得不互相交流、贸易；这些活动主要以青少年为驱动力。无怪乎语言能力成为了一项重要的技能。其次，中国的经济和政治影响力持续扩大，这促使各国的人们都来学习汉语，印度也不例外。第三，中国是印度最大的邻邦，两国之间有大约4000千米的国境线尚未划定。国防部、外交部、内政部等政府部门亟需掌握汉语的人员。第四，中印两国之间的贸易有明显的增长趋势，随之而来的是大量增加的就业机会。举例来说，我们的学生进入了众多跨国公司进行工作，有甲骨文（Oracle）、HCL、美国特快公司（American Express）、惠普（HP）、塔塔咨询服务公司（TCS）、印孚瑟斯技术有限公司（Infosys Technologies Ltd）、微普罗（Wipro）、兰伯西制药公司（Ranbaxy）、华为、中兴等。第五，现在有大量印度学生前往中国的大学学习，其中一部分是要在当地留学并获得学位（MMBS）。中国各地散布着超过12000名印度医学生；全国居住着成千上万的印度人，仅上海一地就有超过7000人。据《经济时报》(Economic Times）最近的报道，2015年的在华印度人数在45000到48000之间，这些人员有学生，有贸易往来者，还有跨国企业、印度公司和银行雇佣的专业雇员。在抵达中国之前，他们都希望掌握一点基础的日常用语。第六，两国的旅游业发展也刺激了汉语在印度的发展。2015年，两国往来人次突破一百万大关，在双方促进交往增长的努力下，可谓一份尚且不错的成绩单。最后，印度的公立和私立学校都将汉语视为第三语言。很遗憾，我们在印度还没有设立孔子学院。如果美国可以开设100多家孔子学院，那么印度至少可以设美国的半数，因为它们能够极大提升印度的汉语学习需求，从而增进两国之间的互相理解。不仅如此，印度的语言教师还能有机会进入中国最好的大学接受培养。

制约因素

通过了解印度汉语学习和中国研究经历的多个阶段，我们认识到，印度现存一股学习中文的热潮，政府和私人都在强调学习汉语的重要意义。然而，汉语学习还在逐步发展，推动的措施仍然比较谨慎，从政府方面看尤为如此。就中国研究的发展情况而言，语言学习和区域研究的扞格依旧存在。让我们分析其中的原因。

第一，两国之间存在极大的信任赤字。边界争端问题、中国与巴基斯坦“全天候友谊”、中国插手印度洋地区、不时冒出的对恐怖主义各不相同的处理方式等，都使得两国关系无法运行在正常的轨道上。同样，印度不仅容留达赖喇嘛，插手太平洋事务，还与美国、日本、越南等国有密切的合作，这都令中国对印度的目的心生警惕。尽管两国关系有升温的态势，然而类似这些问题的存在，却让双方无法完全信任对方，为印度的汉语和中国研究发展带来负面影响。我希望在这些课题上，两国能够秉持孔子“己所不欲，勿施于人”的态度，这样情况才会得到好转。

第二，由于印度一直以来的学科发展和区域研究以欧洲或美国为中心，所以学术方向的转换需要一些时间。虽然印度的汉语学习和中国研究正在成形，但相较于韩国、日本甚至美国的中文发展趋势，印度的发展显得尤为迟滞。不过，近来有越来越多的学生表现出对中文和中国研究的浓厚兴趣。有鉴于此，这一问题可以从两个层面来解决。首先，至少从顶尖大学开始，高校应该开设关于中国经济、农业、农村发展、哲学、社会等方面的课程。与此同时，将汉语设为学生的必修科目。面对中文学习热潮，要解决这一课题，可以将前述几个科目设为选修；这需要语言研究者与区域研究者进行良好的合作。获得期望的成效后，两个领域的学者便都可以着手各自亟待深入的探索，对中印两国进行比较研究。

第三，印度缺少进行实质和进阶中国研究所需的书目资源，也缺乏有活力、能交流研究成果的知识环境。圣蒂尼克坦有极佳的佛教文献资源，但它们已因为罕有修习文言文者而久染尘埃。文言文的重要性众所皆知：不仅佛教经典，欲理解中国的二十四史、哲学和古代文献，文言文是不可或缺的。尽管尼大是在印度学习、研究中文的最佳选择之一，就馆藏的中文历史、语言、文学材料，和其他中国相关学科的书目文献而言，尼大实难望德大之项背。许多因素造就了此现象。首先也是最根本的，是我们的欧洲中心取径。职是之故，东亚的种种只能得到亲疏有别的对待。其次，虽然中国退休教师向校方图书馆捐赠了许多书刊，但为了减省经费，校方不会专门聘人为中文书编目。正因如此，尼大许多中文的中国研究书刊仍未编目。即便中国和东南亚研究中心有意建立一独立图书馆，校方也没有足够的空间和必要的硬件设备。例如，我担任中国和东南亚研究中心主任期间，曾与中国方面商议在尼大建立一所中国图书馆。中方愿意提供超过一万种图书，并为整间图书馆装置最先进的阅览室、书架和电脑设备；他们只需要一个100—150平方米的场地。当我与学校管理方接触时，他们表示这个想法很好，但是尼大无法提供这样的场地。多么可惜啊！因此，这个问题之所以难以解决，绝不仅在于“信任赤字”。再次，就中印大学间的学者和图书资料库的交流而言，印度与中国的相互不信任，实有碍此孜孜以求的互惠关系。

第四，尽管中国的综合国力有大幅度提升，成百上千的孔子学院如雨后春笋般出现在世界各地，但它的文化资产输出远未能追上其制造品的脚步。孔子学院或许有一定贡献，然而最终还是由市场来决定中华文化在其他国家能否被接受。在现阶段，部分中国专家对该学科的坚持和热爱是仅有的驱动力，只能为中国文学在印度的推广起到非常微薄的作用。从事此类研究的报偿很低，因为资金机构没有太多项目可提供。不仅如此，完成一个项目所需要的时间也很漫长。即便有一些项目，出版商也不会接收，因为读者群很小。为了将中国文学推向海外，中国政府设立了一些基金，这确实很有帮助，但出于多种原因，这些资金支持的项目最终的完成比例却很低。

第五，为中文和中国研究的学生而设的奖学金、研究经费与补助相当稀少。在政府层面，中印文化交流项目（India-China Cultural Exchange Program）只有25个名额，而且开放给所有领域。几乎没有任何基金会提供研究经费和奖助给中文和中国研究。这一处境可能得以改善，因为台湾地区也为有意到台湾学习的印度学生，提供了每年25个奖学金的机会。政府层级的其他交流，则常因官僚政治的阿谀奉承和裙带关系而蒙上阴影。最近，一些中国大学也为印度学生设立了孔子学院奖学金，但名额依然有限。

第六，无论从教学和研究，还是从资源与奖助来看，印度的中文与中国研究依然是以德里为中心。绝大多数提供中文课程的顶尖大学和机构都在德里。由于2009年国立大学法案的出台，这些机构正在向印度全国扩散：有可能古吉拉特邦（Gujarat）会出现一家，金奈一家，加尔各答又一家，这样教授中文的院校将覆盖全印度的所有主要城市。

最后，中文特别是文言文非常复杂，这是一个问题。即便学过三五年中文，一个人也无法翻译孔子或孟子的书。印度几乎没有教授文言文的课程，恐怕懂得文言文的人也非常稀有，甚至会越来越少。教学面也有其问题：尽管现在沟通式教学法（communicative approaches）日趋主流，语法学派（grammar school）的理念仍以不同形式徘徊、逗留在课堂上。

无论如何，印度的中国研究已走过近一世纪的发展，一路上经历了种种高低起伏。所有人都同意，无论是想理解中国，或是强化印度的中国研究，中文所扮演的角色将会越发重要。1988 年以来的中印外交关系改善，在贸易、文化和学术交流等诸多层面上对双方都有好处。这一渐趋频繁的交流也催生出印度的“中国热”和“中文热”；仅尼大一所学校，每年就会收到几千份申请，希望进入中文系学习并取得学位，但由于各种限制因素，最终只能录取寥寥几个学生。我对前景比较乐观，认为不超过 10 年时间，印度的中文和中国研究会进入前所未有的繁荣发展阶段。这种繁荣会从根本上增强两国之间的理解，让两国跨越喜马拉雅山，成为更加紧密的合作伙伴。

中印跨文化交流

中印两个亚洲巨人是世界上现存最古老的文明。发端于印度河和恒河的印度文明影响了东亚和东南亚地区，黄河和长江哺育的中华文明，影响力则远及东北亚和东南亚。中国印度学研究的元老级人物季羡林有言：中印两国“天造地设，互为邻里”[1]。这对邻里之间的贸易和文化往来亘古已有。在此不作推论，仅以可靠的历史记载构建这段关系的的发展历程。

据现有历史记载可知，中印交流向来是一种双向互动，可以分为物质交流和精神文化交流两个方面。中亚路线（即所谓的

1 季羡林:《中印文化交流史》，新华出版社（1991: 2）。

“丝绸之路”)、阿萨姆—缅甸和云南路线（即著名的“南方丝绸之路”)、海上路线（即所谓的“海上丝绸之路”)，以及西藏和尼泊尔路线使这种二维互动成为可能。其中西藏和尼泊尔路线较之中亚路线和南方丝绸之路更加艰险，直到七世纪中后期，尤其是离车国尺尊公主嫁给吐蕃王松赞干布后，这条路线才形成。金刚乘从此便沿着这条路线传入藏地，进而远播至蒙古。

丝绸之路与佛家渊源

中亚路线虽不是最早发现的路线，却是最主要的陆上路线。这条路线始于长安（今西安)，途经敦煌、喀什噶尔；在敦煌分叉为南北线路，随后在位于今新疆维吾尔自治区的喀什噶尔交汇。路线在喀什噶尔再次分叉为南北两线，北线通过浩罕、撒马尔罕（今属乌兹别克斯坦)，南线途径现代巴克特里亚（译者注：即大夏)，在马尔吉亚那（今土库曼斯坦）的梅尔夫再次交汇。从巴克特里亚分支的一条路线先后经迦毕试、喀布尔、白沙瓦、塔克西拉（属巴基斯坦)，延伸至马图拉和乌贾因（均位于印度北部)。另有一线从喀什噶尔途经吉尔吉特、巴勒提斯坦，终到克什米尔。中亚路线对贸易和朝圣都至关重要。

中国汉代历史学家司马迁的著作《史记·西南夷列传》中，有关于上述内容及南方丝绸之路和中印文化交流的文献记载。据司马迁记述，出使西域的汉使张骞公元前122年还朝觐见汉武帝，“言居大夏时见蜀布、邛竹，使问所从来，曰‘从东南身毒国，可数千里，得蜀贾人市’。”[1] 由此可见，中印早在公元前二世纪就建立了贸易往来。此后班固的《前汉书》中也有关于克什米尔和键陀罗（书中称“罽宾”）的记载，包括当地现状，气候和珍珠、煤炭、天青石等物产。[2] 当时的罽宾是萨婆多部的影响中心，对佛教在中国的传播起了重要作用。数千名远赴中国的僧人学者都来自罽宾，或曾经受训于此。法显、玄奘和鸠摩罗什等名僧都曾在中亚路线上游历。

佛教是世界上最早进行传教活动的宗教，当时的传教是在没有现代舒适条件的艰苦环境中进行的。不同于西方教会在传播福音的自身需求驱使下掀起的传教热，佛教被国王和贫民作为一种实现精神解放，恢复社会和平的替代方案加以推崇，尽管如此，中印旅行家关于印度如何神圣、文明、高深的记述仍不无夸张成分。[3] 佛教在这股传教热的推动下越过印度边境也许顺理成章；但对其成功传播同样重要的还有中国的回应，是中国的回应使整场运动发生了彻底的变革。佛教的传播属性和中国的回应促使一波又一波中印僧人学者在两国之间频繁往来。

迦摄摩腾和竺法兰公元一世纪到达洛阳，标志着第一波往来的开始，这段时期一直持续到三世纪末。这股传教

1 北京大学南亚研究所：《中国载辑中南亚史料汇编（上册）》第 1 卷 1994 年版，上海古籍出版社，第 4 页。

2 同上，第 10—11 页。

3 Sen, Tansen. *Buddhism, Diplomacy and Trade: The Realignment of Sino-Indian Relations, 600-1400*. New Delhi, Manohar, (2009:9).

热的代表人物包括昙柯迦罗（249—250年到达中国）、康僧会、维祇难和竺律炎（224年到达武汉）。第二波交往贯穿了四五世纪，这一时期的僧伽跋澄、僧伽提婆（381年到达长安）和鸠摩罗什（401年到达长安）等高僧成为了佛教界至高无上的泰斗。鸠摩罗什到达中国两年前，法显为求取律藏远赴印度。在六七世纪期间的第三波交往中，涌现出了菩提达摩、真谛、不空、金刚智等卓越人物。玄奘和义净的印度之行便是对这股印度僧人来华潮流的回应。中国和印度的无数僧人学者都曾为佛教在中国的传播做出过极其可贵的贡献，其中鸠摩罗什、真谛、玄奘和义净在译经领域留下了不可磨灭的功绩。

佛经的翻译始于汉武帝统治时期。佛经最早并非直接由梵文或巴利文翻译而来，而是经由中亚和新疆古文译入，如吐火罗文，这些语言今天已经失传。[1] 这也许是由于佛教在中国的传教活动主要是由巴克特里亚和其他中亚国家学者主持的缘故。一个有趣的现象是，不同于传播佛教的僧人，基督教传教士纷纷将中国经典译为英文，从而诞生了西方的东方学研究。

公元68年，汉明帝统治时期，迦摄摩腾和竺法兰成为最先到达中国的两位印度学者。这对搭档共将五部佛经译为中文，据师觉月教授所述，其中包括“一部释迦摩尼诞生与童

1 季羡林:《大唐西域记校注》，中华书局，北京。校注基于玄奘原作（1985: 2）。

年传说的集合、一篇对释迦摩尼预言的记述、一篇关于佛教主要戒律的短论、一部关于清修生活的佛经、一部关于修成正果所须遵行苦行生活戒律的佛经。五部佛经中，只有《四十二章经》保存至今，这部佛经显然是传教僧人用于在国外讲道的教义问答。”[1]

公元二世纪，安世高在 148 年到达洛阳后创立了译经学派。鉴于佛教在中国大众中尚未流行起来，安世高没有将整部佛经全文照译，而是选取了属于经藏四部阿含的部分佛经进行翻译。多达 179 种佛经都为安世高所译。他的译经团队包括一位名叫支娄迦谶的印度斯基泰僧人和佛陀提婆、马哈噶拉和昙谛三名印度人。[2] 随着中国大众开始关注佛教并对佛教产生兴趣，中国僧人也开始从海外广邀高僧。三世纪中叶，昙柯迦罗、康僧铠和昙谛应邀来到洛阳。这三位印度僧人翻译了多篇律藏经文，用于在中国传播佛教修行戒律。[3]

民众对佛家教义的需求日益多样化，前秦皇帝苻坚公元 357 年登基后，这一趋势越发明显。苻坚将许多博学的僧人学者请到长安，道安便在其中。他对历代所有汉译佛经进行了严格检查，撰写了一系列评论，并对这些译本进行了汇总，

---

1 Wang, Bangwei and Sen, Tansen. *India and China Interaction through Buddhism and Diplomacy: A Collection of Essays* by Professor Prabodh Chandra Bagchi. Anthem Press, Delhi, (2011: 13).

2 同上，(2011: 14)。

3 同上，(2011: 14)。

这也许是第一部汉译佛典总录。有一段话这样形容道安："在道安以前的时代，已有众多佛经译本，但前代学者只关注经文大意，道安却对佛经进行仔细推敲，译出其内在涵义。"[1]是他将瞿昙僧迦提婆、昙摩难提、僧伽跋澄和鸠摩罗什请到了长安。可惜的是，道安于385年辞世，鸠摩罗什401年才到达长安，两人未能谋面。在这样的环境下，译经逐渐发展为一项浩大的工程，数百名外国僧人学者参与其中，另有多达数千名当地工作者协助外国僧人进行译经工作。这里引用真谛和他的中国助手慧恺说过的话：[2]

> 吾早值子（慧恺），缀缉经论，结是前翻，不应缺少。今译两论（《摄大乘论》《阿毗达磨俱舍释论》），词理圆备，吾无恨矣。……皆洞涉精至研核宗旨。必得本师临听言无浮杂义得明畅者。方始离之。

在这一时期，法显也远赴印度求法，其中以律藏，即修行生活中的戒律为主。公元399年，他从长安出发，经由中亚路线长途跋涉来到印度，并在412年通过海上路线回国。回国后，他完成了里程碑式著作《佛国记》。他在书中生动描述

1 同上（2011: 14）。

2 Pui Yiu, Cheung and Wusun, Lin, *An Anthology of Chinese Discourse on Translation: From Earliest Times to the Buddhist Project*, St Jerome Publishing, University of Virginia, 2006, pp. 128-129.

了穿越塔克拉玛干沙漠（今属新疆）的险恶旅程：

上无飞鸟，下无走兽，四顾茫茫，莫测所之，唯视日以准东西，人骨以标行路耳。[1]

法显离开长安时有十余人同行，但从斯里兰卡回国时，已只有法显一人幸存。

据《开元释教录》和《贞元新定释教目录》记载，从汉永平十年（公元67年）到唐贞元十六年（公元800年），734年间，共有185名著名翻译家翻译了2412部佛经，共计7352卷。[2]其中16位翻译家译经超过50部，卷数超过100。其中被称为“中国佛教史上五大译经家”的鸠摩罗什、真谛、玄奘、义净和不空做出了突出贡献，整个东亚佛教的文献遗产都可归功于他们五人。

鸠摩罗什的到来彻底改变了以往的直译风格。他抵达后秦后，姚兴对他以国师之礼相待，两人的悉心经营使这对僧人和施主之间的关系日益深厚。他们开设了译场，由鸠摩罗什主持译经，800余名僧人学者担任助译。[3]皇帝有时也亲自参与译经工作。另有记载说：

---

1 慧皎:《鸠摩罗什传》，载《高僧传》北京大学东南亚研究所出版（1994），摘自《中国载籍中南亚史料汇编》第1卷，上海古籍出版社，上海（1994: 68）。

2 姜景奎:《试论印度经典的汉译》，摘自曾琼、曾庆盈编:《认识东方学》2014年版，北京大学出版社，第208—209页。

3 慧皎（1994: 56）

秦弘始八年夏，于长安大寺集四方义学沙门二千余人，更出斯经，与众详究。什自手执胡经口译秦语，曲从方言而趣不乖本，即文之益亦已过半。虽复霄云披翳阳景俱晖，未足喻也。[1]

从此开始了人类历史上规模最大的翻译工程。公元2世纪到13世纪，共有6000至7000卷佛经传入中国并被译为汉语，其中多数由梵文译入。鸠摩罗什无疑是所有译经家中最卓著的一位，也许只有玄奘可以与之匹敌。据慧皎所述，在鸠摩罗什的领导下，共有超过300部佛典被从梵文译为汉语，其译文质量和论述之清晰都远超前代。历经朝代更迭，鸠摩罗什的许多译本至今犹存。他在圆寂之前曾发下此誓："若所传无谬者，当使焚身之后，舌不燋烂。"慧皎写道，预言得到了应验，鸠摩罗什肉身火葬后，只有舌头完好无损。[2]这尽管只是一个虚构的传说，却也展现了这位名垂青史的译经大师严谨的态度、坚定的信念和毫无保留的投入。

从401年到413年，鸠摩罗什翻译佛典74部，共计384卷。就在鸠摩罗什在中国主导译经事业的同时，法显在印度度过了14年宝贵年华，当他以74岁高龄归国时，鸠摩罗什已经离世。在佛陀跋陀罗和宝云的帮助下，法显也开始了译经事业。他们共翻译佛经6部，合63卷，其中包括《摩诃僧祇律》

---

1 张佩瑶（2006: 229）

2 慧　皎（1994: 58）

和《大泥洹经》。

与法显相比，玄奘和义净的优势在于分别获得了唐太宗和武则天的支持。公元 628 年，29 岁的玄奘踏上了西行之路。他沿途经过今新疆、前苏联、阿富汗和巴基斯坦境内的诸多市镇，最后到达克什米尔。632 至 636 年，他在那烂陀寺经过 5 年学习，熟练掌握了梵文。645 年，时年 46 岁的玄奘回到长安，开始了译经工作。回国后，他将带回的大量佛像、画卷、150 粒舍利和 520 夹 657 部佛经，全部置于弘福寺。[1] 在接下来的 19 年中，玄奘将他的余生全部献给了译经事业。这项工程最早在弘福寺展开，后转移到大慈恩寺和西明寺。公元 657 年，玄奘移居玉华宫，改之为玉华寺，直到公元 664 年圆寂，他一直居住于此。

在这些寺院中，玄奘和他的译经团队将佛经由梵文译为汉语，总共译经 73 部，1335 卷。这大大促进了佛教在中国的兴盛，也许称得上玄奘生平最伟大的成就。在这期间，他还写作了一部对佛经译本的评述《成唯识论》。“唯识”即“唯识无境”，是瑜伽行派的基本原理。玄奘在该派思想的基础上创立了法相宗，法相宗在他有生之年广为传播，但在他死后便逐渐衰微。

---

1 樊锦诗：《玄奘译经和敦煌壁画》。Lokesh Chandra and Radha Benerjee ed. (2007) *Xuan Zang and the Silk Route*, Indira Gandhi National Centre for the Arts and Munshiram Manoharlal, New Delhi (2007: 199).

中印文化交往历史年表

朝代	年份	事件
东晋（317—420）	咸康八年（公元 342 年）	法显诞生。
	隆安三年（公元 399 年）	法显与慧景、道整、慧应、慧嵬等僧人启程赴印度取经，公元 401 年抵达克什米尔。
	公元 404 年	法显抵达曲女城。公元 405 至 407 年，他先后到迦毗罗卫城、巴特那和伽耶等地。在印度逗留两年后，于公元 410 年到达斯里兰卡，同年经海路回国。
	太元六年（公元 381 年）	印度使者向晋朝进献火浣布。
南朝宋（420—479）	元嘉五年（公元 428 年）	印度国王旃陀罗笈多遣使者向宋文帝进奉宝石和鹦鹉。
北魏（386—534）	高祖元年（公元 477 年）	印度西部舍卫国遣使来魏朝觐。
	景明三年（公元 502 年）	克什米尔、乌贾因、阿约提亚和南印度使者来魏。
	公元 503、507、509 年	南印度使者来魏。
	公元 510、511 年	乌贾因、摩羯陀使者来魏。
南朝梁（502—557）	天监初年（公元 502 年）	笈多使者竺罗达（？）向梁武帝进献琉璃唾壶、杂香、古贝。
唐（618—907）	武德元年、二年（618、619 年）	克什米尔使者进献宝带、金链、水晶匣、干果。

唐（618—907）	贞观元年（公元 627 年）	玄奘前往印度取经。
	贞观五年（公元 632 年）	玄奘抵达那烂陀寺。
	贞观六年（公元 633 年）	玄奘抵达王舍城。
	贞观十一年（公元 637 年）	克什米尔使者向唐太宗进献 宝马。
	贞观十四年（公元 640 年）	玄奘见戒日王。
	贞观十五年（公元 641 年）	尸罗逸多遣使至唐都长安，并赠香料、菩提树。同年，玄奘参加了戒日王在曲女城召开的无遮大会（佛学辩论大会），随后经陆上路线回国。
	贞观十七年（公元 643 年）	唐玄宗派出的使臣王玄策抵达戒日王宫廷。玄奘抵达长安。
	贞观二十年（公元 646 年）	玄奘完成《大唐西域记》的创作。
	贞观二十一年（公元 647 年）	唐使王玄策和蒋师仁抵达印度，发现戒日王已死，王位被大臣阿罗那顺篡夺。王玄策一行受到阿罗那顺的慢待和驱逐。一行人退至尼泊尔和西藏求援，引兵向阿罗那顺进攻，阿罗那顺被俘，与其家眷一同被押赴长安。同年，唐太宗遣使团前往印度学习制糖技术。

唐（618—907）	显庆四年（公元 659 年）	王玄策抵达婆栗阇，次年在摩诃菩提寺立碑。
	龙朔三年（公元 663 年）	王玄策第四次出使印度。
	咸亨三年（公元 672 年）	义净从大唐出发赴印度，次年抵达。
	咸亨五年（公元 674 年）	义净抵达那烂陀寺。
	弘道元年（公元 683 年）	南印度的菩提流志前往大唐。
	天授三年（公元 692 年）	义净动身回国，并于公元 695 年抵达洛阳。
宋（960—1279）	乾德二年（公元 964 年）	三百名僧人从大宋赴印度。
	乾德三年（公元 965 年）	道圆从沧州出发前往印度，一走便是十八年。
	至道二年（公元 996 年）	印度僧人 Suibo（Shiva？）来到大宋，向宋太宗进献铜带、佛像。
	天圣二年（公元 1024 年）	爱贤、智信护（印度名未知）等来宋，向仁宗献梵经等物。
元（1271—1368）	公元 1279 年	南印度满剌加国和占城国（国名待确认）遣使来元，献宝物若干，大象、犀牛各一头。
	公元 1349 年	元代航海家汪大渊远渡印度洋，经过多个印度沿海城市，回到泉州后写成了《岛夷志略》。

明 (1368—1644)	公元1405—1415年	著名中国航海家郑和远渡印度洋。

上表根据下列来源编写：北京大学南亚研究所（编者）《中国载辑中南亚史料汇编（上册）》，第1、2卷，上海古籍出版社，上海，1994。

非佛教经典翻译

在佛教的掩护下，其他印度经典也纷纷被译成汉语。姜景奎教授认为，非佛教经典的翻译可分为两类——对佛教文献中内嵌的印度民间文学的无意识翻译，以及对印度哲学、天文学、传统印度医药经典等文献的有意识翻译。这些翻译的规模虽然不及佛经翻译，却也极大地丰富了中华文明。《百疏论》中有对“吠陀”、吠檀多、数论、胜论、瑜伽的注解和评论，甚至还包括对印度天文学、地理学、算术、兵法、音乐、医药等学科的描述。[1]

鸠摩罗什将“三论宗”引入了中国，他翻译的《中论》《十二门论》和《白论》对中国中观派的形成起了重要作用。此外，律传承、密宗、广大行宗／法相宗、甚深观派／法性宗和禅宗五大宗派在中国的传承也要归功于鸠摩罗什。真谛和玄奘分别翻译了《金七十论》和《胜宗十句义论》。印度资深汉学家师觉月教授指出，根据《隋书》中的记载，《婆罗门

1 姜景奎（2014: 211）

天文经》《婆罗门竭伽仙人天文说》和《婆罗门天文》都曾被译为汉语。来自乔达摩、迦叶、鸠摩罗氏族的天文学家在中国官方天文机构太史阁身居要职，其中一位被称为乔达摩的乔达摩氏天文学家翻译了印度天文学经典《九执经》。[1]

在佛教的连带作用下，印度教也传入了中国。在新疆罗布泊、甘肃克孜尔石窟和莫高窟、云南大理和福建泉州发现的印度教文化遗迹都说明了这一点。克孜尔和敦煌壁画中出现了大量印度教神祇，如克孜尔石窟 179 号洞中出现了《罗摩衍那》中的猴王哈努曼，敦煌莫高窟 285 号洞中出现了象头神和毗那夜迦。[2] 除 3 号洞中的拉克希米女神、423 号洞中的萨克蒂女神外，还出现了迦楼罗和孔雀等鸟类。泉州和大理则出土了黑天神和湿婆的塑像。由此可以推断，僧人学者们为中印文明对话打下了坚实的基础。他们不仅通过自己的努力实现了佛教在中国的普及，也促使印度哲学元素传入中国，或与中国哲学思想相融合。

这些僧人学者最大的贡献在于铸就了东亚佛教文献的核心。没有他们的努力，很难想象中国与其东亚和南亚邻国将会形成怎样一种关系。同时，他们也强化了中国与其周边国家的物质联系，增强了国与国之间的民间交流。他们至关重要的奠基工作促成了东方翻译事业的繁荣，进而加强了国家

---

1 师觉月（1981: 212）

2 《中国美术全集 · 绘画编》1988 年版，第 14 卷 · 上《敦煌壁画》，上海美术出版社，序号 82。

间的民间交流与理解。可以说法显为数千名同胞远赴印度求取佛经铺就了道路。此外，这些僧人学者留下的游记和自传也使许多国家得以重建自己的古代历史。

南方丝绸之路与跨喜马拉雅遗产

阿萨姆—缅甸和云南路线西起四川成都，穿过云南大理、宝山、腾冲，从云南经缅甸北部，进入印度东北部阿萨姆地区，随后穿过孟加拉，与中亚路线汇合。南方丝绸之路被认为是中印交流最古老的路线，前文中张骞有关这条路线的陈述也印证了这一点。“一带一路”战略提出后，这条路线的重要性成倍增加，其中孟中印缅经济走廊是“一带一路”建设的重要组成部分。

四川社会科学院段渝教授认为，印度河文明消失于公元前1500年前后，与此同时，古蜀国三星堆文明正处于鼎盛时期。其文明遗迹中出土了来自印度洋地区的货贝，以及大量象牙和柳叶形铜匕首等物品，这些都与缅甸和印度东部的阿萨姆有着明确关联。尤其是作为货贝的金环宝螺，只存在于印度洋地区，段教授指出，这些货贝在云南的许多墓葬中都有出土，目前在云南博物馆陈列。[1]

---

1 段渝(2010):《中国西南早期对外交通：先秦两汉的南方丝绸之路》，四川社会科学在线 http://www.sss.net.cn/ReadNews.asp?NewsID=26826&BigClassid=9&SmallClassID=24&SpecialID=0&belong=sky（2014年6月10日引用）

中国的历史记载中将今天的阿萨姆地区称为盘越国、滇越或迦摩缕波国。《史记·大宛列传》《魏略·西戎传》《后汉书·西域传》和《梁书》第54卷等史书中都有关于这一地区及其地理位置的记载，并提到古蜀商贾常常光顾此地。玄奘在《大唐西域记》中对迦摩缕波国进行了更加详尽的描述。在介绍行进路线时，他写道，迦摩缕波国距摩揭陀国约24000里，到达迦摩缕波国需经过伊烂拏钵伐多国、瞻波国、羯朱嗢只罗国和奔那伐弹那国。“此国（伽摩缕波国）东山阜连接无大国都，境接西南夷，故其人类蛮獠矣。”玄奘这样描述这个国家：“伽摩缕波国，周万余里，国大都城周三十余里。……人形卑小容貌厘黑，语言少异中印度。”[1]

据考证，中国丝绸经阿萨姆—云南路线由中国贩运至印度。摩揭陀国孔雀王朝时期的名臣考底利耶（前370—前283）在其经典著作《政事论》中记载了“中国丝卷”（Kauseyam Cinapattasca Chinabhumija）。据考底利耶所述，中国丝绸在公元前四世纪的印度十分流行。蜀地是中国最早开始养蚕的地区，此地毗邻云南，云南又是最早通往印度的门户，这使得丝织业实际上成为印度东北部最早兴起的产业。到了七世纪，阿萨姆的丝织业已经发展到登峰造极的程度。据《戒日王传》作者波那跋陀（公元七世纪）记载，迦摩缕波王曾向尸罗逸多进献丝绢，“丝绢纯净

---

1 季羡林等校注:《大唐西域记校注》，北京：中华书局，(2000: 794)。

如秋月之光……缠腰软布光滑如白桦之茎。”[1]

在宋、元、明时期，贸易取代宗教成为中印跨文化交往的主流，但这并未消减这条路线的重要性。云南人郑和率领一支规模庞大的船队远航至缅甸、孟加拉、印度尼西亚和印度的港口，最远到过非洲海岸。在20世纪第二次世界大战期间，阿萨姆—缅甸—云南路线甚至还对同盟国的对日战争起到过重要作用。

正是在这样的背景下，习近平2013年提出的“一带一路”战略才显得意义重大。该战略将推动中国和欧亚大陆各国加强联系，增进合作。其中“带”指“丝绸之路经济带”，“路”指“海上丝绸之路”。习近平主张加强道路联通，打通从太平洋到波罗的海的运输大通道，进而逐步形成连接东亚、西亚、南亚的交通运输网络。紧密联系的多边和双边合作项目中，包括中巴和孟中印缅两个经济走廊。孟中印缅经济走廊的形成可追溯到1999年四国历经十一轮会议签署的《昆明倡议》。2013年5月李克强总理访印期间，中印正式就此达成共识。

孟中印缅经济走廊在贸易、交通、旅游业、传统安全和非传统安全合作方面都具有巨大的潜力。最重要的是，孟中印缅经济走廊中的一些内陆地区将会变成互联互通的节点，这种节点可以是贸易、交通和旅游的节点。这将改善这一地区

---

1 Ray, H. P. *Trade and Trade Routes Between India and China*. Progressive Publishers, Kolkata, (2003: 89).

的贫穷和落后局面，并使这一地区成为印度洋和太平洋之间的桥梁。

印度的“东向政策”范围日益扩大，孟中印缅经济走廊成为该政策可以涉足的又一领域，其对印度东北部内陆和欠发达地区的开发尤其符合这一政策的需要。在这一方面，中国开发西南和南部地区，并在其与东盟之间建立联系的经验无疑值得借鉴。新德里是否愿意搁置东北地区的敏感问题，转而寻求该地区的经济发展？中国—东盟和印度—东盟之间的大规模贸易往来能否渗透印度东北和中国西北地区？只要能将国界视作门户而非阻碍，这些问题的答案是肯定的。

海上丝绸之路和物质联系

中国人早在汉代就发现了海上路线。《前汉书》第 28 卷下就曾提到许多印度沿海城市名。海上路线大致经过锡兰山(斯里兰卡)、苏门答腊、爪哇(印度尼西亚)、真腊(柬埔寨)，最后到达中国广东。旅行者有时也会从遥远的山东海岸登陆，比如法显。作为“一带一路”的组成部分，海上丝绸之路再次受到瞩目。

班固的《汉书・地理志》第 2 卷中有如下记载：

自日南障塞、徐闻、合浦船行可五月，有都元国；又船行可四月，有邑卢没国；又船行可二十余日，有谌离国；步行可十余日，有夫甘都卢国。自夫都甘卢国船行可二月余，有黄支国，民俗略与珠厓相类。其州广大，户口多，多异物，自武帝（公元前140至87年）以来皆献见。有译长，属黄门，与应募者俱入海市明珠、璧流离、奇石异物，赍黄金杂缯而往。所至国皆禀食为耦，蛮夷贾船，转送致之。亦利交易，剽杀人。又苦逢风波溺死，不者数年来还。大珠至围二寸以下。平帝元始中，王莽辅政，欲耀威德，厚遗黄支王，令遣使献生犀牛。自黄支船行可八日至皮宗。船行可二月，到日南象林界云。黄支之南有已程不国，汉之译使，自此还矣。[1]

对于黄支的地理位置，学界莫衷一是。由于已有可靠证据表明，位于黄支以南的已程不国就是僧伽罗，即今天的斯里兰卡，那么可以推断黄支就是甘吉布勒姆，这是目前广泛流行的一种说法。尽管学界对这些地点的具体位置存在争议，但无可置疑的是，南亚和东南亚人民与中国建立了贸易往来等多种联系，海上路线正是他们交流往来的一条主要通道。

伴随这条路线的繁荣，继最早的广州港之后，又出现了众多新兴港口，扬州和泉州等港口城市纷纷崛起。据《旧唐书·田神功传》记载，田神功进入刘展叛军控制的扬州城后，“大掠居人资产，鞭笞发掘略尽，商胡大食、波斯等商旅死者

1 耿引曾（1999: 6-7; ISAS 1994: 7-8）；雷易（2004: 49-50）

数千人。”[1] 与此同时，泉州也成为中国最重要的港口城市之一，来自印度等南亚国家和阿拉伯国家的商人随处可见，甚至还有外国人聚居的街巷集镇。考古学家在泉州发现的印度教雕刻文物超过200件。在1984年的一次考古发掘中，从泉州通淮门城墙附近出土了一件湿婆教石刻。[2] 同样，也有中国商人在印度港口城市定居。元代航海家汪大渊在《岛夷志略》中记载，在南印度的讷加帕塔姆逗留期间，他曾见过一座中式砖塔，上面用汉字刻着“咸淳三年八月，毕工”。[3]

这条路线起源于汉代，兴起于三国和隋代，繁盛于唐代和宋代，并在元代和明代发展到巅峰。公元1405到1433年，郑和奉大明永乐皇帝之命率船队远渡太平洋和印度洋，彰显了中国在公海上的强势地位，海上丝绸之路的重要作用也由此凸显。根据汪大渊、费信、马欢和巩珍（后三位都曾随郑和出海）的记述，印度的古里和柯枝成为了重要的新兴港口。他们还在记载中提及了马马拉普拉姆、果阿、讷加帕塔姆、小葛兰、尼科巴、孟买、马拉巴尔、加尔各答等其他许多海港城市。

郑和几次远航均从太仓刘家港启程，其中几次抵达了非洲东海岸。航线经过占城的归仁、爪哇的泗水、苏门答腊的渤林邦港湾，最后经锡兰山到达古里。一部分船只脱离主船

---

1 《旧唐书·田神功传》摘自 http://so.gushiwen.org/guwen/bookv_7570.aspx（2015年3月1日引用），另见季羡林（1991：92）。

2 杨钦章：《元代中国泉州与南印度文化接触新证据》，《亚太研究》，1991年，第100页。

3 耿引曾：《汉文南亚史料学》，1990年版，北京大学出版社，第286页。

队造访了孟加拉以及印度东海岸、阿拉伯半岛和非洲的许多地方。船队由数万名士兵和数百艘船只组成，规模最大的一次远航共出动了300多艘船和28000多人。下表中简要罗列了郑和七下西洋每次的行经之地：

出海次序	时间	在南亚造访的地点
第1次	永乐三年至五年（1405—1407）	古里
第2次	永乐五年至七年（1407—1409）	柯枝、甘巴里、加异勒、阿拨把丹、锡兰山、古里
第3次	永乐七年至九年（1409—1411）	锡兰山、小葛兰、柯枝、古里
第4次	永乐十一年至十三年（1413—1415）	锡兰山、加异勒、柯枝、古里、溜山
第5次	永乐十五年至十七年（1417—1419）	古里、柯枝、锡兰山、溜山、甘巴里、沙里湾泥
第6次	永乐十九年至二十年（1421—1423）	古里、柯枝、加异勒、琐里、锡兰山、甘巴里、溜山
第7次	宣德五年至八年（1431—1433）	古里、锡兰山、溜山、柯枝、小葛兰、加异勒、甘巴里、榜葛剌

郑和的到来引发了各种各样的猜想。一些国家的统治者被这些海外探索的巨大规模所折服，纷纷向中国进贡。但这几次远航不可能完全出于和平目的，其动机还需要深入研究。除了经济因素，海外探索的原因还包括寻找失踪的明惠帝（这

至少是第一次远航的动机之一）、展示中国的文化和军事优势，以及重整太平洋和印度洋地区的地缘政治格局。早在郑和下西洋以前，明朝在安南（越南）的政权更迭就已将中国的朝贡制度推广到了暹罗（泰国）和爪哇。郑和在第一次远航期间打败了渤林邦（三佛齐一王国）国王陈祖义，并将其押回南京斩首；又在 1411 年第三次远航期间将锡兰山（斯里兰卡）国王亚烈苦奈儿罢黜并押解回国，但次年即将他遣返。这些都反映了郑和下西洋的另一个侧面。[1] 因此沈丹森认为[2]，将郑和描绘成和平和友谊的使者是不妥当的，但他承认，对于那些愿意重拾旧交的亚洲和欧洲国家来说，中国的“一带一路”战略将起到刺激经济发展的作用。

换句话说，郑和使中国涉足中亚和南亚事务，并作为均衡势力参与所有政权更替，的确带有一定实力政策的意味。但另一方面，中国在印度—太平洋地区的影响也可以说促进了当地的政治发展。最重要的一点是，中国即使在马六甲和苏门答腊等地建立了仓储设施，也并未侵吞印度—太平洋沿海地区的一寸领土，尽管中国完全有这种条件；同样，中国也从未试图改变这一地区的贸易体系。由于后世皇帝实行禁海令，儒家官僚体系排斥商业，宦官干政，加之与安南旷日持久的

1 费信（1436）:《星槎胜览》，JVG 米尔斯（JVG Mills）译，罗德里克 · 普塔克（Roderich Ptak）、威斯巴登 · 弗拉格（Harrassowitz Verlag）修订、注释、编辑（1996:53, 64–65）。

2 Sen, Tansen (2014) “Silk Road Diplomacy — Twists, Turns and Distorted History” YaleGlobal, 23 September, 2014. http://yaleglobal.yale.edu/content/silk-road-diplomacy-%E2%80%93-twists-turnsand-distorted-history (accessed 1 March 2015)

战争，中国的海上势力迅速退出印度—太平洋地区；清朝更是实行闭关锁国政策，直到西方的坚船利炮外交政策将其从沉睡中惊醒。

按照中国的观点，古海上丝绸之路早在1840年便不复存在，因此必须与二十一世纪海上丝绸之路区分开来。古海上丝绸之路的核心是“中华文化圈”，这一概念以朝贡制度为支撑，在中国历史的不同时期都有体现，尤其是郑和下西洋期间。二十一世纪海上丝绸之路则以互相尊重主权和领土完整、互不侵犯、互不干涉内政、平等互利、和平共处为基础，最重要的是各国地位平等（龚缨晏 2014：5–7）。[1] 龚教授进一步指出，在科技发达的今天，各国在政治外交和商品贸易面都临着共同的金融和安全风险。

中国驻印度前大使乐玉成表示，“一带一路”战略旨在推动实现区域政策沟通、道路联通、贸易畅通、货币流通、民心相通。这一战略的目标公开透明，不存在隐藏动机。其理念是对所有人开放，即使不在“一带一路”区域内的国家和机构也可以参与进来。乐大使阐述了签署合作备忘录、建立试点项目、建立联合工作机制等合作方式，并提出发挥现有机制作用，推进区域和次区域双边合作及示范项目的开展。在介绍“一带一路”对印度的意义时，他指出，中国重视印度，将印度视为区域经济融合的重要参与者，印度的“印度制造”

1 龚缨晏:《关于古代“海上丝绸之路”的几个问题》,《海交史研究》, 2014 (2), 第 7–8 页，福建泉州。

和“东向行动”政策与中国的战略相吻合。中国已经是印度发展中的重要伙伴；两国在列车提速和重载列车等铁路领域已有合作，目前中国正帮助印度训练铁路人才，设计火车站，并协助印度进行一所铁路大学的建设。德里—金奈高速铁路的建设正处于可行性研究阶段，建成后将把两地之间的车程从28小时缩短到7小时。他还强调，印度参与创立的金砖银行和亚洲基础设施投资银行都是“一带一路”的重要组成部分。[1]

跨文化交流——双向往来

可以断定，中印两国在各个方面都有着频繁的往来。就商品贸易而言，印度向中国输送只有印度出产且中国有需求的商品。根据文献记载，从印度运往中国的商品包括珊瑚、珍珠、玻璃和香料。另一方面，丝绸似乎是中国向印度出口的主要产品。珊瑚、璧琉璃[2]和珍珠最初被用于装饰皇宫，后来在贵族中也流行起来。从汉代开始，中国人就将印度和罗马帝国当作璧琉璃的产地，印度西北部的罽宾和南部的黄支都出产这种宝石。《前汉书》第28卷上中记载，中国人用黄金和杂缯交换璧琉璃。[3]

1 乐玉成（2015），《“一带一路”及其对印度的意义》，2015年1月28日在新德里尼赫鲁大学语言文学和文化研究学院发表的演讲。

2 梵文中“vaidurya”的音译，意为天青石。

3 季羡林（编者）：《中印文化交流史》1991年版，新华出版社，第22—23页。

这种贸易关系在唐代、宋代和元代进一步发展。在这段时期，海上活动十分频繁。根据各类文献记载，广州港停泊着印度、波斯和斯里兰卡商人的船只。[1] 斯里兰卡、印度、尼泊尔等众多南亚国家都与中国建立了活跃的贸易和文化往来。据记载，斯里兰卡的船只是所有商船中最大的。与此同时，印度的天文学、历法、医药、音乐、舞蹈和制糖技术等都传入了中国。中国丝绸在各类商品中一直备受欢迎。造纸术也在这一时期以势不可挡之势传入南亚各国。[2] 丝绸出口到印度后，又由印度商人转手贩卖到罗马。在印度，丝绸主要是贵族用品，也在寺庙宗教仪式中使用。至于纸张的传播，传统观点认为，纸张在 12 世纪经阿拉伯国家传入印度。但中国一些印度学家的研究表明，印度早在 8 世纪就开始使用纸张，季羡林是持这一观点的代表人物。他提出的证据包括楼兰、吐鲁番、高昌、库车、莎车、于阗等丝绸之路沿线城镇出土的纸张残片，其中在高昌发现的残片可追溯到公元 3 世纪。根据这一研究，义净（635—713）到达印度时，印度人就已经开始使用纸张。[3] 原糖是中印双向文化交流的又一例证。中国早在古代就开始种植甘蔗，但一直没有掌握制糖技术。中国编写于公元 100 年的第一部字典《说文解字》中并没有“糖”这个字。南北朝

1 同上，第 92 页。

2 张传玺（编者）:《中国古代史纲（下）》，1989 年版，北京大学出版社，第 76—77 页。

3 季羡林:《中国纸和造纸法输入印度的时间和地点问题》选自《中印文化交流史》，三联书店，北京，1982 年，第 33—35 页。

时期，《说文解字》的增补中出现了“糖”字，制糖技术可能就是在这一时期从印度传入中国的。《新唐书》的记载则提供了更有力的证据：贞观二十一年（公元647年），唐太宗派使团前往印度求取制糖配方，后来扬州的一家作坊按照配方进行试验，成功生产出了糖，其色泽和味道都胜过印度原产的糖。[1]

在明代，印度的古里和柯枝成为重要的新兴港口。此外，马马拉普拉姆、果阿、讷加帕塔姆、小葛兰、尼科巴、孟买、马拉巴尔、加尔各答等其他许多海港城市在赵汝适 的《诸藩志》、汪大渊的《岛夷志略》、马欢的《瀛涯胜览》和费信的《西洋藩国志》等各类文献中都有提及。

印度文学在中国

文学可说是文化交流的重要组成部分。然而印度文学究竟何时传入中国却难以确定，因为文学交流的复杂性绝不亚于两国在其他方面的交流，仍有许多待解的疑问。这里先且对中国历史各时期印度文学在中国的传播情况做一番探究。

在中国的神话和寓言中可以发现印度文学元素，据此推断，早在中国文字出现以前的远古时代，印度文学就已进入中国。神话和寓言属于口头文学传统，是中华文学宝库的重

1 Xianlin, Ji (trans. B. R. Deepak), *Endless flow of cross cultural currents between India and China* in India Horizon ICCR (Indian Council for Cultural Relations) Publication, New Delhi, 1995, pp. 5-6.

要组成部分。春秋时期百家争鸣的繁荣景象，造就了中国寓言的黄金时期。《庄子》《列子》《韩非子》《晏子春秋》《春秋》《吕氏春秋》《战国策》等这一时期的主要文学作品中都有大量寓言。同时在印度文学舞台上，也出现了可与这些中国作品相提并论的《五卷书》和“往世书”。

中国文学受印度寓言影响的例子很多，如屈原的《天问》。其中“天式从横，阳离爰死”这一句暗示天神降下神盘将恶魔斩首。苏雪林认为，这一表述出自《摩诃婆罗多》中的故事《搅拌乳海》，在故事中，罗睺因为偷饮了不死甘露被因陀罗处决。[1]根据季羡林的研究，《天问》中的另一句话“厥利维何，而顾菟在腹？”也源于印度。他认为，“顾菟”自汉代以来一直代表一种兔子，而《天问》中的月中之兔并不是一个中国意象，而是源自印度公元前15世纪的《梨俱吠陀》。季羡林指出，《本生经》和其他佛经中也出现过这个意象。[2]此外，玄奘在《大唐西域记》中也提到过月中之兔的故事。[3]

随着新路线的开发，与印度交流的渠道越来越多，特别是在佛教传入后，传入中国的印度神话和寓言也大量增加。根据季羡林的观点，《三国志·魏书》中曹冲称象的故事便源自印度。在故事中，大家面对如何称象的问题束手无策，只有

---

1 苏雪林，选自郁龙余（编者）:《中印文学关系源流》，湖南文学出版社，湖南（1987:72）。

2 季羡林（1987:116）

3 季羡林注释《大唐西域记校注》，中华书局，北京（1985:579）。

天才少年曹冲想出了办法：把大象牵到一艘船上，画出船的吃水线，再把大象牵下船，往船上装石头，直到水没到刚才的吃水线，这时称一称石头便可得出大象的重量。为了证明这个故事的印度起源，他引用了佛经中一个相似的故事，这个故事出自北魏时代《杂宝藏经》卷一中的《弃老国缘》。[1]

南北朝时期，印度神话和其他文学形式对中国文学产生了广泛影响。鬼、神和各种超自然存在纷纷进入中国文学，中国文坛经历了一场前所未有的奇特现象。鲁迅先生在《中国小说史略》也对这种充满印度元素的文学现象表示了认可。其中“阴司地狱”（“那落迦”）和“因果报应”是两个最具影响力的主题。按照季羡林的观点，不能说“那落迦”从印度传入以前中国没有地狱的概念，只不过那时这个概念还是模糊不清的。印度人的到来使中国的地狱概念有了明确的形态，就连“阎王”这个词都是从印度的Yama Raja音译而来的。

六朝时期许多具有代表性的文学作品，如荀氏的《灵鬼志》、祖台之的《志怪》和《神怪录》、刘之遴的《神录》、谢氏的《鬼神列传》、殖氏的《志怪记》、曹毗的《志怪》等，都深受印度文学影响。上述作品多数都围绕地狱和因果报应的思想展开。《杂宝藏经》中“鹦鹉灭山火”的故事以及其他一些故事也被玄奘写入了《大唐西域记》中，只不过玄奘故事中的鹦鹉变成了“雉王”。[2]

1　季羡林（1987: 117）

2　季羡林（1985: 442-3）

中国在唐代经历了文化和经济领域的全面发展。文学界兴起了“传奇”和“变文”两种富含印度元素的新事物。传奇的起源可以归因于以下几个方面：首先，唐代市民阶层对离奇浪漫的故事表现出极大的兴趣；其次，唐代科举盛行“行卷”之风；此外，前代的志怪小说也为这一文学形式的发展打下了坚实基础。志怪小说的故事大多短小，自始至终只有一个主题；传奇却出现了新的趋势，即故事虽然仍由一个主题支撑，主题之外又发展出许多与故事主线相联系的其他故事。这在中国是一种全新的文学体裁，却是印度传统文学中熟悉的创作方式。印度文学经典《摩诃婆罗多》和《罗摩衍那》，以及《本生经》和《五卷书》这样的作品，都生动展示了这种在中国尚新的文学风格。在叙述中结合了散文和韵文的变文也可以在传统印度文学中找到源头，这类作品的内容都以因果报应为主。流行的传奇作品有《枕中记》《柳毅传》《霍小玉传》《莺莺传》等。变文中的代表作有《太子成道变文》《太子成道经》《八相变》《破魔变文》《降魔变文》《大目犍连冥间救母变文》等。

唐代以后，贸易成为中印往来的主要形式，文学的影响似乎有所减退。宋代的主要文学形式宋词中并没有多少印度元素。到了元代，曲成为所有文学形式中的主流，一些作品中再次出现了受印度影响的痕迹。马致远的《黄粱梦》借用了唐代《枕中记》的主题，其中包含了丰富的印度元素。同样，郑光祖的《倩女离魂》也借用了《离魂记》的主题。尚仲贤的

《柳毅传书》则是在《柳毅传》的基础上写成的。许地山认为，中国戏剧也受到了来自印度的影响。即使在今天，木偶戏在福建泉州仍然十分流行。其中一类木偶戏在闽南方言中称为“布袋戏”，“布袋”与梵语中的“Putali”发音相似。[1]这可能与中世纪时期印度商人在这一地区大规模定居有关。在泉州的考古发现出土了大量与湿婆、黑天等印度神有关的文物，充分证明印度人曾经在此定居。

明清时期，小说统治了文坛。罗贯中的《三国演义》、施耐庵的《水浒传》、吴承恩的《西游记》、兰陵笑笑生的《金瓶梅》、吴敬梓的《儒林外史》、曹雪芹的《红楼梦》等小说作品不仅在中国走进了千家万户，也成为每一位学习汉语的外国留学生的必读之作。

吴承恩的《西游记》是这些作品中印度文化成分最多的一部。小说讲述了唐僧前往印度取经的历程。猴王孙悟空是书中的主要人物，负责在路上保护唐僧克服重重磨难到达西天。季羡林、陈寅恪、吴晓玲等学者都认为，《西游记》中的孙悟空并不完全算中国原产，这一形象深受《罗摩衍那》中哈奴曼的影响。[2] 孙悟空一个筋斗十万八千里、七十二变这样的非凡本领，以及和邪恶作斗争的风格都有《罗摩衍那》中哈奴曼的影子。

---

1 季羡林（1987: 34）

2 季羡林（1987: 63–7）

印度对中国经典的翻译

一个令人费解的现象是，印度翻译的中国古代文学作品少之又少。然而四五世纪和七世纪学术界的两位代表人物鸠摩罗什和玄奘都是翻译领域的先驱，即使将所有东亚佛教文献的输出都归功于他们二人也不为过。中国学者认为，造成这种差异的原因在于，不同于印度的“吠陀”(口耳相传)传统，中国有着很强的考据传统。但考据传统不可能是造成这种现象的唯一原因，因为中国文学毕竟卷帙浩繁，历史悠久，但在整个文明对话史上，却没有保存下一部翻译为印度语言的经典，这实在令人百思不得其解。中国的《诗经》至少有1500年历史，唐诗宋词也已有1000到1300年历史，但在印度竟没有留下一首翻译成文的中国诗词，这同样令人费解。

相比之下，中国单方面翻译印度文学的传统直到今天还在延续。比如在20世纪50和60年代分别翻译出版了迦梨陀娑的《沙恭达罗》和《云使》，80年代将《罗摩衍那》从梵文译为中文并出版，2000年翻译出版泰戈尔的作品24卷，并在2005年将《摩诃婆罗多》完整版从梵文译为中文并出版。[1]

印度学者认为，玄奘应迦摩缕波国国王婆什迦罗·跋摩(即玄奘笔下的“鸠摩罗王”)要求翻译的《道德经》，是最早译为梵文的中国作品。想必看到除了少数朝臣，印度人普遍对中国一无

1 曾琼(2012):《文本与变更文本：印度对中国文学的翻译》，选自里奇奥·约赫楠·拉杰(编者)《探寻秩序：比较文学中的原则》，基础出版社，第182—190页。

所知，玄奘不免会感到痛心。他希望通过翻译《道德经》向印度人介绍中国哲学和文化，可谓用心良苦。可惜的是，他的梵文译本已经遗失。[1] 根据师觉月的研究，佛道两派曾经就如何翻译“道”进行过一场辩论，最后玄奘说服道家一派，将“Marga”作为最佳的译法。[2] 尽管古代文本散失，但今天在印度仍能看到包括印地语版本在内的许多版本的《道德经》，不过其中大多是由英文版转译的。在东西方有广泛影响的哲学教授和精神导师拉杰尼希，也就是人们常说的奥修大师，对《道德经》做了大量评论，从而使这本书在他遍布全球的信众中流行开来。

1879 和 1910 年，牛津大学出版社出版了麦克斯·缪勒编纂的《东方圣书》，这套里程碑式的巨著共 50 卷，集合了数千部亚洲宗教著作的英文译本，其中有六部来自中国，分别是儒家经典《尚书》《诗经》《孝经》《礼记》《易经》和道家经典《庄子》。据王教授说，在 20 世纪 60 到 90 年代之间，在当时的总统拉达克里希南博士的支持下，这些作品共重印了六次，并由印度国家文字学会官方认定为联合国教科文组织代表作集之印度译作系列。[3] 这些作品显然也译自理雅各的

1 Ray, H. P (1998) "Understanding Xuanzang and the Xuanzang Spirit" in Tan Chung (ed.) *Across the Himalyan Gap: An Indian Quest for Understanding China*, Gyan Publishing House, New Delhi. http://ignca.nic.in/ks_41020.htm (March 16, 2014).

2 乔杜里 I. N:《印度对〈道德经〉的回应》选自尹锡南（编者）《印度比较文学论文选译》四川出版集团，成都（2012: 487）。

3 Wang Hui. *Translating Chinese Classics in a Colonial Context: James Legge and His Two Versions of the Zhongyong*, Bern: Peter Lang, (2008: 181).

译本。印度的多数中国经典都由现有的英文译本改写或翻译成印地语等本土语言。2016 年，我刚刚出版了现有的第一部翻译自中文的印地语版本《论语》。

中国小说、戏剧和其他文学体裁的翻译情况也大致如此。吴承恩的《西游记》中有大量佛教元素，其中的许多故事都有印度渊源，然而却一直没有印地语译本。而在日本，这本明代小说经典早在 1831 年就被译为日语。直到 2009 年，在北京外文出版社，以及《人民画报》的曼莫汉・塔科尔和吉安奇・巴拉布等资深印度语言专家的努力下，这本书的印地语版本才终于面世。[1] 然而许多像《红楼梦》和《三国演义》这样的中国经典仍然有待与印度读者见面。

近几年，随着中国的崛起和中印之间互动的增加，印度对中国经典和当代作品产生了更浓厚的兴趣。例如 2013 年，印度最大的国有出版社印度国家图书托拉斯出版了关汉卿戏剧选。这套书翻译自戴乃迭的英译本，虽然译者忠实再现了戴译，但由于语言问题，基本人物姓名的拼写并不准确。除了关汉卿的“卿”拼成了“Jing”，书中的许多姓名都有拼写问题。不过值得欣慰的是，印度近年来的确产生了进一步了解中国作家及其作品的兴趣。

在诗歌方面，印度现存最早的中国诗歌集是一本出版于 20 世纪初的英文版《唐诗三百首》，现藏于国际大学博物馆。

---

1 季羡林（2009），《西游记》（吴承恩著）序言，曼莫汉・塔科尔（Manmohan Takor）和吉安奇・巴拉布（Janaki Ballabh）译为印地语，外文出版社，北京（2009: iv）。

贾瓦哈拉尔·尼赫鲁大学的谭中教授也许是印度将中国诗歌从源语言译为英语的第一人，他于1991年出版的《经典中国诗歌》(东方经典系列) 得到了MP比尔拉基金会的资助。1991年，当代知名维克拉姆·赛斯也出版了诗集《三位中国诗人》，其中收录了王维的12首诗、李白的11首诗和杜甫的13首诗，以及他撰写一篇长达13页的介绍。[1] 这些诗歌显然也是赛斯由英文版改写的。

在印度，断断续续还有新的唐诗译本出现，比如贾瓦哈拉尔·尼赫鲁大学校友特里奈特拉·乔希的印地语译本。我也在中国诗歌的翻译上做出过努力。2010年，新德里的Prakashan Sansthan出版社出版了我翻译自中文的印地语诗集《中国诗歌：公元前11世纪到公元14世纪》。这部是一部首开先河的作品，收录了88首中国诗歌的译文和注释，从先秦时代的《诗经》到元代的《西厢记》，跨越了中国诗歌史上各个发展阶段。

这本书囊括了楚辞、汉乐府、唐诗、宋词等体裁，向读者展现了异彩纷呈的中国诗歌传统，书中提供了中文原文，也适合懂中文的读者阅读。诗集中收录了《诗经》中的诗歌、爱国主义诗人屈原的作品、南北朝乐府诗，以及元曲中的一些唱词。这也许是印度读者，尤其是绝大多数印地语读者第一次受到光辉的古代中国诗歌传统和文化的洗礼。每一个诗歌发展阶段或诗体前，都有一段关于当时历史发展、文学体

1　曾琼（2012）

裁和著名诗人的介绍。2011 年，这部作品被授予“中华图书特殊贡献奖”，这是印度人首次在中国获得此类奖项。

2012 年，莫言获得诺贝尔文学奖后，印度产生了一股将他的小说作品翻译成本土语言的新热潮。印度读者主要通过葛浩文的译介了解了他的作品，与此同时，印度也在尝试将这些作品翻译成本土语言。比如贾瓦哈拉尔·尼赫鲁大学的普什佩什·潘特（Pushpesh Pant）教授刚刚完成《变》的印地语翻译。同时，Sreelatha Nellooli 也将这部小说的英文版翻译为马拉雅拉姆语，题为“Maattam”，这本书由特里凡特琅两个成立不久的出版社 Raspberry Books 和 Book Port 联合出版。

殖民时期的中印关系

从两国共同的历史开始以来，中印已有了数百年活跃的贸易和文化往来，然而这种跨文化交流却被打断了，原因除了国内剧变，更重要的是西方帝国主义的日益东扩。印度从此以后完全被英国殖民，中国则逐步沦为半殖民地半封建社会。然而对抗共同的敌人——“不列颠治世”的斗争又将两个古老的文明重新联合起来。

在印度民族起义（1857—1859）和中国太平天国运动（1850—1864）中，中印人民第一次向殖民秩序发起挑战，将反帝斗争推向了高潮。在这期间，驻扎在中国的印度军人第一次向太平军倒戈，与他们在同一战线上向帝国主义侵略者和清政府作战。这种友好关系一直延续下来，直到中印人民开始以更有组织的斗争方式争取民族独立。曾国藩（1811—1872）和李鸿章（1823—1901）等清军将领，以及和这次农民起义直接相关的其他朝臣和外国人的回忆录中，都有关于印度军队倒戈的记载。[1]

中印两种文化的协同发展和共同的苦难使两国的民族主义者和革命者在各自的反帝斗争中发展出了紧密的关系和深厚的情谊。他们结成了天然的盟友，并在将帝国主义逐出国门的努力中做出了无数尝试。激进民族主义领袖提拉克的支持者开展了希瓦吉纪念会等活动，这些活动最远开展到了东京，目的是让印度之外的世界听见印度的反帝呼吁。这些活动也得到了章太炎、孙中山等中国民族主义者的积极支持。孙中山与许多印度民族主义者和革命者发展了紧密的联系，他曾经通过职务之便将他们介绍给几位日本领导人，从而使他们能够不受阻碍地开展反英活动。民族主义者苏兰德莫罕·鲍斯、拉什·博哈利·鲍斯、M.N. 罗伊、巴拉卡图拉、拉拉·拉杰帕特·拉伊和许多印度自由运动中的先驱人物都和孙中山保持着良好的关系和往来。

除了日本，中国也是印度革命者开展反英运动的中心。这些革命者大多是印度卡达尔党成员。这些活动主要在汉口、上

1　详见：Deepak, B. R., "The 1857 Rebellion and the Indian Involvement in the Taiping Uprising of China". In Thampi, Madhavi Ed. *India and China in the Colonial World*, Social Science Press, New Delhi, (2005: 139-149).

海和香港进行，其中汉口是国民党政府中央所在地，上海和香港则是包括警察和军人在内的印度定居者数量最多的地方。他们的后暹罗—缅甸活动计划与国民党和中国共产党都建立了联系。印度卡达尔党支持中国国民政府并寻求其支持，这是第一次国共统一战线形成的一个直接结果。1927 年统一战线破裂后，他们的活动也突然停滞，但仍有少数人直到 1931、1932 年还在坚持活动。

甘地在印度政治舞台上崭露头角并领导了“非暴力不合作”运动，这在中国引起了热烈讨论。中国人民将他奉为“东方文明”的象征。中国媒体对他给予了高度重视，各大报刊纷纷对印度的自由斗争进行报道。其中《东方杂志》率先向中国人民介绍了甘地和他的政治运动，广泛报道了 1920 到 1922 年的不合作运动和 1931 到 1934 年的公民不服从运动，用 65 篇文章大篇幅介绍了这场印度民族运动的方方面面。对于甘地领导的不合作和公民不服从运动，中国国内有赞许和批评两种声音。但孙中山一直没有认可甘地的非暴力斗争方式，按照他的观点，只有通过武装斗争才能实现民族解放。不过，他对甘地不合作和公民不服从等和平主义手段表示认可。甘地甚至建议中国人民采取非暴力手段和原则，但从中国的角度看来，这并不适用于中国国情，况且当时的中国正在和日本作战。

在中国抗日战争和第二次世界大战中，中国遭受日军蹂躏的同时，印度也未曾独善其身。1938 年，印度向中国派出一支医疗队，在帮助中国人民，医治八路军伤员的过程中，医疗队中的柯棣华大夫不幸牺牲。尼赫鲁 1939 年访华进一步加强了两国之间的友谊。印度民族主义领袖尼赫鲁、甘地和诺贝尔奖获得者泰戈尔都对中国人民给予了支持并强烈谴责日本侵略者。最初，中国支持印度“不被宣战则不参战”的立场，但后来，随着印度—中国—缅甸战区的形成，整个形势发生了变化，中国要求印度作为同盟国出兵支援。1940 年，民国总统蒋介石为了打破英国和国会之间的僵局专程访问印度，并会见了甘地。

回顾历史，中印之间的跨文明文化交流已经毫不间断地延续了数千年。尤其是在殖民时期，中印两国人民在共同的斗争中相互支持，相濡以沫。尼赫鲁预言，在战后的新世界，中印的经济合作有着无穷无尽的潜力，两国在未来一定会越走越近。印度是第一个承认新中国并与新中国建立外交关系的非社会主义国家。遗憾的是，在 20 世纪 50 年代，由于各种误会和误解，中印未能处理好国家关系。目前，两国的当务之急是建立互信，以新的热情复苏数百年的悠久情谊，共同开发潜力，开创一个经济合作和友好往来的新世界。

未来之路

可以肯定的是，古代交流路线的开通对促进中印两国的跨文化交流至关重要。1951 年，季羡林教授随丁西林率领的文化代表团访问印度。1952年，中国参加了在孟买举办的国际工业博览会，并搭起了五座引人注目的展厅。从那时起，便有数百名学者和实业家在两国之间频繁往来。2015年，玛旁雍错成为文化外交的又一新高潮，两国都有条件开通更多通向玛旁雍错的新路线。同年，这两个总人口达25亿的国家便创下了100万的客流量纪录！一方面，这些的确是了不起的成就；但另一方面，也说明双方都还没有释放出各自的全部潜力。对此，我们该做些什么？

首先，双方都需要增强民间交流意识，从而增进长期理解和友谊。媒体、民间团体和政府都对此负有责任。目前亟需为民间交流创造条件，加快两国之间人员的自由流动。

其次，双方需要扩大民间交流范围。早在20世纪50年代，两国就承诺要在教育、科学、文化、体育、妇女、儿童等领域加强合作，但直到今天，两国仍未承认对方的大学学位。在25亿总人口中，仅有25个政府级奖学金名额。相比之下，自2011年以来，中国共邀请10000名美国留学生来华留学并提供奖学金。不过在中方的努力下，中国向印度留学生提供的奖学金名额已经增加到350个。截止2013年，全球共有440所孔子学院和646个孔子课堂，其中仅在美国的孔子学院就有97所，此外，美国的1000所大学和超过4000个学院都开始了中文课。中国文化在印度的情况却十分惨淡，教育交流也因此受限。中国有70000名韩国留学生，却只有14000名印度留学生，而在印度留学的中国学生只有1200人。

第三，中印之间缺乏对话机制，双方需要扩大对话的范围和深度。例如，中美之间有 214 项关于友好州（省）和姊妹城市的协议，中印之间却几乎没有类似协议。几年前，宾夕法尼亚大学发布过一份全球智库评级报告。根据这份报告，中国有 350 个智库，印度有 150 个，但其中又有几个建立了合作伙伴关系？得益于多种对话机制，中美在 2014 年共进行了 116 场战略对话、90 场经济对话和 104 场民间交流对话。中印关系固然有其历史负担，但与中美、中日以及日美之间的积怨相比，这种负担便显得无足轻重。我们迟早需要甩掉历史的包袱。

在这样的背景下，中国提出的“一带一路”战略提供了一个宝贵的机会，不仅能够复苏两国之间的联系，还有可能恢复古代的交流渠道。政策沟通、设施联通、贸易畅通、资金融通、民心相通是这一战略的五大目标。在我看来，这是中国推出的全球化战略，意在与美国通过跨太平洋伙伴关系协定推动的再全球化战略相接轨。同样，印度也通过“印度制造”“启动印度”、海洋环“Sagarmala”（港口建设）、印汉环“Bharatmala”（道路建设）等政策和项目推出了自己的总体战略。问题在于，中印两国在适应这些新经济体系的同时，能否和对方的总体战略达成妥协？值得一提的是，中国很好地适应了 2008 年以前的深度全球化趋势，并因此使近 3 亿人口摆脱了贫困。印度却对这一过程反应迟钝，错过了这趟列车。这一次，印度难道还会做一个无动于衷的旁观者，让这次机会白白流走吗？美国的“例外主义”如果能够包容中国的普世主义，也就是所谓的“天下观”，那么印度的“世界是一家”（Vasudhaiva Kutumbakam）也没有有理由被排除在外，因为它更近似于中国的“四海为家”理念。

后记

我从未想过玄奘曾踏上我家乡库鲁（Kullu）的土地，也从未想过自己能够踏足玄奘的故国。学习汉语、研究中印关系不仅使我更好地了解玄奘，也帮助我对无数杰出的两国高僧有了更深层次的理解，他们为中印文明对话做出了巨大贡献。汉语也带我来到玄奘的故土。经过慎重清醒的思考，我决定追溯这些高僧和无数勇敢先辈的足迹。多数先辈不为人所知，他们走过塔克拉玛干、跨过险恶的海洋，历经漫漫长路或存活下来，或命丧黄泉。时至今日，柯棣华等五位印度医生的英勇事迹仍为人称颂，他们在中国最为动乱的时期给予援助，是中印友谊和国际主义精神的集中体现，是奉献精神的绝佳代表。

《中印情缘》（*My Tryst with China: 'Our' Footprints on the Sands of Time*）不仅仅描述了我自身的经历，更记录了伟人们的足迹。他们努力不懈，打通了印度和中国之间的交流渠道，推动了两国的文明沟通。英文题目中的“我们”（our），包含了佛学发展巅峰及之后喜马拉雅山两侧的诸多高僧；身处中国的季羡林、吴晓玲、金克木、刘安武、金鼎汉、王邦维、黄心川、林承节、耿引曾、薛克翘、王树英、郁龙余、姜景奎等，以及身处印度的泰戈尔、柯棣华、师觉月、谭云山、谭中、雷易（H. P. Ray）、叶书君（Yap Rahman）、沈丹森、玛妲玉（Madhavi Thampi）等，持续照亮着两种文明的对话之路，即便遭遇战争时期、蛮荒年代和地缘政治冲突，他们依旧维持着两国人民心中的对话之火不灭。

我要感谢姜景奎教授，他最近精心译成《苏尔诗海》一书，向我提供了许多富有价值的建议和见解，对本书的中文版很有帮助。姜教授在手术康复期间曾邀请我到家中品尝普洱茶；他的家布置优雅，兼具中印两国文化的痕迹。正是在他家中，姜教授提出了他的思考和想法，促使本书最终得以成形。我还要感谢 N. M. 潘卡基（N. M. Pankaj）教授，他为这本回忆录的英语和印地语版本建议了几个可选的题目。他是一位可亲的朋友，随时都会伸出援手。

本书中我依照事件发生的顺序，依次写出了自己的想法和感受。虽然这些材料是根据我对学生时代的回忆、彼时的信件和日记整理而成，但有可能受到自己在特定时间点对事件的感受和理解的影响，或许会失之偏颇。无论是对我的前辈，还是对中印关系的现状，人们的意见与我的看法相左是很正常的。我与中国的联系已有 30 年之久，正如岳飞在《满江红》中所言，“三十功名尘与土”。我也没有精神或学术上的里程碑，因为我在中印关系领域的研究和贡献十分微薄，不足称道。不过，成果尽管微小，我仍须鼓励自己，将它们简要描画、记录下来，以期对部分同仁有所帮助。

必须承认，与多数印度的汉学家不同，我涉猎多个领域。我系统学习过汉语和中国文化，尤其热爱教授中国语言文学、讲解中国典籍文学史。为此，我在印度加入了许多学术团体，协助设计课程内容和大纲。我曾在一些大学的发展初期提供帮助，也希望他们能够从中受益。一位中国国际广播电台的记者在杜恩大学（Doon University）采访时问我：“你为什么来到这样一个偏僻的地方教书？”我的第一反应是，汉语学习必须扩展到德里以外的地区。在印度国际大学、尼赫鲁大学和贝拿勒斯印度大学之后，杜恩大学是又一所提供中文学士和硕士学位的高校单位，因此我看到了它的发展潜力，愿意支持这样一个机构的发展。我的第二个研究方向是区域研究，例如中印关系、中国国内事务、中国与大国关系、中国的周边外交政策等。我的博士和博士后研究方向均为中印关系，显然区域研究也在我的专业之内。由于我在中印关系方面有一定知识基础，因此有幸受到多家媒体的采访，其中包括印度的全印电视台（Doordarshan）、人民院电视台（Lok Sabha TV）、联邦院电视台（Rajya Sabha TV）、今日头条（Headlines Today）、印度新闻（India News）、X 新闻（News X）等频道，以及中国的中央电视台、中国国际广播电台、凤凰卫视，澳大利亚广播（Radio Australia）、德国之声（Deutsch Welle）、俄罗斯广播（Radio Russia），等等。除此之外，我还曾为《人民日报》《环球时报》《中国日报》《中国社会科学报》、新浪网、Cypher.com、南亚分析小组（South Asia Analysis Group）、欧亚概览（eurasiareview.com）、金奈中国研究中心（Chennai Centre for China Studies）、“对话”dialogue.co、《论坛报》（*The Tribune*）、

《今日印度》（*India Today*）、《印度斯坦时报》（*Hindustan Times*）、《拉贾斯坦杂志》（*Rajasthan Patrika*）等报纸和网站供稿。还须承认的是，地缘政治背景下，在喜马拉雅山两侧寻找和平使者是非常困难的。多数时候，由于媒体的煽动，政权倾向于采取武力政策，国家之间摩擦和挑衅不断，这导致和平使者越发稀缺。在此环境下，无论出现在印度还是中国的电视节目上时，我都努力从事实中寻求真理，倡导双方采用和平解决的办法，平等对话，增强理解。我涉猎的第三个领域是将汉语典籍译成印地语，这是出于我的兴趣。我认为两国虽为邻邦，对彼此的了解却十分匮乏，这主要是因为双方的文化资产没能跨过喜马拉雅山进行传播。出于对中国古典文学的热爱，我出版了第一本印地语的中国诗集。中国和印度的主流报纸和电视台都对我进行了大量报道，将我的故事介绍给公众，并附上我与现任中国国务院副总理刘延东的合照。2010 年，我获得了宝贵的机会，同其他推选出的中国和印度研究者一起，在时任中国国务院总理温家宝访问印度期间与他互动、交流。

2013 年，我作为观众，在印度聆听了李克强总理关于中印关系的演讲。2014 年 9 月 19 日，习近平主席访问印度期间，向印度友好人士、友好团体代表颁发了“和平共处五项原则友谊奖”，当时我有幸与他握手并进行了简短的互动。

在短暂的研究生涯中，我有幸与中国的高层领导、资深学者和著名作家进行过交流，参加了一些高层次论坛、会议，如北京论坛、中印文化艺术论坛（Forum on Sino-Indian Culture and Art）、金砖国家大学校长论坛、中外出版翻译恳谈会、中印媒体高峰论坛、“汉学家与中外文化交流”座谈会等，并在会议期间有机会与众多人士互动交流，如中共中央政治局委员、中央宣传部部长刘奇葆，文化部部长蔡武，以及王辑思、阿来、贾平凹、麦家、莫言等诸多优秀学者和作家。此外，我也获得过许多奖项，如中华图书特殊贡献奖。2014 年，中国出版集团聘请我为中国翻译研究院（China Research Institute of Translation）顾问；2015 年，中版集团再次授予我荣誉，以表彰我为该集团图书的国际化所做的杰出贡献。能够受到认可是非常令人振奋的事，而受到中国最大出版集团的认可，则更加激动人心——中国出版集团旗下有30家成员单位，拥有中华书局、商务印书馆、人民文学出版社等行业领先的出版社。

我认为，近些年来，中印两国各层次的交往互动都比较密切。中国的印度学泰斗季羡林教授认为，两国的密切交流有十分重大的意义，原因如下：

第一，中印文化交流史告诉我们，我们两个国家在过去的两千余年中，互相交流文化，互相学习、从而发展和充实了彼此的文化，一直到今天，我们尚受其益。这种交流，只有好处，没有坏处。其次，中印文化交流史告诉我们，人类文化是人类共同创造的，决不是哪一个民族或国家包办下来的。承认这一个事实，有极大的好处，它能加强人们之间的了解与友谊。最后，中印文化交流史告诉我们，中印两国文化同属东方文化。据他的看法，从下一世纪起，东方文化就将在继承批判西方文化的基础上，成为世界的主导文化，人类文化的发展将更上一层楼。[1]

正是基于以上观点，我认为中印两国需要重拾双方之间的文明对话，其内涵自然应当包括丝绸之路精神和双方的跨喜马拉雅伙伴关系。

最后我想说的是，两国之间确实尚存在一些问题。不可否认，相较于冷战时期的两国关系，双方的安全环境已经得到了大幅改善。我们需要舍弃冷战思维，以务实的态度处理两国之间的敏感问题。在处理两国边界问题上，我们至少错失了三次解决的良机，曾担任中方特别代表的戴秉国在他的新书《战略对话：戴秉国回忆录》中指出了其中最近的一次机会。双方一致同意，认为边界问题的解决应该包含三个步骤：双方首先就政治参照和指导原则达成一致，随后建立边界争端问题的解决框架，最后划定边界线。两国的特别代表宣布，他们已经提交了有关第二个步骤的报告，可见现在需要两国

1 季羡林:《中印文化交流史》1991 年版，新华出版社，第 185—186 页。

领导人做出决定，而第三个步骤仅仅是技术落实而已。我希望两国能够尽早和平解决这个问题，以便激发出双方在多个领域的发展潜力。除此之外，国际政治和经济体系的力量重心已经转移，中印关系的重要性越发凸显。在此背景下，中国和印度之间的关系是本世纪最为重要的关系之一，决定了正在成形的地缘政治和地缘经济结构。中国和印度能否重拾昨日的地缘文明范式，实现并迎接季羡林所提出的东方文化的世纪呢?